心是孤独的猎手

The Heart Is a Lonely Hunter

[美] 卡森·麦卡勒斯 ———— 著

陈笑黎 ———— 译

陕西师范大学出版总社

图书代号：WX19N0511

图书在版编目（CIP）数据

心是孤独的猎手 /（美）卡森·麦卡勒斯著；陈笑黎译 . — 西安：
陕西师范大学出版总社有限公司，2019.7
ISBN 978-7-5695-0681-5

Ⅰ .①心… Ⅱ .①卡… ②陈… Ⅲ .①长篇小说—美国—现代
Ⅳ .① I712.45

中国版本图书馆 CIP 数据核字 (2019) 第 067752 号

心是孤独的猎手
XIN SHI GUDU DE LIESHOU

[美] 卡森·麦卡勒斯 著　　　陈笑黎 译

出 版 人	刘东风
责任编辑	焦　凌
特约编辑	简　雅
责任校对	宋媛媛
装帧设计	尚燕平
出版发行	陕西师范大学出版总社
	（西安市长安南路 199 号　邮编 710062）
网　　址	http://www.snupg.com
印　　刷	山东临沂新华印刷物流集团有限责任公司
开　　本	880mm×1230mm　1/32
印　　张	10
插　　页	4
字　　数	249 千
版　　次	2019 年 7 月第 1 版
印　　次	2019 年 7 月第 1 次印刷
书　　号	ISBN 978-7-5695-0681-5
定　　价	49.80 元

读者购书、书店添货或发现印装有问题，请与营销部联系、调换。
电话：（029）85307864　85303629　　传真：（029）85303879

目 录

第一章

一

镇上有两个哑巴,他们总是在一起。每天清早,他们从住所出来,手挽手地走在去上班的路上。两个伙伴很不一样。带路的是那个非常肥胖和迷迷糊糊的希腊人。夏天,他出门时总是穿着黄色或绿色T恤——前摆被他胡乱地塞进裤子里,后摆松散地垂着。天冷一些的时候,他就在衬衫外面套上松松垮垮的灰毛衣。他的脸圆圆、油油的,眼皮半开半闭,弯曲的嘴唇划出温柔而呆滞的笑容。另一个哑巴是高个,眼睛里透出敏捷和智慧。他穿得很朴素,总是一尘不染。

每天早晨,两个伙伴静静地走在一起,到小镇的主街时,他们会在一家果品店外的人行道上停下来。这个希腊人斯皮诺思·安东尼帕罗斯的表兄是果品店的老板,安东尼帕罗斯为他打工:做糖果和蜜饯,把水果从箱子里卸下来,清扫商店。每次分手前,那个瘦高的哑巴约翰·辛格,总是将手放在伙伴的胳膊上,定定地看一两秒伙伴的脸,转身离开。道别之后,辛格一个人过了马路,走向他工作的珠宝店——他是银器雕刻工。

快到傍晚,两个伙伴又在一起了。辛格去果品店等着安东尼帕罗斯下班,两人一起回家。希腊人懒洋洋地打开一箱桃子或者甜瓜,要

3

不然就是待在商店后面的厨房，看报纸上的漫画版。下班之前，安东尼帕罗斯总是会打开白天藏在厨房货架上的纸袋，里面有他攒的各种各样的食物：水果、糖果的样品和一小截红肠。与往常一样，离开前安东尼帕罗斯会慢吞吞地晃到小店前面的玻璃柜，里面装着肉和奶酪。他把玻璃柜的后门用手轻轻地滑开，胖手爱抚着那些令他垂涎欲滴的美味。有时候，他的表兄没看见他的动作。如果被他看到了，他就瞪着他的表弟，紧绷而苍白的脸上发出警告的信号。安东尼帕罗斯悲伤地将那一小块美食从柜子的一角移到另一角。这种时候，辛格就把双手插在口袋里，直直地站着，目光落在别的地方。他不喜欢发生在这两个希腊人之间的小把戏。因为，除了喝酒和某种孤独而秘密的享受外，安东尼帕罗斯在这世上最热爱的事就是吃。

黄昏时分，两个哑巴慢慢地走回家。在家里，辛格总是对安东尼帕罗斯说话。他打着飞快的手语，表情急切，灰绿色的眼睛明亮地闪烁着。他用瘦长有力的手指告诉安东尼帕罗斯一天发生的事。

安东尼帕罗斯懒洋洋地半躺着，一边看着辛格。他的手指几乎动都不动一下 —— 偶尔动一下，也只是想说他要吃东西、要睡觉或者要喝酒。他总是用同样含混笨拙的手势来表达这三个不同的需求。晚上，要是喝得不太醉，他会跪在床前，祷告一会儿。他用胖手打出这样的话："神圣的基督"，或者"上帝"，或者"亲爱的马利亚"。这些就是安东尼帕罗斯说的全部的话了。辛格从来不知道他的伙伴到底能明白多少他的话。可是这一点儿都不重要。

他们合租了小镇商业区附近一所小房子楼上的两个房间。厨房里有一个煤油炉，安东尼帕罗斯就靠它做饭。厨房里有几把很普通的直背餐桌椅，是辛格用的；另一只鼓鼓囊囊的沙发，是安东尼帕罗斯的专座。卧室里几乎没什么家具：一张安东尼帕罗斯睡的巨大双人床，上面铺着鸭绒被；另一张是辛格睡的窄折叠床。

晚饭总是很漫长。因为安东尼帕罗斯喜欢吃，而且他吃得很慢。饭后这个胖希腊人半躺在沙发上，用舌头慢慢地舔每一颗牙齿——或者是出于某种对味道的敏感，或者是不想失去刚才的美味。饭后辛格去洗碗。

有时候，他们在晚上下象棋。辛格一直特别喜欢象棋，这么多年他努力要教会安东尼帕罗斯这个游戏。一开始，安东尼帕罗斯很不耐烦，他不喜欢在棋盘上将棋子移来移去。辛格在桌子下放一瓶好喝的东西，每堂课后拿出来请他喝。这个希腊人从来不能领会"马"的狂乱走法以及"王后"横扫一切的灵活步法。但是，他学会了开局的几步。他喜欢白棋，如果给他黑棋，他就不玩。走完最初的几步后，辛格自己和自己下，他的伙伴在旁边懒懒地看着。如果辛格最终对自己人大开杀戒，黑"国王"被杀死，安东尼帕罗斯就会非常骄傲和开心。

两个哑巴没别的朋友，除了工作时间他们总是两个人待在一起。每一天都和前一天没有什么不同，他们过于离群索居，几乎没有什么能扰乱他们的生活。他们每周去一次图书馆，辛格去借一本侦探小说，星期五晚上，他们去看一场电影。发薪的那天，他们一起去"陆海军"店楼上的一角钱照相馆，为安东尼帕罗斯拍一张照片。这就是他们每周固定去的地方，镇上有许多地方他们从来没去过。

小镇在南部的纵深处。夏天是漫长的，寒冷的冬天短而又短。天空总是明净耀眼的湛蓝色，太阳放荡而刺眼地燃烧着。十一月凉飕飕的小雨随后就来了，也许过后会有霜冻和短短几个月的寒冷。冬天是变幻无常的，而夏天永远是灼热的。小镇还是相当大的。在那条主街上，有好几个商业街区，由两三层楼的商店和办公楼组成。但是镇上最大的建筑是工厂，雇用了小镇大部分的人口。这些棉纺厂很大而且欣欣向荣，镇上绝大部分工人都很穷。街道行人的脸上往往是饥饿与孤独的绝望表情。

然而，这两个哑巴一点儿也不寂寞。在家里，他们高兴地吃吃喝喝，辛格急切地用手告诉伙伴自己所有的念头。时光静静地流逝，转眼间辛格三十二岁了，他已经和安东尼帕罗斯一起在镇上待了十年。

有一天，希腊人病了。他一直端坐在床上，双手放在胖肚皮上面，油一样的泪珠从两颊上滚落。辛格找到伙伴的表兄，也就是果品店的老板，他还替自己请了假。医生给安东尼帕罗斯开了一个食谱，说他再也不能喝酒了。辛格严格地执行了医嘱。一整天，他守在伙伴的病床前，做了一切他能做的，好让时间过得快一些。可安东尼帕罗斯只是气呼呼地用眼角看着辛格，笑也不笑一下。

希腊人很烦躁，不停地抱怨辛格为他弄的果汁和食物不好吃。他不时地让他的伙伴把他扶下床，这样他可以祷告了。他跪下的时候，肥大的臀部压在胖胖的短脚上。他笨手笨脚地打出"亲爱的马利亚"的手语，然后紧紧握住被一根脏兮兮的绳子拴在脖子上的黄铜小十字架。他的大眼睛沿着墙壁爬到天花板，目光里有一种恐惧。随后他会非常阴郁，不许他的伙伴和他说话。

辛格是耐心的，做了他所能做的一切。他画了一些小画，有一次他还为伙伴画了速写，想逗他开心。这张速写伤了胖希腊人的心，直到辛格把他的脸改得很年轻很英俊，把他的头发染成金黄，眼珠子画成中国蓝，他才同意和解。过后，他努力抑制着不让自己的快活流露出来。

辛格细心地照料他的伙伴，一个星期以后，安东尼帕罗斯就能上班了。可是这以后他们的生活方式有了变化。麻烦来了。

安东尼帕罗斯身体恢复了，可人却变了。他变得暴躁，晚上已经不再满足于安静地待在家里。他出门时，辛格紧紧地跟着他。安东尼帕罗斯走进一个饭馆，他们在桌子边坐下，安东尼帕罗斯偷偷地把方糖、胡椒瓶或一些银器装进口袋。辛格总是为他付账，总算没惹出大麻烦。回到家他责怪安东尼帕罗斯，胖希腊人只是看着他，淡然地笑着。

几个月过去了，安东尼帕罗斯的坏毛病愈演愈烈。一天中午，他平静地走出表兄的果品店，走到街对面，公然对着第一国家银行大楼的墙根撒尿。时不时地，他在人行道碰到令他不快的面孔，他会一头撞向这些人，用胳膊肘和肚子推他们。一天，他走进一家商店，没付账就把落地台灯从店里拖了出来。还有一次，他试图把曾在陈列柜里看中的电动火车拿走。

对辛格来说，这是一段难熬的日子。午饭时间，他不停地陪着安东尼帕罗斯去法院处理法律上的纠纷。辛格对这些法庭的程序也很熟悉了，他时刻处在焦虑之中。他在银行的存款都花在了交纳保释金和罚款上。有一大堆来自法院的指控：偷窃、有伤风化、人身攻击，诸如此类。为了他的伙伴不被关进去，辛格想尽了办法，花光了积蓄。

果品店的老板——希腊人的表兄压根儿也不管他的事。查尔斯·帕克（这就是表兄的名字）让安东尼帕罗斯继续待在店里，但他总是用苍白紧绷的脸对着他，一点儿不想去帮他。辛格对查尔斯·帕克有一种奇怪的感觉。他开始不喜欢他了。

辛格处在持续的混乱和担忧中。但安东尼帕罗斯永远是淡然的，不管发生了什么，他的脸上总是挂着温柔和软弱的微笑。过去的那些岁月里，辛格总觉得伙伴的笑容里藏着非常微妙和智慧的东西。他从不知道安东尼帕罗斯到底能明白多少，到底在想什么。如今在胖希腊人的表情中，辛格觉察到一种狡黠和嘲弄。他会使劲地摇晃伙伴的肩膀，直到自己疲倦至极；他一遍遍地用手解释各种事情。可这些全都是无用功。

辛格所有的钱都没了，不得不向他的珠宝店老板借钱。有一次，他没钱付保释金了，安东尼帕罗斯在拘留所里过了一夜。第二天接他出来时，安东尼帕罗斯闷闷不乐。他不想离开。他很享受晚餐的腌猪肉、浇上糖汁的玉米面包。新的住宿环境和狱友令他很愉快。

他们过着这样孤僻的生活，辛格找不到任何人帮他摆脱困境。没有什么可以中断或者治愈安东尼帕罗斯的恶习。在家时，他有时会烧点在拘留所吃过的新东西；在外面，根本无法预料安东尼帕罗斯下一步会做出什么事。

最后的大麻烦击中了辛格。

一天下午，他去果品店接安东尼帕罗斯，查尔斯·帕克递给他一封信。信上说查尔斯·帕克已经安排好了让表弟去两百英里外的州立疯人院。查尔斯·帕克运用了他在小镇的影响力，把方方面面都搞掂了。安东尼帕罗斯下周就要走了，住进那疯人院。

辛格把信读了好几遍，一瞬间脑子一片空白。查尔斯·帕克隔着柜台和他说话，辛格却懒得去读他的口形。最后，辛格在他随身带着的便笺簿上写下：

你不能这样做。安东尼帕罗斯必须和我在一起。

查尔斯·帕克激动地摇了摇头。他不怎么会说英语。"这不关你的事。"他一遍遍地重复这句话。

辛格知道一切都结束了。这个希腊佬担心有一天表弟会成为他的负担。查尔斯·帕克不懂多少英语——可他对美元了解得很，他用金钱和关系，迅速地把表弟送进了疯人院。

辛格无能为力。

下一个星期充斥着种种狂躁的举动。辛格不停地说话。尽管他的手从没停下过，他还是说不完他想说的话。他想把浑身的话全讲给安东尼帕罗斯听，可是没有时间了。他的灰眼珠闪闪发光，敏捷而智慧的脸上现出过度的紧张。安东尼帕罗斯昏沉沉地看着他，辛格不知道他真正明白了多少。

安东尼帕罗斯要走的日子到了。辛格取出自己的手提箱，非常细心地给共同财产中最值钱的物品打包。安东尼帕罗斯为自己做了一顿中饭，预备在路上吃。傍晚时分，他们最后一次手挽着手，在那条街上散步。那是十一月末寒冷的下午，眼前已经看得见一小团一小团的哈气。

查尔斯·帕克要和表弟一起去，在站台上却离他们远远地站着。安东尼帕罗斯挤进巴士，在前排的一个座位上夸张地准备了半天，才把自己安顿下来。辛格从窗口望着他，他的双手最后一次绝望地与伙伴交谈。可是安东尼帕罗斯忙着检查午餐盒里各项食品，一时间他根本顾不上辛格。车从路边开动的刹那，他把脸转向辛格，他的笑容平淡而遥远——仿佛他们早已相隔万里。

后面的几个星期恍如梦中。辛格整天俯在珠宝店后面的工作台上，晚上他一个人走回家。他最想做的事就是睡觉。下班一到家，他就躺在他的小床上，挣扎着打个盹。半醒半睡之间，他做梦了。所有的梦里，安东尼帕罗斯都在。辛格的手紧张地抽动，在梦里他正与伙伴交谈，安东尼帕罗斯则注视着他。

辛格努力回忆认识伙伴以前的岁月。他努力对自己描述年轻时发生的某些事。可所有这些他努力回想起的东西显得那么不真实。

他想起一件特别的事，但它真的无关紧要。辛格追忆到，尽管他还是婴儿时就聋了，他从来就不是真正的哑巴。很小的时候他成了孤儿，被送进聋儿收养院。他学会了手语和阅读。九岁以前他就能打美式的单手手语——也能打欧式的双手手语。他学会了唇读。随后他被教会了说话。

在学校大家都觉得他很聪明。他的功课学得比别的同学都快。但他从不习惯于用嘴说话。这对他来说不太自然，他感觉自己的舌头在嘴里像一条鲸鱼。从对方脸上空洞的表情，他能感觉到自己的声音像某种动物或者听起来很恶心。用嘴说话对他而言是件痛苦的事，他的双手却总能打出他想说的话。二十二岁时他从芝加哥来到南部的这个小镇时，旋即遇到了安东尼帕罗斯。从那以后，他再也没用嘴说过话，因为和伙伴在一起他不需要动嘴。

除了和安东尼帕罗斯在一起的十年，其他的都不像是真的。在迷迷糊糊的梦境中，他的伙伴栩栩如生。醒来后，巨大的孤独刺痛了他的心。偶尔，他会寄一箱子东西给安东尼帕罗斯，但从没收到过回音。几个月就在如此的空虚和迷茫中过去了。

春天来了，辛格变了。他无法入睡，身体焦躁不安。到了晚上，他在屋子里机械地打转，无法将陌生的能量排解掉。只有黎明前的几个小时，他才能稍稍休息一会 —— 昏然陷入沉睡之中，直到早晨的阳光像一把短弯刀，突然刺破他的眼皮。

他开始在镇上四处晃悠，消磨掉夜晚的时光。他再也不能忍受安东尼帕罗斯住过的屋子，就去离镇中心不远的一幢破破烂烂的公寓另租了房间。

他每天都在两条街外的一个餐馆吃饭。它在长长的主街的尽头，名字叫"纽约咖啡馆"。第一天他快速地扫了一眼菜单，写了一张便条交给老板：

早餐我要一个鸡蛋、吐司和咖啡 ——$0.15

中餐我要汤（随便）、夹肉三明治和牛奶 ——$0.25

晚餐给我上三种蔬菜（随便，除了卷心菜）、鱼或肉、

一杯啤酒 ——$0.35

谢谢。

咖啡馆的老板看了便条，向他投去警觉和世故的目光。他是个不太随和的男人，中等身高，络腮胡又深又重，脸的下半部看起来像铁做的。他通常站在收银台的角落里，双臂交叉在胸前，静静地观察周围的一切。辛格对他的脸渐渐熟悉起来，因为他一天三餐都待在这儿。

每个晚上，哑巴都一个人在街上闲荡好几个小时。有些夜晚是冷的，刮着三月尖利、潮湿的风，有时雨下得很大。对他而言，这些都不重要。他的步态是焦虑的，双手紧紧地插在裤兜里。日子过去了，天逐渐变暖了，令人昏昏欲睡。焦虑慢慢地化成疲倦，在他身上可以看见一种深深的平静。沉思般的安宁造访了这张脸，如此的安宁你往往能在最悲伤或最智慧的脸上瞥见。是的，他仍然漫步在小镇的大街小巷，总是沉默和孤单。

二

初夏一个漆黑闷热的夜晚，比夫·布瑞农站在纽约咖啡馆收银台的后面。当时是午夜十二点。外面的街灯已经熄灭了，从咖啡馆透出的光线在人行道上画出清晰的黄色长方块。街上寥无人影，咖啡馆里倒有几个顾客正在喝啤酒或桑塔·露琪亚葡萄酒或威士忌。比夫冷冷地候着，胳膊肘搭在柜台上，大拇指一边挤压着长鼻子的鼻尖。他的眼神很专注，牢牢地盯着一个矮胖的穿工装裤的家伙，他喝醉了，吵吵嚷嚷的。比夫的目光时而落到独自坐在中间一张桌子旁的哑巴身上，时而落在柜台前的几个顾客身上。然而，他的目光总是转回到穿工装裤的醉鬼那里。夜深了，比夫沉默地等在柜台后。他最后检查了一遍咖啡馆，走向后门，上了楼梯。

他悄无声息地走进楼梯顶部的房间。屋里很暗，他蹑手蹑脚地走着。他走了几步，脚指头触到了一个坚硬的东西，他蹲下身，摸索地板上手提箱的把手。他在屋里也就待了几秒钟，正想离开时灯亮了。

艾莉斯在皱巴巴的床上坐起来，看着他。"你动那箱子做什么？"她问，"你就不能把那疯子打发掉？用不着加满他喝光的杯子！"

"你醒醒吧，自己下去。去叫警察，把他腌泡在链子串起来的囚

12

犯里，整天吃玉米面包和豆子。去做吧，布瑞农太太。"

"如果明天他还在下面，我会的。你可别碰那箱子，它不再属于那个寄生虫啦。"

"我了解寄生虫，布朗特可不是。"比夫说，"我自己 —— 我可不了解我自己。可我也不是那种小偷。"

比夫平静地把箱子放在外面的楼梯上。屋里的空气不像楼下那么不新鲜和闷热。下楼之前，他要在这里多待一会儿，把脸浸在冷水里。

"你今晚要是不把那家伙给我彻底打发掉，我可是说到做到。白天他就在后面打瞌睡，晚上你让他白吃白喝。一个星期他都没掏过一个子儿。他疯疯癫癫的谈话和愚蠢的行为会搞垮任何体面的生意。"

"你不了解人，你也不了解真正的生意，"比夫说，"这个有问题的家伙十二天前来到这，在这镇上他是位陌生人。第一个星期他给了我们二十块钱的生意。至少二十。"

"从那以后，他就赊账了，"艾莉斯说，"赊了五天，喝得烂醉，真丢人。再说他别无所长，就是个叫花子和怪物。"

"我喜欢怪物。"比夫说。

"我就知道你喜欢！我就知道你肯定会喜欢，布瑞农先生 —— 因为你本人就是一个怪物。"

他揉了揉青色的下巴，不再理睬她。婚姻生活的头十五年，他们直呼对方为比夫和艾莉斯。一次争吵中，他们开始叫对方为先生和太太，从此以后，再也没能和好如初到把称呼改回去。

"我只是想警告你，我明天下楼时，他最好别让我看见。"

比夫进了卫生间，洗完脸后，觉得还有时间刮刮胡子。他的胡须又黑又厚，像是三天没刮过。他站在镜子前，搓着脸沉思。他后悔和艾莉斯说话。和她相处，最好是沉默。和那女人相处，老让他感觉离真实的自我很远，使他变得和她一样粗糙、渺小和平庸。比夫的眼睛冷冷的，凝视着，眼皮玩世不恭地低垂，将眼睛遮住了一半。结着老茧的小指上，有一只女式婚戒。身后的门开着，从镜子里他看见艾莉斯躺在床上。

"听我说，"他说，"你的问题是你没有真正的善意。我认识的女人中，只有一个有我所说的这种善意。"

"哼，我知道你会做世上别的男人都会感到不齿的事。我知道你——"

"也许我指的是好奇心。你对任何重要的事都视而不见。你从不观察、思考，从来不肯动一点儿脑子。这也许就是我和你之间最大的区别吧。"

艾莉斯又要睡着了，透过镜子他事不关己地望着她。她身上没有能吸引他注意力的特征，他的目光从她浅褐色的头发滑向被单下粗短的脚的轮廓，脸部柔和的线条连着浑圆的臀部和大腿。他的视线离开她时，脑海里没有能呼之欲出的特写。她在他的记忆中一直是整体连贯的形象。

"你从不知道看好戏的乐趣。"他说。

她的声音很疲倦。"楼下的那家伙就是一出好戏，没错，也是一个小丑。我受够他了。"

"见鬼，那家伙和我有什么关系。他不是我的亲戚，也不是哥们。什么叫收集一大堆细节，从中发现真相，这你懂吗?"他拧开热水，迅速地刮起了胡子。

是的，那是五月十五号的早晨，杰克·布朗特走了进来。他立刻留意到他，开始观察他。这个男人身材短小，厚厚的肩膀像横梁一样。他留着乱蓬蓬的小胡子，下唇看起来像是被黄蜂叮了一口。这家伙身上有好多自相矛盾的地方。他的头很大，很匀称，可是脖子柔软纤细，像个小男孩。胡子不像真的，仿佛是为了参加化装舞会而贴上去的，让人担心如果他说话太快，胡子就会掉下来。这使他看起来像中年人，尽管高高的光滑的额头、睁得大大的眼睛令他的脸显得年轻。他有一双巨大的手，污迹斑斑，结满老茧；他穿着廉价的白亚麻西装。这家伙身上透着一股滑稽的气息，与此同时，另外一种感觉又让你笑不出来。

他要了一品脱酒，半个小时内就喝光了。他坐在一个隔间里，吃着鸡肉套餐。然后他读书，喝啤酒。一开始就是这样。尽管比夫仔细地观察过布朗特，却想不到以后发生的种种疯狂事。他从没见过一个人会在十二天内如此多变。他也没见过一个家伙喝得这么多，醉得这么久。

比夫用大拇指向上推了推鼻尖，开始刮上唇的胡子。刮完后，他的脸显得清爽多了。下楼经过卧室时，艾莉斯已经睡着了。

手提箱很沉。他将它拎到餐馆的前面，放在收银台后，他每天晚上都站在这里。习惯性地，他扫视了一下四周。有些顾客已经离开了，房间不那么拥挤了，但格局没有变化。聋哑人还单独坐在中间的桌子边上喝咖啡。醉鬼依然说个不停。他更像是在自言自语，周围也没人听。这天晚上，他穿着蓝色工装裤，换下了那件十二天一直穿着的脏兮兮的亚麻西装。袜子不知哪去了，脚踝抓破了，还沾着泥块。

比夫竖起耳朵拼凑独白的碎片。这家伙好像又在说些奇怪的政治话题。昨天晚上，他一直在说一些他去过的地方——得克萨斯、俄克拉何马、卡罗来纳。有一次，他提到了窑子；然后他的玩笑变得粗俗不堪，只好灌他啤酒，好把他的嘴堵住。大多数时候，没人知道他到底在说什么。说——说——说。话语如同瀑布一样从他喉咙里倾泻而下。值得注意的是，他的口音随时在变，以及他的用词。他的言谈有时像棉纺工，有时又像教授。他会用很生僻的词，同时却犯语法错误。很难搞清他是什么样的家伙或者来自哪里。他总在变。比夫抚弄鼻头，一边思考。不合逻辑。可是逻辑通常跟着大脑走。这家伙是有个好脑子，却无来由地从一件事跳到另一件事上。他好像被某种力

15

量抛出了轨道。

比夫斜靠在柜台上，开始浏览晚报。头条新闻说，镇议会经过四个月的深思熟虑，宣布当地的财政预算无法承担某些危险路口红绿灯的开支。左边的一栏报道了亚洲的战事。比夫把两条新闻都仔细看了。他的眼睛随着铅字走，其他感官却时刻留意着周围的情况。他看完了文章，眼睛还半睁半闭地盯着报纸。他感到紧张。这家伙是个麻烦，早晨以前得想出个解决办法。而且，直觉告诉他今晚有一件大事将要发生。这家伙总不能永远这样。

比夫感觉到有人站在门口，他迅速地抬起头。一个十二岁左右的小女孩，瘦长的身子，灰亚麻色的头发，站在门口张望。她穿着卡其布短裤、蓝衬衫、网球鞋——第一眼看去像小男孩。比夫看到她，放下手中的报纸。她走向他，他笑了。

"你好，米克。参加女童子军了吗？"

"没，"她说，"我和她们没关系。"

他眼角的余光瞥见那个醉鬼砰地一拳打在桌子上，脸从说话对象面前扭开。和眼前的小女孩说话时，比夫的声音变得粗糙了。

"你家人知道你深更半夜还在外面吗？"

"没事啊。今晚我们街区一帮小孩在外面玩得很晚。"

他从没见过她跟同龄的孩子来这个地方。几年前她是哥哥的小跟屁虫。凯利一家是个大家庭。她长大了一点儿，有时会拖着童车来，里面装着几个流鼻涕的小婴儿。除此之外，她总是单独一个人。现在这孩子站在那儿，似乎不能决定她要什么。她不停地用手掌向后捋潮湿的浅发。

"请给我一包烟。最便宜的那种。"

比夫欲言又止，把手伸到柜台里面。米克掏出手帕，开始解角上的结。手帕里装着钱。她猛地一拽，钢镚儿咣啷掉到地上，滚向布

16

朗特——他正站着，嘟囔着什么。有一刻，他茫然地看着钢镚儿。小孩子正想去捡，他却回过神，蹲下身捡起了它们。他重重地走到柜台，轻轻地晃着掌中两个一分币、一个五分币、一个一角币。

"烟现在是一角七分钱吗?"

比夫等着，米克看了看这个人，又看看那个。醉鬼把钢镚儿在柜台上堆成一小撮，用他的大脏手围着它。他慢慢地拿起一个一分币，用指头轻轻地把它弹倒。

"这五个密尔[1]给种烟草的穷白人，五个给卷烟的蠢货，"他说，"这一分钱给你，比夫。"他努力集中视线，想看清五分币和一角币上面的铭文。他不住地摸着这两个硬币，推着它们在柜台上画着圆圈。他终于把硬币推到一旁。"一次向自由卑微的致敬。向民主与独裁。向自由与打劫。"

比夫平静地拾起硬币放进钱柜。米克像是想待上一会儿的样子。她长长地凝视着醉鬼，然后将目光转向屋子的中间——哑巴独自一人坐着。布朗特也时不时地望向同一个方向。哑巴沉默地坐在啤酒杯前，无聊地用烧焦的火柴头在桌上画着。

杰克·布朗特先开口了。"奇不奇怪，前三四个晚上我都梦见那家伙了。他不肯放过我。你们没发现吗，他好像从不说话。"

比夫极少和一个顾客聊另一个顾客的闲话。"是的，他不说话。"他敷衍地回答。

"奇怪。"

米克将重心换到另一只脚上，把烟塞进短裤口袋。"你要是了解他一点点，就不会觉得奇怪了，"她说，"辛格先生和我们住一起。他租了我们的房间。"

1　千分之一美元。

"是吗?"比夫问,"我很吃惊 —— 这我可不知道。"

米克朝门口走去,头也不回地说:"当然。他已经和我们一起住了三个月了。"

比夫把衬衫袖子放下来,再小心地把袖子卷上去。米克离开时,他一直盯着她。她走了几分钟后,他还胡乱地摸着袖子,瞪着空荡荡的门口。然后他把胳膊交叉在胸前,目光又落回到醉鬼身上。

布朗特重重地靠在柜台上。褐色的眼睛潮湿了,睁得大大的,显得很迷惘。他闻起来臭得像公山羊,急需洗一个澡。汗津津的脖子上一串串的污垢,脸上有一块油斑。嘴唇又红又厚,褐色的头发盖在额头上。工装裤对他来说有点儿短,他不停地搜着裤裆。

"伙计,你也该懂事了,"比夫终于说话了,"你不能就这样到处跑。看看你,我真吃惊,你居然没被当成流浪汉给抓起来。你应该清醒起来。你急需洗一洗,头发也剪一剪。圣母马利亚!你不配走在人群里。"

布朗特沉下脸,咬紧下嘴唇。

"嘿,别发火。照我说的去做。到厨房去,叫那黑孩子给你一大盆热水。让威利给你毛巾和足够的肥皂,好好地洗洗。吃些牛奶吐司,打开你的手提箱,换一件干净的衬衫和合适的裤子。明天你就能开始做你想做的,去你想去的地方工作,一切都会好起来。"

"你知道你能做什么,"布朗特醉醺醺地说,"你只能 ——"

"行啦,"比夫小声地说,"不,我不能。你现在本分点吧。"

比夫走到柜台的另一头,拿来两杯生啤酒。醉鬼笨拙地拿起他的杯子,啤酒溅到了手上,弄湿了柜台。比夫津津有味地啜饮着自己的那杯酒。他从容地打量布朗特,眼睛半闭着。布朗特不是怪物,尽管他给人的第一印象如此。在他身上有什么东西走样了 —— 仔细看他的每个部位很正常,都是它应该的样子。因此,这种差异如果不是在身体中,十有八九是在精神里。他像一个蹲过监狱的人,或者在哈

18

佛读过书，或者在南美和外国人混了很久。他像是去过一些别人很难去过的地方，或者做过一些别人不太会做的事情。

比夫把脑袋歪到一边，问道："你是哪里人？"

"哪儿人也不是。"

"噢，你总得有个出生地吧。北卡罗来纳 —— 田纳西 —— 亚拉巴马 —— 总有个地儿。"

布朗特的眼神恍惚，目光涣散。"卡罗来纳。"他说。

"我看得出你阅历丰富。"比夫微妙地暗示。

可这醉鬼根本不在听。他的目光早从柜台转向了外面漆黑、空荡的大街。过了一会儿，他迈着松垮的步子踉跄地走到门口。

"拜拜[1]。"他向后喊了一声。

比夫又是一个人了。他迅速地扫视了一遍餐馆。已经是凌晨一点多，屋子里只有四五个客人。哑巴依然独自坐在中间的桌子边。比夫懒洋洋地看着他，晃了晃杯底最后几滴啤酒。慢慢地一口喝完酒，他接着去读摊在柜台上的报纸。

他却看不进眼前的字。他想起了米克。应该卖给她香烟吗，抽烟对孩子真的有害吗？他想起了米克眯长眼睛、用掌心把头发向后捋的样子。他想起了她沙哑的男孩般的声音，想起她喜欢拽卡其布短裤的习惯，像电影里的牛仔一样昂首阔步地走路。一种温柔的情感攫住了他。他有些不安。

他不知所措地将注意力转到辛格身上。哑巴坐着，双手插在口袋里，面前喝了一半的啤酒，已经变得温热而污浊。辛格走之前，他打算请他喝一点儿威士忌。他之前对艾莉斯说的没有错，他就是喜欢怪物。他对病人和残疾人抱有特殊的情感。如果碰巧进来一个长着兔

唇或得了肺结核的家伙，他准会请他喝啤酒。如果是一个罗锅或跛得很厉害的人，那就换成了免费的威士忌。有一个家伙在锅炉爆炸中炸飞了鸡巴和左腿，只要他来到镇上，准有一品脱免费酒等着他。如果辛格是个嗜酒的家伙，任何时候他都可以打五折。比夫点点头。他把报纸整齐地折好，放在柜台下面，和其他的报纸摆在一起。周末他会把它们全都搬到厨房后面的储藏室，里面有他保存完整的过去二十一年间的晚报，一天都不缺。

夜里两点，布朗特又回来了。他还带来了一个高个子黑人，拎着黑包。这醉鬼试图领着他去柜台那儿喝上一杯，可黑人一发现他的意图，马上就走了。比夫认出了他，记忆里他一直在镇上行医，而且和厨房里的小威利有点儿关系。在他转身之前，比夫看见他的目光仇恨而战栗地扑向了布朗特。

布朗特就站在那儿。

"你不知道吗，白人喝酒的地方，不许带黑鬼进来。"有人问他。

比夫远远地瞅着这一幕。布朗特非常生气，很明显他喝多了。

"我自己就是半个黑鬼。"他叫嚣着，像是在挑衅。

比夫警惕地注视着他，屋里静悄悄的。从他厚厚的鼻孔和滚动的眼白，倒是能看出他不完全是在编瞎话。

"我是部分黑鬼加南欧猪加东欧猪再加上中国猪。我全是。"

一阵哄笑。

"我还是荷兰人加土耳其人加日本人加美国人。"他绕着哑巴喝咖啡的桌子，走着"之"形。他的声音巨大、嘶哑。"我是知道的人。我是一个陌生人，在一个陌生的国度。"

"静一静。"比夫对他说。

布朗特除了那个哑巴，谁也不理。他们在互相打量对方。哑巴的眼睛像猫一样冷淡而温和，他的全部身体都像是在倾听。醉鬼暴怒。

"你是这镇上唯一能听懂我说话的人，"布朗特说，"两天啦，我一直在脑子里和你交谈，因为我知道你明白我想说什么。"

隔间里有人在笑，这醉鬼根本不知道他选中了一位聋哑人交谈。比夫观察的目光飞快地瞟向这两个男人，他聚精会神地听着。

布朗特在桌子边坐下，身子俯向辛格。"有两种人：知道的人和不知道的人。一万个不知道的人当中只有一个知道的人。这是所有时代的一个奇迹——芸芸众生无所不知啊，可他们却不知道这点。就像十五世纪每个人都相信地球是平的，只有哥伦布和少数几个人知道真理。不同的是，需要天赋才能发现地球是圆的。我说的真理是这样明显，却没有人知道，这可真是历史上的一个奇迹。懂吧。"

比夫胳膊肘支在柜台上，好奇地注视布朗特。"知道什么?"他问。

"别听他的，"布朗特说，"别理那个平足的、青下巴的、多管闲事的杂种。你明白，我们知道的人彼此遇见，这是一个事件。它简直是不可能发生的。有时我们遇到了，从来想不到对方就是知道的人。这真糟糕。在我身上发生很多次了。可你瞧，我们这样的人真是太少了。"

"共济会?"比夫问。

"闭嘴吧你! 小心我把你胳膊拧下来，再用它把你暴揍一顿。"布朗特破口大骂。他把身子弯向哑巴，声音放低了，醉醺醺地小声说："怎么回事呢? 为什么这个无知的奇迹会世代长存呢? 一个原因。共谋。一种广大和阴险的共谋。蒙昧主义。"

隔间里的人还在笑这个醉鬼，笑他企图和这个哑巴对话。只有比夫是认真的。他想搞清哑巴是不是真能明白醉鬼的话。这家伙频频点头，脸上一副沉思的表情。他只是有点儿慢——仅此而已。布朗特在"知道"的话题中插了几个笑话。哑巴一直很严肃，直到醉鬼说了这句妙论后几秒钟，他才笑了一下；谈话又变得沉闷了，可微笑依然停滞在他的脸上。这家伙太不可思议了。人们甚至在意识到他与众不同之前，已经不自觉地被他吸引。他的眼神令人觉得他听见了别人从没听到的东西，他知道一些别人无法想象的事情。他仿佛来自另外一个星球。

杰克·布朗特趴在桌子上，话像决了堤的洪水从他体内流出来。比夫已经听不懂了。布朗特喝成了大舌头，语速又太快，声音被震成一团。比夫暗想，当艾莉斯把他赶走后，他能去哪儿呢？早晨她就会这样做——她说过。

比夫困倦地打着呵欠，用指尖轻轻地拍打张开的嘴，让两颚放松。已经是凌晨三点，这是一天中最萧条的时候。

哑巴是耐心的。他已经听了差不多一个小时。他开始不时地看看钟。布朗特没注意到这个，继续高谈阔论。他终于停下来，卷了一支烟；哑巴朝时钟的方向点点头，用他特有的方式，无法察觉地笑笑，从桌旁起身。他的双手和往常一样，插在口袋里。他迅速地走了出去。

布朗特喝得烂醉如泥，根本不知道发生了什么。他甚至没注意到哑巴不再回应了。他扫视着咖啡馆，嘴巴张得老大，眼珠子迷迷糊糊地滚动。额头上红色的血管凸起，他愤怒地用拳头猛击桌面。现在，他的酒疯要不了多久了。

"够啦，"比夫友好地说，"你的朋友已经走了。"

这家伙还在寻找辛格。他从没像现在这样醉过。表情丑陋至极。

"我有东西给你，和你说句话。"比夫哄着他说。

布朗特费劲地把身子从桌边拖起来，迈着松散的大步向大街走去。

比夫靠在墙上。进进出出——进进出出。无论如何，这和他没关系。屋子变得空旷和安静。时间在苟延残喘。他的脑袋倦怠地向前垂着。一切的喧哗正在缓慢地向这屋子告别。柜台、面孔、隔间和桌子，角落里的收音机，天花板上的吊扇——所有的东西都模糊不堪，停滞不前。

他肯定是睡着了。一只手在晃动他的胳膊肘。他的意识慢慢地回到了身体，他抬起头看看是怎么回事。威利，就是那个厨房里的黑孩子，站在他的面前，戴着帽子，身上系着长长的白围裙。威利结结巴巴的，因为他一想说什么，总是会很激动。

"这样，他用拳头往这砖墙上砸……砸……砸。"

"什么？"

"就在两户人……人……人家以外的小巷里。"

比夫挺直了松懈的肩膀，整了整领带。"什么？"

"他们要把他带到这儿，随时会来一堆人……"

"威利，"比夫耐心地说，"从头开始讲，我好明白是怎么回事。"

"就是那个留胡……胡……胡子的矮个白人。"

"布朗特先生。是的。"

"嗯，我没看见开头。我在后门站着，听见一阵子响动。听声音像是巷子里打得很凶。我就跑……跑……跑过去看。这白人简直疯啦。他把脑袋往墙上撞，用拳头砸。我可没见过一个白人像他那样咒骂和打架。就和墙打。看他那架势，准会把自己的脑袋瓜打破。后来有两个白人听到了，跑过来看……"

"然后呢？"

"然后……你知道这个不会说话的绅士……手插在口袋里……这……"

"辛格先生。"

"他也来了，站在那儿看究竟是怎么回事。布……布……布朗特先生看见了他，开始说话和大喊。突然他摔到了地上。可能他真的把脑袋撞开花啦。一个警……警……警察跑来，有人告诉他布朗特先生在这儿。"

比夫点点头，把听到的故事重新组合了一遍。他揉了揉鼻子，思考了一分钟。

"他们随时会拥进来。"威利走到门口，向外看，"他们现在全来了。他们拖着他。"

十几个旁观者和一个警察全都试图挤进餐馆。外面几个妓女从窗子向屋内看。每当非同寻常的事发生，总有那么多人不知从什么地方冒出来，总是很可笑的。

"没必要再添乱了，"比夫说，他看看扶着醉鬼的警察，"其他人可以走了。"

警察把醉鬼扶到椅子上，一小群观众都被他赶到外面去了。警察转过来问比夫："有人说他一直待在这儿，和你一起。"

"不是。但他可以待在这儿。"比夫说。

"希望我把他带走吗？"

比夫想了想。"今晚他不会再惹麻烦了。当然我不能保证 —— 但我想这会使他安静下来。"

"好吧。我收工前再来一趟。"

只剩下比夫、辛格和杰克·布朗特三个人。自从布朗特被带进来，比夫第一次将目光投向这醉鬼。布朗特的下巴伤得很厉害。他颓然地倒在桌子上，大手盖住了嘴，前后晃动身体。他的头上有一个裂口，血顺着太阳穴流下来。指关节的皮蹭破了，肉翻了出来。他太脏了，像是刚被人揪着脖子下水道里拎出来。所有的能量都从身体里喷射而尽，他完全垮了。哑巴坐在桌子对面，灰色的眼睛把这一切尽收眼底。

比夫发现布朗特并没伤到下巴，却用手捂着嘴，因为他的嘴唇在颤抖。泪水从污浊的脸上滚落。他时不时地斜着眼睛看比夫和辛格，为他们看见自己流泪而气恼。真令人尴尬。比夫对着哑巴耸了耸肩膀，扬着眉毛，一副"我们怎么办"的表情。辛格把脑袋歪向一边。

比夫有些为难。他思索着应该如何处理此事。他正想着，哑巴在菜单的背面写了几行字：

> 如果你想不出任何他能去的地方，他可以跟我一起回家。
> 先弄点儿汤和咖啡，对他有用。

比夫松了一口气，拼命地点头。

他在桌上摆了三份晚上的特价菜，两碗汤，咖啡和甜点。但布朗特不肯吃。他不肯把手从嘴上拿下来，好像那是他正要被暴露的隐秘部位。他的呼吸夹杂着刺耳的哭泣，宽大的肩膀紧张地抽搐。辛格指着一盘食物，又指指另一盘，但布朗特始终用手捂着嘴摇头。

比夫吐字很慢，为了让哑巴能看清。"这样歇斯底里 ——"他挑起了话题。

汤的热气向上冒，直扑到布朗特脸上。过了一会儿，他颤抖着握住勺子。把汤喝完了，吃了部分的甜食。肥厚的嘴唇依然在颤抖，脑袋几乎埋在盘子里。

比夫注意到了。他在想每个人身上都有一个特定的部位，一直被牢牢地保护着。对哑巴来说，这个部位是手。小女孩米克用指尖拉胸罩的前面，不让它摩擦刚刚钻出来的娇嫩的乳头。艾莉斯最介意的是头发；每当他在头上抹了油，她就拒绝和他睡在一起。那他自己呢？

比夫慢腾腾地转动小指上的戒指。不管怎么说，他知道哪里不是。不是。不再是。一道深深的皱纹刻在他的额头。插在裤袋里的手紧张地移向生殖器。他用口哨吹出一首歌，从桌旁站起身。反正，在别人身上寻找这个部位很可笑。

他们扶着布朗特起身。他跌跌撞撞的，身体发软。他不再哭了，似乎在思考一件可耻和郁闷的事。他顺从地让他们领着。比夫从柜台后拿出手提箱，向哑巴解释了一下。辛格仿佛不会被任何事物所惊扰。

比夫跟着他们到了门口。"振作一点，别喝酒了。"他对布朗特说。

漆黑的夜空亮起来了，透出清晨的深蓝色。天上只有少许微弱的银白色的星星。街道空旷、沉默，几乎是清冷的。辛格用左手提着手提箱，另一只手搀扶着布朗特。他对比夫点头示意"再见"，两人走上了人行道。比夫目送着他们。他们走到半条街外了，黑色的身影在蓝色的黑暗里若隐若现——哑巴是笔直而坚挺的，宽肩膀的布朗特跟跄地靠在他身上。他们的身影全然消失在夜色里，比夫又等了一会儿，抬头看天。一望无际、深不可测的苍穹让他着迷，又令他压抑。他揉揉额头，走回明亮的餐馆里。

站在收银台的后面，他竭力去回想晚上发生的事情，面部肌肉也随之绷紧了。他有一种感觉：想对自己有个交代。在冗长的细节里，他回忆晚上的一幕幕，还是没有想明白。

随着一股突然涌进的人流，门开开合合。夜晚过去了。威利把椅子堆在桌子上，开始拖地。他要回家了，一边哼着歌。威利是个懒骨头。在厨房里，他总是停下来偷一会儿懒，吹吹随身带着的口琴。他睡意蒙眬地拖着地，从容地哼着孤独的黑人歌曲。

现在人不是很多——这个钟点正是那些熬夜的人与刚刚苏醒的人相遇的时刻。睡眼惺忪的女招待忙着上啤酒和咖啡。没有声音，没有交谈，每个人看上去都是孤单的。刚刚醒来的男人与刚刚结束漫长夜晚的男人彼此之间的不信任，在每个人心里投下了疏离感。

黎明时分，对面的银行大楼露出苍白的轮廓。慢慢地，白色的砖墙越来越清晰可见。早晨的第一缕阳光点亮了街道，比夫最后审视了一眼餐馆，上楼去了。

进屋时，他故意把门把弄得咯咯作响，好把艾莉斯吵醒。"圣母马利亚！"他说，"可怕的一夜！"

艾莉斯警觉地醒了过来。她躺在凌乱的床上，像一只阴郁的猫，她伸了伸懒腰。新鲜火热的早晨的阳光射进来，房间被照得褪了色，毫无生气；一双皱巴巴的丝袜无精打采地挂在窗帘的绳子上。

"那个醉醺醺的蠢货还在楼下吗？"她质问。

比夫脱掉衬衫，查看领子是不是干净，能不能再穿一天。"你自己下去看吧。我说过没人能阻止你一脚把他踢开。"

艾莉斯迷迷糊糊地伸出手，从床后的地板上捡起一本《圣经》、菜单的空白背面和主日学校手册。《圣经》的纸页被她翻得沙沙作响，她在一页停住，开始吃力而专注地大声朗读。今天是礼拜日，她正在为教堂少儿部的男孩子们准备一周一次的课。"耶稣顺着加利利的海边走，看见西蒙和西蒙的兄弟安得烈在海里撒网。他们本是打鱼的。耶稣对他们说：'来跟从我，我要叫你们得人如得鱼一样。'他们就立刻舍了网，跟从了他。"

比夫走进卫生间洗澡。艾莉斯用力地读着，传来丝绸般的低语。他听见："……早晨，天未亮的时候，耶稣起来，到旷野地方去，在那里祷告。西蒙和同伴追了他去。遇见了就对他说：'众人都找你。'"

她念完了。这些话依然温柔地在比夫心里旋转。他尽量想还原书上的词语，不受艾莉斯朗读的干扰。他想记起，当他还是个小男孩时，母亲是如何朗读这一段的。他伤感地低下头看小指上的婚戒，那曾经是母亲的。他又一次暗想母亲对他抛弃了宗教和信仰会是何种感受。

"这堂课是关于门徒的聚集，"艾莉斯自言自语地备课，"今天的课文是'众人都找你'。"

比夫猛然从沉思中惊醒，将水龙头开到最大。他脱掉汗衫，开始搓洗自己。他总是把上半身洗得一丝不苟。每天早晨他在胸口、胳膊、脖子和脚打上肥皂——这个季节中只有两次他跳进浴缸，把全身洗一遍。

比夫站在床边，不耐烦地等着艾莉斯起床。透过窗子，他知道这将是无风的一天，热得要烧起来。艾莉斯朗读完了。尽管艾莉斯知道他在等她，还是横躺在床上，懒洋洋的。一股平静而阴沉的怒火在他体内升起。他嘲讽地对自己笑了。然后苦恼地说："随便你啦，反正我可以坐下来读一会儿报。当然我希望你现在能让我睡觉。"

艾莉斯开始梳妆打扮，比夫在铺床。他灵巧地将被单倒来倒去，先是把上面的铺到下面，把它们翻了个面铺上去，随后又把头和脚倒了个。床被弄得很舒服，他一直等到艾莉斯走了以后，才快速地脱掉裤子爬上床。他的脚从被单下面冒了出来，长着粗长胸毛的胸膛在枕头的衬托下显得更加乌黑。他庆幸自己没有把醉鬼的事告诉艾莉斯。他很想把这事说给一个人听，如果他能大声地说出所有的事实，也许他就能弄清令他困惑的东西。这个可怜的狗娘养的家伙，说啊说个不停，却不让任何人明白他在说什么。很可能他自己也不明白。他是如此地被聋哑人吸引，选中了他，尽力要把自己的一切都交给哑巴。

为什么？

因为某些人有一种本能：他们要在某个时刻扔掉所有私人的东西，在它们发酵和腐蚀之前，把它们抛给某个人，或某种主张。他们必须这样。某些人就有这样的本能 —— 那篇课文是"众人都找你"。也许这就是原因 —— 也许 —— 他是中国人，这家伙说过的。一个黑鬼、南欧猪和犹太人。而且如果他能信以为真，也许就是这样了。每个人、每件事在他的口中，他都 ——

比夫向上伸展双臂，交叉光着的脚。早晨的光线下，他显得比平时要老，因为闭上的眼皮皱巴巴的，脸上有一圈重重的铁一般的络腮胡。慢慢地，他的嘴角变得柔和而放松了。刺目的暖阳射进窗子，整个屋子又热又亮。比夫疲倦地翻了个身，用手遮住眼睛。他就是巴托罗谬 —— 有两个拳头和伶俐牙齿的老比夫·布瑞农先生 —— 独自一人。

三

阳光把米克早早地叫醒，尽管前一天晚上她在外面玩到很晚。天太热了，早餐喝咖啡都嫌热，她在冰水里加了些糖浆，吃着冷饼干。她在厨房磨蹭了半天，然后走到前廊读漫画。她想也许辛格先生正在那儿看报纸呢，基本上每个星期天早晨他都这样。但辛格先生不在，她爸爸说辛格昨天很晚才回来，他的房间里还有一个人。她等了辛格先生许久。所有的房客都下楼了，除了他。她走回到厨房，把拉尔夫从高高的椅子上抱下来，替他换上干净的衣服，帮他擦掉脸上的脏东西。等巴伯尔从主日学校放学后，她就要带孩子们出去。她允许巴伯尔和拉尔夫一起坐在童车里，因为巴伯尔光着脚，灼热的人行道会烫伤他的脚。她拖着童车，走了八条街，来到正在施工的一所巨大的新房子前。梯子还支在屋顶边上，她鼓足了勇气往上爬。

"你照顾好拉尔夫，"她回头向巴伯尔嚷道，"别让蚊子叮他的眼皮。"

五分钟后米克站在了上面，挺得很直。她伸开双臂，像两只翅膀。这是任何人都想站的地方。最高点。但没多少孩子能这样。大多数会害怕，万一失去平衡，就会从屋顶上滚下来送了命。周围是别家的屋顶和绿色的树冠。小镇的另一边是教堂的尖顶和工厂的大烟囱。天空是耀眼的蓝色，热得像着了火。太阳使地上的每样东西都变成了令人眩晕的白色或黑色。

她想歌唱。她熟悉的所有的歌一起涌向喉咙，但是没有发出声音。上星期一个大男孩爬上了屋顶最高的地方，尖叫了一声，然后开始大声发表他在中学学到的一篇讲演——"朋友们，罗马人，同胞们，请听我说!"站在最高处，会给你一种狂野的感觉：想叫喊，想唱歌，想展开双臂飞翔。

她感到网球鞋底有些滑，小心缓慢地蹲下身，骑在屋顶的尖坡上。这房子差不多要完工了，它将是这一带最大的楼房之一——有两层楼，天花板很高，她还没见过哪所房子有这么陡峭的屋顶。可是很快就要盖完了。木匠们要走了，孩子们得找新的地方玩耍。

她一个人。周围一个人也没有，静悄悄的，她可以思考一会儿。她从短裤口袋里掏出昨晚买的那包烟。她将烟缓缓地吸入。香烟带给她醉酒的感觉，感觉肩膀上的脑袋沉甸甸的，不听使唤，不过她必须吸完。

M.K.——当她十七岁时，她会很有名——这是她将写在所有东西上的缩写。她将开着一辆红白色的派卡德轿车回家，车门上有她名字的首字母缩写。她的手帕和内衣上都会写上红色的M.K.。也许她会成为一个伟大的发明家。她要发明一种豌豆大小的收音机，人们可以塞进耳朵里带着到处跑。还要发明一种飞行机器，人们可以像背包一样绑在后面，绕着全世界飞来飞去。然后呢，她会成为打通世界到中国的巨型隧道的第一人，人们可以坐着大气球下去。这些将是她的第一批发明，一切都已经在计划中了。

米克把烟抽了一半，猛地掐灭，将烟屁股沿着屋顶的斜坡弹了出去。她俯下身，脑袋可以搭在手臂上栖息，她就对自己哼歌了。

这很怪——几乎每时每刻总有一首钢琴曲或是其他曲子，在她脑子里转来转去。不管她在做什么或想什么，它总在那儿。布朗小姐——她家的房客，房间里有一台收音机。去年的一整个冬天，每个星期天下午米克都会坐在台阶上听节目。那些曲子可能是古典音乐，却是她印象最深的。有一个家伙的曲子，她每次听时心脏都会收缩。有时候这家伙的音乐像是五彩缤纷的小小水晶糖，有时候它却是她所能想象的最温柔、最悲伤的事物。

突然传来一阵哭声。米克坐直了，听。风吹乱了额前的刘海，明亮的阳光将她的脸照得苍白而潮湿。哭泣声还在持续，米克用手和膝盖沿着突峭的屋顶挪动。她移到了尽头，身子向前探去，趴在屋顶上，这样她的脑袋就可以伸到屋顶外面，看清屋下的地面。

孩子们还待在原地。巴伯尔蹲在什么东西上，在他的旁边有一个小小的侏儒般的黑影子。拉尔夫仍被拴在童车里。他刚刚学会坐着，正抓住童车的四周，帽子歪在脑袋上，大声地哭着。

"巴伯尔！"米克向下大叫，"看看拉尔夫要什么，拿给他。"

巴伯尔站起来，直直地盯住婴儿的脸。"他什么也不想要。"

"好吧，那就好好地摇摇他。"

米克爬回到她刚才坐着的地方。她想好好地思考一下两三个人，唱歌给自己听，做一些计划。但是拉尔夫还在号啕大哭，她根本无法安静下来。

她大胆地向下爬，想爬到屋顶边的梯子那儿。斜坡很陡，只有很少的几块木头钉在上面，而且相隔很远，这是工人们的脚手架。她晕了，心脏跳得很快，她在颤抖。她用命令的语气大声告诉自己："用手紧紧地抓住这儿，慢慢滑下去，右脚踩住，站稳了，重心摆到左脚。镇定，米克，你要镇定。"

向下是任何攀登行为中最艰难的部分。她花了很长时间才够到梯子，终于感到安全了。当她最终站到地面时，看上去矮小了许多；

她的双腿一瞬间像是要随着她一起垮掉了。她拽了一下短裤，将皮带紧了一扣。拉尔夫还在哭，但她不再理会他了，走进这所新的空房子里。

上个月有人在房前竖了块牌子，不许儿童进入。一天晚上一群小孩在房子里胡闹，一个夜盲的小女孩跑进了没有上地板的房间，摔断了腿。现在她还打着石膏，躺在医院呢。另有一次，几个粗鲁的男孩在一面墙上小便，写了一些下流话。但是不管有多少"切勿入内"的警示牌，都不可能阻止小孩子进来，除非等到房子粉刷完工，有人搬进去。

房间闻起来有一股新木头的味道。走路时她的网球鞋发出了噗噗的声音，在整个房子里回响。空气是热而安静的。她在前屋中间默默地站了一会儿，突然想起了一件事。她在口袋里摸着，掏出两支粉笔——一支绿的，另一支是红的。

米克非常缓慢地描着大写字母。她在上面写下了"爱迪生"，下面写下"迪克·翠西"和"墨索里尼"的名字。随后，在每个角落都以最大的字号，用绿粉笔写下她名字的缩写——M.K.，还用红粉笔在字的外围勾勒了一圈。做完了这些，她走到对面的墙壁，写了一个非常下流的词——"骚逼"，在它的下方又写下了自己名字的缩写。

站在空落落的屋子中间，她盯着自己的大作。粉笔还在手中，可她并没有真的感到满意。她使劲地回想去年冬天在收音机里听到的那曲子的作者。她曾经问过学校里有钢琴的一个女孩，她上过关于他的音乐课。女孩去问了她的教师。这家伙好像还是个小孩子，很多年前住在欧洲的某个国家。可即使他还是个很小的孩子时，就已经写出了所有这些美妙的钢琴曲、小提琴曲和交响乐。在她记忆里，至少能想起她听过的六首不同的曲子。有几个是快而清脆的；另一首闻起来有春天雨后的味道。可是，所有的曲子都让她既悲伤又兴奋。

她哼唱了一曲，独自一人在闷热、空旷的房间站了一会儿之后，泪水漫上了她的眼眶。她的喉咙又干又涩，唱不下去了。她迅速地在名单的最上面写下了那家伙的名字——"莫扎特"。

拉尔夫仍像原来那样被拴在童车里。他安静地坐着，小小的胖手抓住童车的四周。拉尔夫留着宽宽的黑色的刘海，眼珠是黑的，这让他看上去像个中国小婴儿。阳光打在他的脸上，这就是为什么他一直在哭喊。巴伯尔不见了。拉尔夫看见了她，又开始高声哭了。她把童车拖到新房边的阴凉处，从衬衫口袋里掏出一块蓝色的软糖，塞进婴儿温暖柔软的小嘴里。

"你好自为之吧。"她对他说。这多多少少是一种浪费，拉尔夫太小了，尝不出糖果的好滋味。一块干净的石头对他来说是一样的，只不过这个小傻瓜会把它吞下去。同样的，他对别人的话也听不懂。如果你说他真烦懒得带他玩很想把他扔到河里去，对他来说，这和你一直在爱他是一回事。在他眼里，什么都没区别。所以拖着他童车到处走，真是一件很烦人的事情。

米克把手环成杯状，紧紧地箍在一起，透过大拇指的缝隙吹气。她的腮帮鼓鼓的，起初只有风的声音穿过她的拳头。接着，一声高亢、尖利的口哨响起，过了半晌巴伯尔从房子拐角跑了出来。

她把巴伯尔头发里的锯末拣出来，又正了正拉尔夫的帽子。这顶帽子是拉尔夫最好的财产，由细丝织成，绣满花纹。系带一边是蓝的，另一边是白的。耳朵处是巨大的玫瑰花饰。他的脑袋对帽子来说太大了，绣花有些破旧，但她每次带他出门，总是给他戴上这帽子。拉尔夫没有其他小孩所拥有的像样的童车，也没有一双夏天的儿童软便鞋。他只能坐在这辆她三年前在圣诞节买的破旧不堪的老式童车里，被人推来推去。这顶漂亮的帽子给增加了一点体面。

街道上没人，这天是星期日，快到中午了，天热极了。童车叽叽嘎嘎的，发出刺耳的声音。巴伯尔没穿鞋，人行道灼痛了他的脚。绿橡树叶在地面投下凉快的阴影，但这是假象，那根本就不能称其为树荫。

"坐到车里，"她对巴伯尔说，"让拉尔夫坐你腿上。"

"没事，我可以走。"

漫长的夏季令巴伯尔经常腹绞痛。他光着上身，肋骨尖尖的，很白。阳光没有把他晒黑，反而显得苍白，小小的乳头在胸脯上像蓝色的葡萄干。

"没关系，我可以推你，"米克说，"上来吧。"

"好的。"

米克慢慢地拖着童车，她一点儿也不急着回家。她开始和孩子们聊天，不过更像是自言自语。

"真奇怪——最近我一直做那些梦。好像我在游泳。但不是在水里游，我伸出手，在一大群人里划着。这人群比星期六下午克瑞西斯商店里的人还要多上一百倍。这是世界上最大的一群人。有时我在人群里叫喊、游泳，不管游到哪，就把所有的人撞倒——有时我在地上，人们踏遍我的全身，我的内脏渗在人行道上。我想这不是普通的梦吧，是噩梦——"

星期天，房子里总有很多人，因为房客们有客人来。报纸哗哗作响，雪茄烟味，楼梯上总有脚步声。

"有些事情你就是不想让别人知道。不是因为它们是坏事，你就是想让它成为秘密。有那么两三件事，即使是你们，我也不会说的。"

到拐角处巴伯尔下了车，帮她把童车抬下路边石，又抬到前面的人行道上。

"可是为了一样东西我可以放弃一切。那就是钢琴。如果我们有一架钢琴，每天晚上我都会练习，学习世界上每首曲子。这是我最想要的东西。"

他们已经走到自己家所在的街区了。他们的房子就在几户人家之外。它是小镇整个北区最大的房子之一 —— 有三层楼高。可是他们家有十四口人。真正的凯利家族可没那么多人 —— 但房客们每人花五块钱包食宿，所以你可以把他们也算进去。不能算辛格先生，因为他只是租了一个房间而已，一个人收拾得干净整洁。

房子很窄，许多年没刷过了。它看起来不足以支撑三层楼。一边已经下陷了。

米克把拉尔夫从童车上松开，抱起他。她快速地穿过门厅，从眼角望见起居室里全是房客。她爸爸也在。她妈妈应该在厨房。他们都聚在那里等着开饭。

她走进自家人住的三个房间的第一间屋子，把拉尔夫放在父母的床上，给了他一串珠子玩。从隔壁屋子紧闭的门里传出说话声，她决定进去看看。

海泽尔和埃塔看见她，就不说话了。埃塔坐在窗边的椅子上，用红色的指甲油涂指甲。她在做头，头发被钢卷固定着；她的下巴底下冒出了一个小疹子，上面敷着一小块白色的面霜。海泽尔像往常一样，懒懒地倒在床上。

"你们在聊什么？"

"关你什么事啊，"埃塔说，"你就闭嘴吧，离我们远点。"

"这也是我的房间，我有权待在这里，和你们一样。"米克昂首阔步地从房间的一角走到另一角，直到走了个遍，"我可不想挑起战斗。我要的只是我自己的权利。"

米克用手掌心向后捋了捋蓬松的刘海。这是她的习惯动作，以至于额头前出现了一小绺翘着的头发。她抽了抽鼻子，对镜子做鬼脸。

然后她又开始在屋子里走动。

海泽尔和埃塔作为姐姐，还说得过去。可埃塔啊，她真的不可理喻。她脑子里想的都是电影明星和演戏。有一次她写信给珍妮特·麦唐纳，收到了一封打字机打的回信，说如果她去好莱坞的话，可以去找她，在她的游泳池里游泳。从那以后，游泳池这个念头一直折磨着她。她整天想着攒一笔车费去好莱坞，找一个秘书的工作，和珍妮特·麦唐纳成为闺蜜，自己也能去演电影。

她天天打扮个不停。这很要命。埃塔不像海泽尔那样天生丽质。关键是她没有下巴。她会使劲拉鄂部，跟一本电影手册学习做很多下巴运动。她总是对着镜子看自己的侧影，想把嘴摆成一个合适的姿势。但这没用。有时候埃塔会为此用双手捂住脸，在夜里哭泣。

海泽尔懒得很。她长得好看，但脑子一团糨糊。她十八岁，是家里除了比尔最大的孩子。也许这就是问题所在。每样东西，她得到的总是新的和最大的一份——第一个试穿新衣服，分到特别的礼物中那最多的一份。海泽尔从来不用去争夺什么，她是温柔的。

"你打算这一天就在屋子里踏来踏去吗？看你穿那些傻小子的衣服，真让我恶心。应该有人治治你，米克·凯利，让你乖一点。"埃塔说。

"闭嘴，"米克说，"我穿短裤，是不想捡你的旧衣服。我不要像你们一样，也不想穿得和你们一样。绝不。所以我要穿短裤。我情愿自己是个男孩，真希望我能搬到比尔的屋里。"

米克爬到床底下，拖出一个大大的帽盒。她提着它走到门口时，后面传来两个姐姐的喊声："上帝，总算走了！"

比尔的房间是全家人里最好的。像一个小窝——完全属于他自己——除了巴伯尔。墙上钉着比尔从杂志上剪下的画片，多数都是漂亮女人的脸；另一角钉着米克去年在免费艺术课上画的画。房间

36

里只有一张床和一个桌子。

比尔趴在书桌边，正在读《大众机械》。她走到他的背后，搂住他的肩膀。"嗨，你这个老混蛋。"

他没像以前那样和她扭打在一起。"嗨。"他说，微微晃了晃肩。

"我在这待一会儿，不会打扰你吧？"

"当然不会 —— 你想待就待吧。"

米克跪在地上，解开大帽盒上的绳子。她的手在盒盖边上徘徊，因为某种原因，她犹豫要不要打开它。

"我一直在想我最近所做的事，"她说，"也许它行，也许不行。"

比尔还在读书。她跪在盒子边，却没有打开。她的目光飘向比尔，他背对着她。他的一只大脚始终踩在另一只上。他的鞋磨破了。有一次，他们的爸爸说所有吃到比尔肚子里的中饭都跑到了脚上，早饭跑到一只耳朵里，晚饭跑到另一只耳朵里。这么说，有点儿刻薄，比尔为此不高兴了一个月，但这个说法很有趣。他长着红焰焰的招风耳；尽管他才高中毕业，却穿十三码的鞋。他站着的时候，一只脚总是藏在另一只后面拖来拖去，试图掩盖他的大脚，这样反而更糟。

米克把盒子打开了几英寸的缝，又立刻关上了。她太激动了，不敢看里面的东西。她站起身，在房间里走了一圈，终于平静了一点儿。过了几分钟，她在自己的画前停住，那是去年冬天她在政府为孩子们办的免费艺术课上画的。画的是大海上的风暴，空中一只海鸥被狂风撞击。名字叫《风暴中后背破碎的海鸥》。老师在最初的两三堂课里描述了大海，这就是每个人对大海的最初认识。班上大多数孩子和她一样，都没有亲眼见过大海。

这是她的第一张画，比尔把它钉在了墙上。其他的画都充满了人。开始她画了不少海洋风暴的画 —— 有一幅画着失事的飞机，人们向外跳；另一幅则是横穿大西洋的轮船正在沉没，大家推搡着想挤进一个小小的救生艇。

米克走进比尔房间里的储藏室，拿出她在艺术课上画的其他几幅画——一些铅笔画、水彩画和一幅油画。画面上都充满了人。她想象布劳德大街上的一场大火，画下她想象中的场景。火焰是鲜绿和明黄的，布瑞农先生的餐馆以及第一国家银行是幸存的两栋房子。死尸躺在街道上，另一些人在奔跑逃生。一个男人穿着睡衣，一位女士奋力地拎着一串香蕉。另一幅画叫《工厂锅炉房爆炸》，男人跳窗、奔跑，一群来给爸爸送饭的穿工装裤的小孩抱着饭盒，挤在一起。那幅油画画的是发生在布劳德大街的一场小镇居民的群体斗殴。她始终不明白自己为什么会画这个，而且她也无法给它起一个合适的名字。在画面上，没有大火和风暴，你也看不出任何战斗的理由。但是这张画面里的人是最多的，也有比其他画面更多的跑动。它是最好的，但真糟糕她实在想不出适合它的名字。她却知道它就在她脑海深处的某个地方。

米克把画放回到储藏室的架子上。没有一幅是真正好的东西。人们没有手指，有些胳膊比腿还要长。当然，艺术课挺有趣。她只是将毫无来由想到的东西画了下来——在她的心里，绘画带给她的感受无法与音乐相提并论。没有什么比音乐更好的了。

米克跪在地上，迅速地抬起大帽盒的顶盖。里面是一把破裂的尤克里里四弦琴，配着两根小提琴弦，一根吉他弦和一根班卓琴弦。尤克里里琴背上的裂缝被仔细地用胶带黏上了，中间的圆洞被一块木片盖住。小提琴琴马在尾部支撑着琴弦，两侧各切出一些音孔。米克正在为自己做一把小提琴。她把小提琴放在腿上。她有一种感觉，像是以前从未真正看过它。前一段时间，她曾用香烟盒和橡皮筋为巴伯尔做过小小的玩具曼陀林，这给了她启发。从那以后，她到处寻找不同的配件，每天进展一点点。她觉得除了没换上自己的脑袋，她已经尽

38

了一切努力。

"比尔，它看上去不像我见过的真正的小提琴。"

他还在读书。"嗯 ——?"

"它看上去不太对。它就是不……"

这天，她原本打算拧拧弦轴，为小提琴调音。她突然意识到一切努力都是白费的，就再也不想看它一眼。她慢慢地一根接一根地扯下琴弦。每一根都发出同样空洞微弱的砰砰声。

"我怎么才能搞到琴弓呢? 你确定必须用马鬃毛吗?"

"是啊。"比尔不耐烦地说。

"像细铁丝或者人的头发，拴在有弹性的棍子上，不行吗?"

比尔蹉着两只脚，没有回答。

她非常生气，额头上冒出了汗珠。她的声音变得沙哑。"它甚至连一把烂小提琴都算不上。它只是曼陀林和尤克里里琴的杂种。我恨它们。我恨它们……"

比尔转过头。

"它简直不成样子。拉不了。一点用也没有。"

"歇歇吧，"比尔说，"你还要瞎鼓捣那把破尤克里里琴吗? 我开始就应该告诉你，自己做一把小提琴，这个想法太疯狂了吧。那不是你一拍脑袋就能造出来的东西 —— 你得花钱去买。我以为每个人都明白这个道理。不过呢，我想如果你自己最后能明白，也不是坏事。"

有时，她在世界上最恨的人就是比尔。他和过去完全不同了。她差点就把小提琴摔到地上，踩上几脚，但她只是粗暴地把它放回到盒子。眼睛里的泪水火辣辣的。她踢了盒子一脚，从房间里跑了出来，没看比尔一眼。

当她躲躲闪闪地穿过门厅去后院时，撞见了她妈妈。

"你怎么啦? 你在这干什么呢?"

米克想脱身，但她妈妈拽住了她的胳膊。米克郁郁寡欢地用手背擦去脸上的泪水。她妈妈刚才在厨房，系着围裙，穿着拖鞋。与往常一样，她看起来心事重重，没时间多问米克。

"杰克逊先生带他两个妹妹来吃午饭，椅子不够了，今天你去厨房和巴伯尔一起吃饭。"

"太好啦。"米克说。

妈妈放她走了，一边解下围裙。餐厅传来午饭的就餐铃声，以及一阵忽然想起的愉快的谈话声。她能听见爸爸在说，他不应该在摔断髋骨前将意外保险停了，损失了好一笔钱。她爸爸永远不能忘记这种事 —— 什么他本来可以挣到钱，却没有。传来碟子噼里啪啦的响声，过了一会儿说话声停止了。

米克靠着楼梯的扶手。她哭得打起呃来。她的思绪飘回到上个月，她自己也并不相信小提琴真的能做成。但是内心深处，她一直在自我欺骗。即使是现在，她也很难一点儿都不相信。她累极了。比尔如今在任何事上都帮不了忙。她过去以为比尔是世界上最伟大的人。过去，比尔走到哪，她跟到哪 —— 去树林里钓鱼，去他和几个男孩组建的俱乐部，玩布瑞农先生的餐馆后面的老虎机 —— 每个地方。也许他本意并不想让她像现在这样失望。反正，他们再也不会是好哥们了。

门厅里一股烟味和礼拜日午餐的气味。米克深深地吸了一口气，向后面的厨房走去。午饭闻起来很香，她饿了。她能听见鲍蒂娅和巴伯尔说话的声音，似乎她在哼唱什么，或者给他讲故事。

"为什么我远远比大多数黑女孩幸运，这就是原因之一。"鲍蒂娅边说，边开门。

"为什么?"米克问。

鲍蒂娅和巴伯尔坐在餐桌边吃午饭。在暗褐色皮肤的反衬下，鲍蒂娅身上的绿印花裙有一种清凉感。她戴着绿色的耳坠，头发梳得很紧，整整齐齐的。

"你总是听到别人的话尾巴就扑过来，想知道所有的事。"鲍蒂娅说，她站起来，俯下身在滚热的炉旁弄了点吃的，放在米克的碟子里，"我在和巴伯尔说我外公在老萨迪斯路上的家。我正告诉巴伯尔我外公和我的舅舅们是怎么拥有了那片土地。十五英亩半的地。他们四个人种棉花，有些年为了让土壤肥沃就换回去种豆。一亩山地，只种桃树。他们有一头骡子，一头种母猪，总有二十到二十五只母鸡和小鸡。他们有一小块菜地，两棵山核桃树，很多株无花果树、李树和浆果树。我这可全是实话。我外公种的地比大多数白人农场强多了。"

米克把胳膊肘支在桌面，身体俯在碟子上。除了她的丈夫和哥哥，鲍蒂娅说得最多的就是农场。听她的描述，你会觉得那块黑农场简直就是白宫。

"家里开始只有一个小房间。经过好多年，全都建起来了，我外公，他的四个儿子、他们的妻儿，还有我的哥哥汉密尔顿才有地方住啦。客厅里有一架真正的风琴和留声机。墙上挂着他穿着社团制服的一幅大照片。他们把所有的水果和蔬菜装进罐头，不管冬天有多冷，下了多少雨，他们总有充足的食物。"

"那你为什么不去和他们住？"米克问。

鲍蒂娅停下削土豆的活，褐色的长手指在桌上敲着，为她的话打节拍。"是这样的。懂嘛 —— 他们每一个人都为自己的家造屋子。这些年他们很辛苦。当然，现在每个人都很辛苦。但是你要知道 —— 我还是小姑娘时和我外公住在一起。可我什么事也没有做。不过，只要我、威利和赫保埃有了麻烦，随时都可以回去。"

"你父亲有没有造一个屋子呢？"

鲍蒂娅停止了咀嚼。"谁的父亲？你是说我的父亲？"

"当然。"米克说。

"你不是不知道，我父亲就在镇上，他是一个黑人医生。"

米克以前听鲍蒂娅说过，但以为她是编的。黑人怎么可能当医生呢？

"是这样的。我妈妈嫁给我父亲以前，她是再善良不过的人了。我外公就是善良先生本人。但我父亲和我外公的差别就像白天和黑夜的差别一样。"

"是坏人？"米克问道。

"不，他不是坏人，"鲍蒂娅慢吞吞地说，"问题是这样的。我父亲不像别的黑人。我说不清。我父亲一直在自学。很久以前，他脑子里有一大堆关于一个家应该怎么样的想法。家里每件小事他都管，晚上他还试图教我们这些孩子念书。"

"我觉得不坏。"米克说。

"听我说啊。你看大多数时候他很安静的。可有些晚上他会突然发作。他疯起来可以比我见过的任何人都疯。所有了解我父亲的人都说他这人疯得可以。他做过很疯狂、很野蛮的事，我们的妈妈不要他了。那年我十岁。我们的妈妈把我们这些孩子带回到外公的庄园，我们在那儿长大。我们的父亲每时每刻都想让我们回去。可即使是我们的妈妈去世后，我们也没回去过。现在我父亲一个人过。"

米克走到炉子边，又一次把碟子装满了。鲍蒂娅的声音高低起伏，像唱歌，没有什么能阻止她了。

"我很少见到我父亲 —— 也许一个星期一次 —— 但我经常想着他。我还没为谁这样难过呢。我希望他比镇上所有的白人都读更多的书。他确实读得比他们多，担忧更多的事情。他装满了书和担忧。他把上帝丢了，他不要信仰了。他所有的麻烦都在这。"

鲍蒂娅很兴奋。每当她谈到上帝 —— 或者威利，她的哥哥；或者赫保埃，她的丈夫——她就会变得兴奋。

"噢，我不是大嗓门。我是长老会的，我们才不搞在地上打滚胡言乱语那套呢。我们不是每星期都参加圣仪，一起滚来滚去。在我们的教堂，我们唱歌，让那些祷告的人祷告。说实话，我不觉得唱唱歌、听听布道会对你有什么坏处，米克。你应该带上你的小弟弟去主日学校，再说你也不小了，可以坐在教堂里了。看看你最近自以为是的样子，我觉得你一只脚已经踏进地狱里了。"

"神经。"米克说。

"噢，赫保埃结婚前是圣洁会的。他就爱每礼拜日去迎圣灵呀，大喊大叫，给自己祝圣。我们结婚后，我让他加入我们，有时让他安静不太容易，但他表现还不错。"

"我不信上帝，就像我不信圣诞老人。"米克说。

"等等！有时我觉得你是我认识的人中最像我父亲的，我知道原因了。"

"我？你说我像他？"

"我不是指脸或外貌。我是说你灵魂的形状和颜色。"

巴伯尔坐着，看看这个，又看看那个。餐巾围在脖子四周，手里还握着一只空勺子。"上帝都吃什么？"他问。

米克从桌旁站起来，站在门道，准备离开。有时，激怒鲍蒂娅是很好玩的。她总是老生常谈，没完没了地说同样的话——好像那就是她知道的一切。

"你和我父亲这些从不去教堂的家伙，永远也不可能得到安宁。而我呢——我有信仰，我有安宁。还有巴伯尔，他也有安宁。还有我家赫保埃，我家威利也一样。这个辛格先生呢，一眼就能看出他也有安宁。我第一次看见他就有这感觉。"

"随便你吧，"米克说，"你疯起来可比你的任何父亲都要疯。"

"可你从没爱过上帝，也没爱过人。你像牛皮一样又硬又糙。不管你咋样，我可看透了你。今天下午你会到处乱跑，怎么也不开心。你会四处闲荡，好像非得找到丢失的东西。你会兴奋地让自己动起来。你的心跳加速，差点死掉，因为你不爱，你没有安宁。结果有一天你会爆掉，彻底毁灭。到那时，没什么能救你。"

"什么，鲍蒂娅，"巴伯尔问，"上帝吃什么？"

米克大笑，重重地走出了房间。

那天下午她确实在房子附近乱逛，因为她安静不下来。不少日子都是这样。一方面，小提琴的事折磨着她。她没法把它做成一把真正的小提琴——经过这么多星期的计划，这念头本身已经让她恶心了。她怎么会如此肯定它能实现？如此愚蠢？也许人们太渴求一样事物时，他们就会抓住每一根稻草。

米克不想回到家人待的房间。她也不想和任何房客说话。除了大街没别的地方可去——但太阳在灼烧。她在门厅里无所事事地来回踱步，不停地用手掌将乱了的头发捋到后面。"见鬼，"她大声对自己说，"除了一架真正的钢琴，我最想要的是属于我自己的地方。"

那个鲍蒂娅有着某种黑人式的疯狂，但她人还不错。她从不像其他黑女孩那样，对巴伯尔或拉尔夫偷偷使坏。可是鲍蒂娅说她谁也不爱。米克停下脚步，定定地站住，用拳头摩擦头顶。如果鲍蒂娅真的知道了，她会怎么想？她到底会怎么想？

她总是守着自己的秘密。这是一件不用怀疑的事实。

米克慢慢地爬上楼。她上了一层，接着上第二层。为了通风，有些门打开了，房子里闹哄哄的。米克在最后一层台阶上坐下来。如果布朗小姐打开收音机的话，她就可以听见音乐了。也许会有很好的节目。

她把脑袋放在膝盖上，系上网球鞋带。如果鲍蒂娅知道总是一个人接着一个人，她会说什么？每次她都感觉身体的某处要碎成几百片。

但她总是守口如瓶，没有人知道。

米克在台阶上坐了很久。布朗小姐没有打开收音机，只有人们发出的噪音。她想了很久，一边用拳头捶打自己的大腿。她的脸好像裂成了碎片，无法合到一起。这种感觉比饥饿要坏得多，虽然类似那种感觉。我要……我要……我要……这就是她所能想到的。但她不知道自己真正想要什么。

大约一个小时以后，上面的楼梯平台传来拧门把的声音。米克迅速地抬头，是辛格先生。他在门厅站了几分钟，脸色悲伤而宁静。然后他走到对面的洗手间。他的同伴没有和他一起出来。从她坐的位置可以看见屋子的一部分，他的同伴在床上睡着了，盖着被单。她等着辛格先生从洗手间出来。她的脸颊火辣辣的，她用手摸了摸。她有时爬这些高高的台阶，只是为了听楼下布朗小姐的收音机时能够看见辛格先生，也许是这样的。她好奇，他的耳朵听不见，那他的心里会听见什么音乐。没有人知道。如果他能说话，他会说什么呢？也没有人知道。

米克等着，过了一会他出来了，又走到门厅。她希望他能向下看，朝她微笑。当他走到门口时，的确向下看了一眼，点了点头。米克咧开嘴笑了，笑容颤抖。他走进房间，将门关上。也许他是想邀请她进去。米克突然想去他的房间。过一会儿等他屋子没外人时，她会进去看看辛格先生的。她确实会这么做。

炎热的下午过得缓慢，米克独自坐在台阶上。莫扎特那家伙的曲子又在脑子里了。这很奇怪，但辛格先生让她想起了这曲子。她盼望能有一个地方，让她可以把它大声哼出来。有些曲子，太私人化了，没法在挤满了人的房子里唱。这也很奇怪，在拥挤的房子里，一个人会如此孤独。米克试图想出一个她可以去的隐蔽的好地方，一个人待着，研究这首曲子。她想了很久，其实一开始她就知道这个好地方不存在。

四

黄昏时分，杰克·布朗特醒了，感觉睡得很足。他入睡的房间小而整洁，摆着一个衣柜、一面桌子、一张床和几把椅子。衣柜上的电风扇缓慢地摇着头，从一面墙吹到另一面墙，微风扫过杰克的脸，他想到冷水。一个男人坐在窗口的桌子前，盯着面前摆开的象棋局。在阳光下，这房间对杰克来说是陌生的，但他立刻认出了那个男人的脸，仿佛已经认识他很久了。

很多记忆在杰克的脑子里纠缠。他一动不动地躺着，眼睛大睁，掌心向上。白色被单的反衬下，巨大的手是深褐色的。他把手举到眼前，发现手上受伤了，一片瘀青——血管肿了起来，好像他曾长久地抓紧一样东西。他的脸显得疲惫和肮脏。褐色的头发跌落在额头，胡子歪了。甚至翅膀形的眉毛也是乱蓬蓬的。他躺在那儿，嘴唇动了一两下，胡子紧张地抖动了一下。

过了一会儿，他坐了起来，用他的大拳头猛敲了一下脑袋的一侧，想让自己清醒点。那个下棋的男人立刻抬起头，对他微微一笑。

"上帝，我渴死了，"杰克说，"我感觉穿长袜的整个俄国部队正在我的嘴里行军。"

男人看着他，只是笑，然后突然弯腰，从桌子的另一边取出一只结了霜的冰水罐和一只玻璃杯。杰克气喘吁吁大口地喝水——半裸的身体立在屋子中央，头向后仰，一只手紧紧地握成拳头。他喝光了四杯水，深吸一口气才放松下来。

某些回忆马上涌现。他不记得和这个男人回家，以后发生的事却渐渐清晰了。他泡在一桶冷水里清醒过来，然后他们喝咖啡、聊天。他倾吐了很多心里话，而这个男人倾听了。他说到嗓子沙哑，但他对这个男人的表情远远比自己说过的话记得更清楚。早晨他们上床睡觉，拉下窗帘挡住光线。起初，他不断地被噩梦惊醒，不得不开灯让脑子清楚些。灯光会惊醒那家伙，但他一点都没有抱怨。

"为什么你昨晚没把我赶出来？"

这个男人又笑了。杰克奇怪他为什么这样安静。他四处寻找自己的衣服，看见他的手提箱在床边的地板上。他想不起是如何把它从欠酒账的餐馆那里拿回来的。他的书、一套白西装和几件衬衫都还原样地装在箱子里。他马上开始穿衣服。

他穿好衣服时，桌上的电咖啡壶已经叫得很欢了。这个男人把手伸向搭在椅子后背上的坎肩口袋。他掏出一张卡片，杰克疑惑地接过它。这个男人的名字——约翰·辛格——刻在卡片的中央，下面是用墨水写的一段简短的介绍——跟签名一样精雕细琢：

我是聋哑人，但我会唇读，能看懂话。请不要大声说话。

杰克大吃一惊，感到一阵头晕，一片空虚。他和约翰·辛格只是互相看着对方。

"等我自己发现不知道会要多久。"他说。

杰克说话时，辛格仔细地读着他的嘴唇——他以前就注意到了。

竟然是个哑巴！

他们坐在桌子边，用蓝色的杯子喝着热咖啡。屋子是凉爽的，半垂的窗帘柔和了窗外刺眼的光线。辛格从储藏室里拿出一个锡盒，里面有一条面包、一些橘子和奶酪。辛格吃得不多，他靠在椅背上，一只手插在口袋里。杰克狼吞虎咽。他要马上离开这地方，好好考虑一下。他流落街头，应该立刻去找一份工作。这个安静的房间太安宁，太舒服，没法让人忧思——他要出去，一个人走一会儿。

"这里还有别的聋哑人吗？"他问，"你有很多朋友？"

辛格还在笑。一开始他没听懂，杰克不得不重复了一遍。辛格扬起黑色鲜明的眉毛，摇摇头。

"感到孤单吗？"

这个男人摇着头，可以理解成是或者不。他们静静地坐了一小会，杰克起身要走。他感谢了辛格几次，感谢他收留他过夜；他小心地移动嘴唇，好让辛格看懂。哑巴又笑了，耸耸肩膀。杰克问他是否可以将手提箱在他的床下放几天，哑巴点点头。

辛格将手从口袋里掏出来，用一只银铅笔在纸上细心地写着什么。他把纸片塞到杰克手上：

我可以在地板上放一个睡垫，你可以留在这，直到你找到住处。白天大部分时间我在外面。不会影响到我。

杰克的嘴唇因为突如其来的感激而颤抖。但他不能接受。"谢谢，"他说，"我有地方住。"

他离开时，哑巴递给他一条蓝色工装裤，紧紧地卷成一个小包袱，还有七角五分钱。工装裤脏兮兮的，杰克认出了它，它让他想起了上星期以来发生的事。他陷入回忆的旋涡里。七角五分钱，辛格向他解释，是他口袋里的。

"再见，"杰克说，"我很快会回来的。"

他走了。哑巴站在门口，双手仍然插在口袋里，脸上似笑非笑。杰克走了几个台阶转过身，向哑巴招手。哑巴也向他招手，然后关上门。

屋外的阳光突然刺痛了他的眼睛。他站在房前的人行道上，被阳光照得头晕目眩，几乎什么也看不清。一个小家伙坐在栏杆上。他以前在哪里见过她。他记起了她身上的男式短裤和她眯眼睛的方式。

他举起那卷脏裤子。"我想把它扔了。哪儿有垃圾桶？"

小家伙从栏杆上跳下来。"在后院，我带你去。"

他跟着她穿过房子一侧狭窄潮湿的小路。到了后院，杰克看见两个黑人坐在后面的台阶上。他们都穿着白西装和白鞋。其中一个黑人非常高，领带和袜子都是鲜绿的。另一个是混血儿，中等个头。他在膝头摩擦着一把锡制口琴。他的袜子和领带是大红色的，和高个子同伴形成了鲜明的对比。

小家伙指了指后院篱笆旁的垃圾桶，转向厨房的窗子。"鲍蒂娅！"她喊道，"赫保埃和威利在这等你呢。"

从厨房里传来柔和的回答。"别这么大声。我知道他们在这。我正戴帽子呢。"

扔掉裤子前，杰克把包袱打开了。它硬邦邦的，沾着泥巴。一条裤腿破了，前面还有几滴血。他把它扔进桶里。一个黑女孩从房子里出来，向台阶上的白衣男孩走去。杰克看见穿短裤的小家伙死死地盯着他。她的重心从一只脚挪到另一只脚，看起来有点儿兴奋。

"你是辛格先生的亲戚吗？"她问。

"毫无关系。"

"好朋友？"

"好到能和他一起过夜。"

"我只是好奇——"

"主街怎么走?"

她向右指了指。"沿着这条路,走两条街。"

杰克用手指梳理着胡子,出发了。七角五分的硬币在他手里叮当作响,他咬紧下嘴唇,咬出了斑驳和猩红的印子。三个黑人慢慢地走在他前面,说说笑笑。他在这陌生的小镇感到如此孤独,所以他紧紧地跟着他们,听他们说话。女孩挽着两个男孩的胳臂。她穿着一件绿裙子,配着红帽子和红鞋。男孩们和她靠得很近。

"今天晚上我们做什么?"她问。

"我们全听你的,甜心,"高个男孩说,"威利和我没什么安排。"

她看了看两个人。"你们决定吧。"

"好吧——"穿红袜子的矮个男孩说,"赫保埃和我觉得,不……不如我们仨去教堂吧。"

女孩用三种不同的声调唱出了回答。"好——吧——,去完教堂我应该去父亲那坐坐——就一小会儿。"他们在第一个拐角处转弯了,杰克站着看了他们一会儿,然后接着走。

主街安静而炎热,几乎没有人。他才意识到今天是星期天——这让他很沮丧。打烊的店铺收起了遮阳篷,在明亮的阳光下,房屋露出光秃秃的表情。他经过了纽约咖啡馆。门开着,但里面空荡荡的,光线也不足。早晨他没找到一双袜子,透过薄薄的鞋底,他感觉到了灼热的地面。太阳像一块热铁烙在头上。小镇似乎比他知道的任何地方都显得孤独。寂静的街道给他一种陌生的感觉。喝醉的时候,这个地方是狂野和喧嚣的。而现在呢,一切都戛然而止,陷入停顿。

他走进一家果品店买报纸。招聘一栏非常短。只有几个招聘广告:招收二十五至四十岁有汽车的年轻推销员,拿佣金。他匆匆地跳过。一个卡车司机的招聘广告吸引了他的注意力。但底下的一则最让他感兴趣。上面写着：

急需：有经验的技工。阳光南部游乐场。

地点：韦弗斯巷和第十五街街角。

他不知不觉地走回到泡了两个星期之久的餐馆门口。它是这条街除了果品店外唯一没有打烊的店。杰克突然决定进去看看比夫·布瑞农。

从明亮的室外走进去，咖啡馆里显得很阴暗。每样东西都比他记忆中的要寒碜和不起眼。布瑞农还站在收银台的后面，双臂交叉在胸口。他漂亮丰满的妻子坐在柜台的另一头锉着指甲。杰克注意到他进门时他们俩对看了一眼。

"下午好。"布瑞农说。

杰克感觉到气氛有些异样。也许这家伙想起了他喝醉时干的事，正在笑他呢。杰克木头一样地站着，充满了怨恨。"请给我一包目标烟。"布瑞农伸到柜台下面拿烟时，杰克确定他并没有在笑他。这家伙的脸白天时没有晚上那么坚硬了。他看上去很苍白，像是熬了一夜，他的眼神像一只疲惫的秃鹫。

"说吧，"杰克说，"我欠你多少钱？"

布瑞农打开抽屉，将一个公立学校的便笺簿放在柜台上。他慢慢地翻着，杰克看着他。便笺簿更像是一本日记本，而不太像平时记账的本子。上面写着长长的一排排数字，有加，有减，有除，还有一些小图示。他在一页停下来，杰克看见自己的名字写在角上。这页没有数字——只有小小的"勾"和"叉"。纸页上另有一些随意涂抹的图画：几只坐着的小肥猫，长长的曲线代表尾巴。杰克凝视着。小猫长着女人的脸。小猫的脸是布瑞农太太。

"打钩的是啤酒，"布瑞农说，"叉是正餐，直线是威士忌。让我看看——"布瑞农搓了搓鼻子，垂下眼睑。他合上便笺簿。"大约二十块。"

"过很久才能给你，"杰克说，"也许你能拿到钱。"

"不急。"

杰克靠在柜台上。"告诉我，这个镇是什么样的地方？"

"很普通，"布瑞农说，"和同样大小的地方差不多。"

"人口呢？"

"大概三万左右吧。"

杰克打开那包烟丝，给自己卷了一支。他的手在发抖。"主要是工厂？"

"没错。四个大棉纺厂——主要就是它们了。一个针织厂。一些轧棉厂和锯木厂。"

"工资如何？"

"平均每周十到十一块钱吧——当然还会经常被解雇。你问这个做什么？你想去工厂工作？"

杰克困倦地用拳头揉眼睛。"不知道。也许吧。"他把报纸放在柜台上，指着他刚才读过的广告，"我想去这里看看。"

布瑞农看了看，思考着。"嗯，"他最后说道，"我去过游乐场。不怎么样——只是些新发明的玩意儿，比如旋转木马和秋千。它招来了一帮黑人、工人和小孩。他们去镇上的空地四处演出。"

"告诉我怎么走。"

布瑞农和他一起走到门口，指了指方向。"今天早晨你和辛格回家了？"

杰克点了点头。

"你觉得他怎么样?"

杰克咬了咬嘴唇。哑巴的脸在他脑子里非常清晰,就像他认识多年的朋友。自从离开他的房间后,他一直在想这个男人。"我甚至不知道他是个哑巴。"他最终说道。

他又开始沿着炎热空寂的街道走去。不像是一个陌生小镇的陌生人。他像是在寻找什么人。很快他进入了河边的工厂区。街道变窄了,是没铺路面的泥路,出现了路人。一群肮脏饥饿的孩子互相嚷叫着,在玩游戏。两间房的棚屋全都一模一样,是没有油漆过的腐败的房子。食物和污水的臭味混合着空气中的尘埃。上游的瀑布发出轻微的冲击声。人们沉默地站在门道里或者懒洋洋地坐在台阶上。暗黄的脸面无表情地看着杰克。他褐色的大眼睛回望他们。他趔趔趄趄地走着,时不时地用毛茸茸的手背擦嘴。

韦弗斯巷的尽头有一处空地。它曾经是旧车的废弃场。生锈的零件、损坏的内胎在地上随处可见。一辆住人的拖车停在车场的一角,旁边是旋转木马,被油布半盖着。

杰克慢慢地走近。两个穿工装裤的小家伙站在旋转木马前。他们附近,一个黑人坐在箱子上,在黄昏的日光下打盹儿,他的膝盖互相抵着,一只手拿着一袋融化了的巧克力。杰克看他把手指插进烂糊糊的巧克力里,然后慢慢地舔。

"谁是这儿的老板?"

黑人把两只甜兮兮的手指含在嘴里,用舌头舔来舔去。"他,红头发的人,"吃完后他说道,"我就知道这个,船长。"

"他在哪?"

"在最大的货车后面。"

穿过草地时,杰克松开领带塞进口袋。太阳正从西边落山。屋顶黑色的边缘上,天空是一片温暖的绯红色。游乐场的老板一个人站在那里吸烟。他的一头红发蓬勃生长，像盖在头顶的一块海绵。他的眼睛是灰色而松弛的，他盯着杰克。

"你是老板？"

"嗯，我叫派特森。"

"我看到早晨的报纸，来这里找工作。"

"哦。我可不要新手。我需要的是熟练的技工。"

"我有很多经验。"杰克说。

"你都干过什么？"

"我做过织工、织机修理工。还在汽车修理厂和汽车装配厂工作过。各种各样的工作。"

派特森带他走到半盖着的旋转木马旁。在黄昏的阳光下，静止的木马很诡异的样子。它们跳跃的姿势静止在空中，被暗淡的镀金铁杆刺穿。离杰克最近的木马的脏屁股上有一处裂口，眼珠子盲目而狂暴地转动，眼窝处几块油漆剥落了。一动不动的旋转木马在杰克眼里很像醉梦里的场景。

"我需要一个有经验的技工操作和维护它。"派特森说。

"没问题，我能行。"

"这是件复杂的工作，"派特森解释说，"你要全面负责。除了管机械，你还得保证秩序。你要确认每一个坐木马的人都有票。你要确认票是有效的，而不是作废的舞厅票。每个人都想骑木马，那些一文不名的黑鬼们鬼点子多得很，到时你会吃惊的。每时每刻你都要睁大三只眼睛。"

派特森把他领到旋转木马中心的机器那里，一一指出各个零部件。他调了一下杠杆，稀薄而刺耳的音乐声响起了。周围的木马队似乎把他们与世界隔绝了。木马停下来后，杰克问了几个问题，独立操作起机器。

"原来的那家伙辞工不干了，"他们走出木马队回到空地上，派特森说，"我讨厌训练新手。"

"我什么时候开始上班？"

"明天下午。我们一星期工作六天六夜 —— 下午四点到夜里十二点。你三点左右要到，做些准备工作。夜里游乐场关门后，还需要一个小时收拾场地。"

"工资多少？"

"十二元。"

杰克点点头，派特森伸出一只惨白无骨的手，指甲很脏。

离开空地时，天色已晚。耀眼的蔚蓝色的天空变白了，东方出现了一轮白月亮。黄昏使沿街房屋的轮廓变得柔和。杰克没有马上离开韦弗斯巷，而是在附近乱逛。远处传来的某种味道或声音，引得他在灰蒙蒙的街边驻足片刻。他漫无目的地走着，从一处晃到另一处。他的头很轻，像是薄玻璃做的。他的体内起了化学变化。他的系统里积存已久的啤酒和威士忌起反应了。他被醉意击中了。刚才还死气沉沉的街道现在充满了生机。一条参差不齐的草地环绕着马路，杰克走在路上，地面好像在上升，离他的脸越来越近。他坐到草地的边缘，靠在电话线杆边。他调整了一个舒服的姿势，用土耳其人的方式交叉双腿，捋着胡子根。话语自然而然地冒了出来，他梦呓一样大声对自己说：

"怨恨是贫穷最可贵的花朵。没错。"

说话是好的。说话的声音让他愉快。声音产生了回音，在空气中回荡，每一个单词都重复两次。他吞咽口水，润润嘴唇，又开始说。突然想回到哑巴安静的房间，向他诉说心里话。渴望和一个聋哑人交谈，是一件多么奇怪的事。但他是孤独的。

随着夜晚的降临，眼前的街道黯淡了。偶尔有路人走过狭窄的街道，离他很近，用单调的声调相互交谈，每走一步，一朵灰尘就会在脚面升起。女孩们三三两两地经过，或者是一个母亲抱着孩子走过。杰克呆呆地坐了一会儿，终于站起来，接着走。

韦弗斯巷黑沉沉的。油灯在门口和窗下投下一块块昏黄和颤抖的光晕。有些房屋一点灯光都没有，坐在前面台阶上的人们只能借助附近房屋的反光。一个女人探出窗口，向街上倒了一桶脏水，有几滴溅到了杰克脸上。从一些房子后面传来高昂而愤怒的叫声。从另一些房子传来摇椅安宁缓慢的摇晃声。

杰克在一所房子前停下。三个男人坐在前面的台阶上。屋内射出的苍黄的灯光照在他们身上。两个男人穿着工装裤，上身光着，打着赤脚。其中的一个男人个子很高，姿态慵懒。另一个是小个子，嘴角长着脓疮。第三个人身穿衬衫和长裤。在他的膝头放着一顶草帽。

"嗨。"杰克说。

他们看着他，三张面如菜色、毫无表情的脸。他们嘟嘟囔囔，却一动不动。杰克从口袋里掏出那包"目标"烟，分给他们。他坐在最下面的台阶上，脱掉鞋子。脚触到清冷潮湿的地面，挺舒服。

"工作吗？"

"是啊，"拿着草帽的男人说，"大多数时间。"

杰克抠着脚指头。"我身体里带着福音，"他说，"我要把它讲给谁。"

男人们笑了。狭窄的街道对面，可以听见一个女人在唱歌。在静止的空气中，他们吐出的烟雾紧紧地环绕着他们。一个小家伙沿着街道走过来，站住，解开裤子撒尿。

"附近有一个帐篷，今天是星期日，"小个子男人终于开口道，"你可以去那里，把你想说的一切福音告诉大家。"

"不是那样的。它是更好的。它是真理。"

"什么样的?"

杰克咹吸了一下胡子,没有回答。过了一会他说:"这儿有过罢工吗?"

"有一次,"高个男人说,"大概六年前有过一次。"

"发生什么了?"

嘴角长着脓疮的男人蹭着脚,将烟屁股扔到地上。"哦 —— 他们一个小时想要二角钱,所以就不干啦。大概有三百人吧。他们整天就在街上晃。工厂派了几辆卡车出去,一个星期内整个小镇挤满了来找工作的伙计。"

杰克转过头,面对他们。他们坐的台阶比他高两级,他不得不仰着头才能看见他们的眼睛。"这没让你们发疯?"他问。

"你什么意思 —— 发疯?"

杰克额头上的血管鼓出来,猩红的。"伟大的基督,伙计!我指的是疯了,疯 —— 了 ——,疯了。"他昂头向上怒视着他们困惑、菜黄的脸。在他们身后,透过打开的门他可以看见屋内。前屋里有三张床和一个脸盆架。后屋里一个赤着脚的女人坐在椅子上睡觉。从附近一个黑暗的门廊传来吉他的声音。

"我就是卡车拉来的一个。"高个男人说。

"这有什么区别。我想要说的是很简单、很朴素的。拥有工厂的这些杂种是百万富翁。落纱工、梳棉工和所有那些在机器后忙着纺啊织啊的人们却填不饱肚子。看到吗?当你走在路上思考这件事,你看见那些饥饿疲惫的人,那些罗圈腿的小家伙,这不会让你发疯吗?不会吗?"

杰克的脸涨红了,阴沉着,嘴唇在颤抖。三个男人警惕地看着他。戴草帽的男人开始笑了。

"笑吧,继续笑。坐在那儿,把肚皮笑破吧。"

三个男人缓慢、轻浮地笑着，一起笑一个人。杰克将脚底的灰擦掉，穿上鞋。拳头握得紧紧的，嘴角扭曲出一个愤怒的冷笑。"笑——你们就知道笑。我真希望你们就坐在那儿笑吧，直到烂掉!"他僵硬地沿着街道走了，他们的大笑和嘘声还跟随着他。

主街的灯光很明亮。杰克在拐角处踯躅，抚摸着兜里的硬币。他的头抽搐着，尽管晚上很热，一阵寒意却穿过他的身体。他想到了哑巴，迫不及待地想回到他那里，和他坐一会儿。他在下午买报纸的果品店里挑了一篮用玻璃纸包的水果。柜台后的希腊佬告诉他价格是六角钱，他付完账后只剩下五分钱了。他一走出果品店，突然觉得这礼物不适合送给一个健康人。几颗葡萄从玻璃纸下垂落，他饥饿地摘了下来。

他到达时，辛格在家。他坐在窗前，桌子上铺开一局象棋。房间仍像杰克离开时那样，电扇开着，桌边放着冰水罐。床上有一顶巴拿马草帽和一个纸袋，看来哑巴也是刚到家。他把脑袋扭向桌子对面的椅子，把棋盘推到一边。他向后靠，双手还插在口袋里，他的表情像是在询问杰克离开后都干了什么。

杰克把水果放到桌上。"对今天下午来说，"他说，"最合适的格言是：出门找到了一条章鱼，给它穿上了袜子。"

哑巴笑了，杰克却不清楚他是否听懂了。哑巴惊讶地看着水果，打开玻璃纸包装。他弄水果时，脸上有一种非常奇怪的表情。杰克想弄明白这表情意味着什么，却困住了。辛格灿烂地笑了笑。

"今天下午我找到一份工作，一份游乐场的工作。我负责旋转木马。"

哑巴看起来毫不惊讶。他走进储藏室，拿出一瓶红酒和两个杯子。他们沉默地喝着。杰克感觉他从未在这么寂静的房间待过。头顶的灯光打在手中闪亮的酒杯上，反射出他自己古怪的影子——同样的哈哈镜一般的影像，在水罐或锡杯弯曲的表面上他多次看

到过 —— 一张鸡蛋一样的脸，短而粗，胡子几乎蔓延到耳根。对面的哑巴用双手捧着杯子。酒精开始在杰克的血管里嗡鸣，他感到自己又一次迷失在醉意醺醺里，头晕目眩。他的胡子因为激动而颤抖。他用胳膊肘撑在膝盖上，身子前倾，眼睛睁得很大，将探索的目光锁定在辛格身上。

"我打赌我是这镇上唯一的疯子 —— 我指的是真正的彻底的疯狂 —— 整整十年了。我刚才差一点儿又和人打起来了。有时我觉得自己简直是疯子。我只是不知道。"

辛格把酒推到他的客人前面。杰克直接用酒瓶喝，一边用手摸着头顶。

"要知道，我像是两个人。一个我是受过教育的人。我去过全国最大的几个图书馆。我读书。我一直在读书。我读那些说出纯粹真理的书。那边的手提箱里有卡尔·马克思和托斯丹·凡勃伦的书，以及其他类似的作者。我一遍又一遍地读他们，我读得越多，就越疯狂。我知道每页纸上的每一个字。首先我喜欢词。辩证唯物主义 —— 虚伪的闪烁其词。"他带着热爱的庄重用舌头爱抚这些音节 —— "目的论倾向"。

哑巴用一块折得整整齐齐的手帕擦着额头。

"但我是这个意思。当一个人知道，却不能让别人理解时，他怎么办？"

辛格伸手去够酒杯，倒满，把它牢牢地放在杰克青紫的手里。"醉了，嗯？"杰克一边说着，手臂动了一下，几滴酒溅到了他的白裤子上。"听我说吧！你走到哪，都能看到卑鄙和腐败。这间屋子，这瓶葡萄酒，这篮子里的水果，都是盈亏的产物。一个家伙要想活下去，就不得不向卑鄙屈服。人们为了每一口饭、每一片衣服而累死累活 —— 却似乎没人知道这个。每个人都瞎了，哑了，头脑迟钝 ——

愚蠢和卑鄙。"

杰克用拳头压住自己的太阳穴。脑子里的各种想法跑马一样四处狂奔，令他无法控制。他想发火。他想出去和谁在熙熙攘攘的街道上大打一架。

哑巴依然带着耐心的兴趣看着他，取出他的银铅笔。他在一张纸上小心地写下："你是民主党还是共和党?"然后将纸片递到桌子对面。杰克将纸片攥在手心里。房间又开始在他眼前旋转，他看不清字了。

他将目光固定在哑巴的脸上，让自己镇定。辛格的眼睛好像是屋子里唯一静止的东西。眼睛的颜色五彩缤纷，琥珀色、淡灰色、浅褐色……他久久地盯着，几乎将自己催眠了。狂暴的冲动过去了，他又一次平静下来。那双眼睛似乎了解他想说的一切，并且有话要对他说。过了一会儿，房间不再晃动了。

"你是明白的，"他用含糊的声音说，"你明白我的意思。"

很远的地方传来教堂柔和、清越的钟声。银白色的月光照在隔壁房子的屋顶上，天空是夏天温柔的蓝色。他们达成了默契：杰克在找到住处以前，会和辛格住上一段时间。喝完了酒，哑巴在床边铺了一个睡垫。杰克没脱衣服就躺了下来，立刻进入了梦乡。

五

　　离主街很远的地方，是一个镇上黑人的街区，班尼迪克特·马迪·考普兰德医生独自坐在黑暗的厨房里。已经过了九点了，礼拜日的钟声不再响起。尽管夜晚很炎热，在圆鼓鼓的柴炉里还是燃着一小堆火。考普兰德医生坐在一把直靠背的餐桌椅上，偎依在火边，用细长的双手捧着自己的脸。火炉噼啪的红光映在他的脸上 —— 火光中，他的厚嘴唇在黑皮肤的反衬下几乎是紫色的，灰白的头发紧紧地裹在头皮上，像戴了一顶羊毛帽，也变成了淡蓝色。他一动不动地坐了很久。藏在银色眼镜框后面的眼睛，始终阴沉地盯着某个地方。他艰难地清了清喉咙，从椅子边的地上捡起一本书。四周很黑，他凑近炉子，想看清书上的字。今晚他读的是斯宾诺莎。他不太懂概念的复杂游戏和深奥的词组，但他在字里行间闻到了强烈而真正的意义，他感到自己几乎是明白了。

　　晚上他的沉默经常被刺耳的门铃声打断，断腿或带着剃刀伤的病人站在前屋里。但是这个晚上，没有病人来。他在昏暗的厨房孤独地坐了许久，身体开始不自觉地慢慢左右摇晃，从他的嗓子里传出类似悲吟式的歌声。鲍蒂娅进来时，他正发出这样的声音。

考普兰德医生知道她要来。他听到街外传来口琴演奏的布鲁斯，就知道是他的儿子威廉在吹。他没有开灯，穿过门厅，打开大门。他没有走到外面的前廊上。他站在纱门后的一片黑暗中。月光明亮，灰扑扑的街面上可以看见鲍蒂娅、威廉和赫保埃黑色而坚实的影子。这个街区的房子看上去很破。考普兰德医生的家和周围的房子都不一样。他的房子是用砖和水泥结结实实地盖的。前面的小院子围了一圈尖桩篱笆。鲍蒂娅与她的丈夫和哥哥道别，敲了敲纱门。

"干吗摸黑坐着？"

他们一起穿过黑暗的门厅，走回到厨房。

"你有这么亮的电灯，却一直摸黑坐着，真是莫名其妙。"

考普兰德医生旋转了一下桌子上方悬着的灯泡，房间突然一片光明。"黑暗更适合我。"他说。

厨房整洁而空荡。餐桌的一边摆着书和墨水台，另一边是叉、勺和碟子。考普兰德医生笔直地坐着，两只长腿跷着。一开始，鲍蒂娅也坐得很僵硬。父女俩长得很像——同样的宽宽的塌鼻子，同样的嘴和额头。只是和父亲比起来，鲍蒂娅的肤色要淡很多。

"这里要把人烤熟了，"她说，"我怎么觉得，你会让火一直烧着，直到自己熄灭，不仅仅是做饭时。"

"我们可以去我办公室。"考普兰德医生说。

"我无所谓。就在这里吧。"

考普兰德医生调了调他的银框眼镜，双手交叉放到大腿上。"上次我们见面后，你过得怎么样？你和你丈夫——还有你哥哥？"

鲍蒂娅放松了，脚从高跟鞋里解放出来。"赫保埃、威利和我过得挺不错啊。"

"威廉还和你们住一起？"

"当然，"鲍蒂娅说，"你瞧，我们有自己的生活方式和自己的安排。赫保埃 —— 他付房租。我的钱买所有食物。威利 —— 他负责教会的费用、保险、会费、星期六晚上的活动。我们三个有自己的安排，每个人都有份。"

考普兰德医生低头坐着，用力扳长长的手指，所有的关节都咔咔作响。干净的袖口垂到手腕下面 —— 瘦长的手的颜色看起来比身体的其他部位要淡，手掌是浅黄色。他的双手总是干净得过分，皱缩成一团，仿佛用刷子刷过，又在水盆里浸泡了很久。

"嗨，我差点忘记我带的东西了，"鲍蒂娅说，"你吃晚饭了吗？"

考普兰德医生总是小心地发音，每个音节都像被厚重沉闷的嘴唇过滤了一遍。"没，我没吃。"

鲍蒂娅打开她放在餐桌上的纸袋。"我带来了很好的甘蓝叶，我想我们可以一起吃晚饭。我还带了一块咸肉。甘蓝叶需要用它来调味。你不介意我用肉炖甘蓝叶吧？"

"没关系。"

"你还不吃肉吗？"

"不吃。出于纯粹的私人原因，我是素食者，不过如果你想用肉炖甘蓝，也没关系。"

鲍蒂娅光着脚站在桌旁，细心地择菜。"地板让我的脚很舒服。你不介意我不穿那紧得勒脚的高跟鞋，光脚走来走去？"

"没事，"考普兰德医生说，"没问题。"

"嗯 —— 我们有很好的甘蓝叶、一些玉米饼和咖啡。我准备从生咸肉上切下几小条，给自己煎着吃。"

考普兰德医生的目光跟随着鲍蒂娅。穿着长筒袜的脚在屋子里缓慢地移动，她从墙上取下擦净的平底锅，把火挑足了，洗掉甘蓝叶上的沙子。他张开嘴巴说了什么，又闭上了嘴。

"嗯，你、你丈夫和哥哥有你们自己合作的计划。"他最后说道。

"没错。"

考普兰德医生猛地扳了一下手指，想让关节再发出响声。"你们打算要小孩吗？"

鲍蒂娅没看她的父亲。她生气地把装着甘蓝的锅里的水泼出去。"有些事，"她说，"对我来说，完全是由上帝决定的。"

他们没再说别的。鲍蒂娅把晚餐放在炉子上烧，她静静地坐着，长长的手无精打采地垂到两膝间。考普兰德医生把头垂在胸前，像是睡着了。但他并没有睡，他的脸不时地颤抖。他不得不深呼吸，让自己的脸保持镇定。晚餐的香气开始弥漫在闷热的屋子里。在寂静中，碗柜顶上的时钟发出响亮的声音，正因为他们刚才的话题，时钟单调的走针像在说着"小——孩，小——孩"，一遍又一遍。

他总会遇上他们中的一个——在地板上光着身子爬的，打弹子游戏的，甚至在黑暗的街道上你可以看见他抱着一个小姑娘。班尼迪克特·考普兰德，这些男孩都叫这个名。女孩子的名字会叫班妮·迈易或者玛迪本或者班妮迪恩·玛达恩。他算过，至少有十几个孩子的名字随他。

但是在他的全部生命里，他一直在诉说、解释和告诫。他会说，你不能做这个。他会告诉他们，所有不能要第六个或第五个或第九个孩子的理由。我们不需要更多的孩子，而要为活着的孩子提供更多的机会。他要传授父母的是，如何使黑人种族优生优育。他会用简单的语言告诉他们，几乎总是用同样的方式。多年过去了，它已经变成了可以熟练吟诵的某种愤怒的诗。

他学习和知晓了每种新理论的发展。他自费将这些工具分发到病人的手中。他是镇上唯一这样思考的医生。他会施与、解释，施与、告知。但是每周还是会有四十次生产。玛迪本或是班妮·迈易。

只有一个意义。只有一个。

他知道他一生的工作背后有一个动力。他一直知道教育他的同胞是他的使命。他会背着包整天走家串户，他和他们无所不谈。

漫长的一天过去，沉重的疲乏感降临到他的身上。但只要晚上一打开房门，疲乏感就消失得无影无踪。他有汉密尔顿、卡尔·马克思、鲍蒂娅和小威廉，还有戴茜。

鲍蒂娅掀开炉子上的锅盖，用叉子搅拌甘蓝。"父亲——"过了一会儿，她说。

考普兰德医生清清嗓子，往手帕上吐了口痰。他的嗓音又干又涩。"嗯？"

"我们别吵了吧。"

"我们没吵啊。"考普兰德医生说。

"不说话也可以是吵架，"鲍蒂娅说，"我感觉，即使是像这样一言不发地坐着，我们之间也在争论什么。这就是我的感觉。说实话——每次我来看你，我都快被累死了。无论说话还是不说话，我们都不要再吵了。"

"争吵肯定不是我的意愿。我很抱歉你有这种感觉，女儿。"

她倒了两杯咖啡。一杯不加糖的递给她的父亲，在自己的那份里加了几勺糖。"我很饿，咖啡喝起来一定挺香的。你喝吧，我和你说一件不久前的事。这事完了后，感觉有点可笑，但我们有足够的理由不要笑得太狠。"

"你说。"考普兰德医生说。

"嗯——前段时间一个黑皮肤的人来镇上了，他长得很帅，穿得也很体面。他自称 B.F. 梅森先生。他说他来自华盛顿特区。每天他都挂着手杖在街上散步，穿着漂亮的花衬衫。晚上他去社会咖啡馆。他比镇上任何人都吃得好。每天晚上他点一瓶杜松子酒和两块猪排。他对每个人微笑，对女孩子点头哈腰，为每个进进出出的人开门。一个星期以来，他走到哪儿，都是大受欢迎。人们开始好奇这个富有的 B.F. 梅森先生是谁。不久，他在这混熟了，就安顿下来做生意了。"

鲍蒂娅噘着嘴，向咖啡托盘吹气。

"我想你看过报纸上政府'铁钳'养老计划的消息？"

考普兰德医生点点头。"养老金。"他说。

"嗯，他和这事有关。他是政府的人。华盛顿的总统派他来的，让大家都参加这个养老计划。他一家一家地敲门，解释说只要花一块钱加入，每星期再交二角五，四十五岁后政府每个月会付五十元的生活费。我认识的每个人都激动得不得了。他送给每个参加的人一张免费的总统照片，下面还有总统的签名。他说六个月后，每个成员能得到免费的制服。这个俱乐部就叫'有色人种铁钳大联盟'——两个月后每个成员会得到上面有俱乐部缩写 G.L.P.C.P 的黄丝带。你知道，和政府其他组织的缩写一样。他随身带着小小的手册，一家一家地走，每个人都准备参加。他记下他们的名字，拿走了钱。每星期六他来收钱。三个星期后，这个 B.F. 梅森先生纳了太多的成员，以至于星期六他一个人收不完所有的钱。他不得不雇人，每三四条街就得有一个人专门收钱。每星期六早晨，我替他在我家附近收那二角五分钱。当然威利开始就参加了，还替赫保埃和我交了钱。"

"我在你们家附近很多房子里看到不少总统的照片，我记得有人提到梅森这个名字，"考普兰德医生说，"他是个贼吧？"

"正是，"鲍蒂娅说，"有人发现了这个 B.F. 梅森先生的真实情况，他被逮捕了。他们发现他就是亚特兰大本地人，连华盛顿特区的影子都没见过，更别提总统了。所有的钱不是被他藏起来，就是花掉了。威利损失了七块五角钱。"

考普兰德医生很兴奋。"这就是我说的……"

"在阴间，"鲍蒂娅说，"这个人会被放在滚烫的油锅里炸。这事完了后，感觉有点可笑，但我们有足够的理由不要笑得太狠。"

"每个星期五，黑种人主动爬到十字架上。"考普兰德医生说。

鲍蒂娅的手抖了，咖啡沿着她手中的托盘淌下来。她舔了舔手臂。"你什么意思？"

"我是说我一直在观察。我是说我只要能找到十个黑人——十个我们自己人——有骨气有头脑有勇气的十个人，他们愿意献出一切……"

鲍蒂娅放下咖啡。"我们不要说这些。"

"只要四个黑人，"考普兰德医生说，"四个，就是汉密尔顿、卡尔·马克思、威利和你加起来的这个数目。四个有这些真正的品质和骨气的黑人——"

"威利、赫保埃和我有骨气，"鲍蒂娅气恼地说，"这是一个艰难的世界。我觉得我们三个人一直在努力。"

他们沉默了片刻。考普兰德医生把眼镜放到桌上，用皱巴巴的指头按摩眼睛。

"你总用那个词——黑人，"鲍蒂娅说，"这个词很伤人。甚至过去常用的黑鬼这个词也比它强点儿。有教养的人——不管是什么肤色的——总是用有色人这个词。"

考普兰德医生没有说话。

"拿威利和我来说。我们也不算纯种有色人。我们的妈妈肤色很轻，我们俩都有不少白人亲属。赫保埃呢——他是印第安人。他身上有不少印第安血统。我们都不是纯粹的有色人，你一直使用的这个词太伤人了。"

"我对这些措辞不感兴趣，"考普兰德医生说，"我只对真相感兴趣。"

"好吧，这就是真相。每个人都怕你。要想让汉密尔顿、巴迪、威利或者我家赫保埃来你这儿，像我一样和你坐在这儿，除非他们喝多了。威利说他记得的是他小时候印象中的你，从那时起他就害怕自己的父亲。"

考普兰德医生艰难地咳嗽，清清嗓子。

"每个人都有感情，不管他是谁 —— 没人愿意走进一间房子，在那里他明知会被伤害。你也一样。我看见你被白人们伤了很多次，而他们并没意识到在伤人。"

"不对，"考普兰德医生说，"你没见过我被伤害。"

"当然我知道威利、我家赫保埃和我 —— 我们都不是学者。但赫保埃和威利像金子一样珍贵。他们和你只是不一样而已。"

"是的。"考普兰德医生说。

"汉密尔顿、巴迪、威利和我 —— 我们都不愿像你一样说话。我们像我们自己的妈妈和她的家人以及她们的祖先。你只用脑子思考。而我们呢，我们说话，是出自内心深处的感情，它们在那儿已经很久了。这就是区别之一。"

"是的。"考普兰德医生说。

"一个人不能随便抓起孩子，然后强迫他们变成他想要他们成为的人，也不管这会不会伤到他们。不管它是对还是错。你使尽了力气想改造我们。现在我是我们中唯一的一个，还愿意到这房子，和你坐在一起。"

考普兰德医生眼中闪着明亮的光，鲍蒂娅的声音响亮而生硬。他咳嗽起来，整张脸在颤抖。他想拿起已冷了的咖啡杯，但手却不听使唤。他泪水盈眶，伸手戴上眼镜，想掩饰自己。

鲍蒂娅看见了，立刻走近他。她抱住他的头，将脸颊贴在他的额头上。"我伤了我父亲的心。"她温柔地说。

他的声音冷硬。"不。重复伤感情的这种话，愚蠢又野蛮。"

泪水沿着他的脸慢慢地流下来，火光使它们呈现出蓝、绿和红色。"我真的很抱歉。"鲍蒂娅说。

考普兰德医生用棉手帕擦了擦脸。"没事了。"

"我们别再吵架了。我受不了这种争吵。每次我们在一起，总会发生很不好的事情。我们再也别像这次这样吵架了。"

"好的，"考普兰德医生说，"我们不吵了。"

鲍蒂娅抽了抽鼻子，又用手背擦鼻子。她站在那儿，抱着父亲的头，抱了几分钟。过了一会儿，她最后擦了擦脸，走近炉子上盛甘蓝的罐子。

"快熟了，"她高兴地说，"我想我要做一些好吃的玉米饼，配甘蓝吃。"

鲍蒂娅穿着长筒袜的脚在厨房里缓慢地移动，父亲的目光追随着她。他们再一次沉默。

他的眼睛还是湿的，东西的轮廓是模糊的，鲍蒂娅真像她的母亲。多年以前，戴茜也是这样在厨房里走动，沉默而忙碌。戴茜不像他这么黑——她的皮肤如棕色的蜜一样美丽。她一直是非常安静而温柔的。但温柔的背后，在她身上有一种固执的东西，不管他如何煞费苦心地研究它，他始终无法理解妻子身上这种温柔的固执。

他会教导她，他会告诉她所有藏在内心的想法，她始终是温柔的。但她不会听他，她坚持自己的方式。

随后，汉密尔顿、卡尔·马克思、威廉和鲍蒂娅出生了。他对他们降生的使命感是如此强烈，他知道他们每个人应该成就的事。汉密尔顿将成为一个伟大的科学家；卡尔·马克思是黑人种族的教育者；威廉，一名与不公正做斗争的律师；而鲍蒂娅将是为女人和孩子治病的医生。

在他们还是婴儿时，他就教育他们，必须挣脱他们肩上的枷锁——服从和懒惰的枷锁。等他们大一点时，他不断地强调，没有上帝，但他们的生命本身是神圣的，因为对他们每个人来说，都有一个真实使命。他一遍又一遍地重复这些话，他们远远地坐在一起，用大大的黑孩子的眼睛看着自己的母亲。戴茜坐在那里，根本没有听，温柔而固执。

正因为汉密尔顿、卡尔·马克思、威廉和鲍蒂娅负有真实使命，他清楚地知道每一个细节应当是怎样的。每年秋天，他带着他们进城，为他们买好的黑鞋子和黑袜子。他给鲍蒂娅买了黑色的羊毛裙料、做衣领和袖口用的白亚麻。男孩子们则是黑色的羊毛裤料、做衬衫用的精制白亚麻。他不想让他们穿鲜艳和做工粗糙的衣服。他们上学后，就想穿那样的衣服，戴茜说他们很尴尬，他是一个严厉的父亲。他知道屋子里的摆设应该是什么样。不能有花里胡哨的东西——那些华而不实的日历，带蕾丝边的枕头或小摆设——屋子里的每样东西都应该是朴素和深沉的，它象征着工作和真实使命。

有一天晚上，他发现戴茜给小鲍蒂娅的耳朵打了孔，准备戴耳环。还有一次，他回家时，看见壁炉架上放着一个穿羽毛裙的丘比娃娃，戴茜是温柔的、强硬的，不肯把它拿走。他也知道戴茜在教孩子们要逆来顺受。她告诉他们地狱和天堂的故事。她使孩子们相信鬼神和鬼屋。戴茜每星期天去教堂，忏悔地向牧师谈到自己的丈夫。她也总是固执地带孩子们去教堂，去听布道。

整个黑人种族都病了，他白天忙得要命，有时还要忙半个通宵。漫长的一天工作以后，巨大的疲乏感降临到他的身上。但只要他一打开房门，疲乏感就消失得无影无踪。可是他进了房间，威廉往往正在用卫生纸包裹的梳子吹曲子，汉密尔顿和卡尔·马克思在掷骰子赌小钱玩，而鲍蒂娅正在和她母亲一起哈哈大笑。

他需要从头开始纠正他们，但是用另一种的方式。他给他们讲解功课，和他们交谈。他们紧紧地坐在一起，看着他们的母亲。他说啊说，可孩子们拒绝理解。

他感受到一种黑暗的恐怖的黑人式的情感。他坐在自己的办公室，读书和沉思，直到找到平静，重新开始。他把房间的窗帘放下来，这样屋子里只有明亮的灯光、书本和沉思的气息。有时这种平静不能到来。他还年轻，那种可怕的情感不会因为阅读而消失。

汉密尔顿、卡尔·马克思、威廉和鲍蒂娅害怕他，他们看着母亲——有时当他意识这点时，他会被黑色的情感征服，他不知道自己做了什么。

他不能阻止这些可怕的事情，后来他完全不能理解它们。

"晚饭闻起来很香，"鲍蒂娅说，"我们最好现在就吃，要不然赫保埃和威利随时会来找我。"

考普兰德医生调整好眼镜，将椅子拉到桌子旁。"你丈夫和威廉晚上在哪儿?"

"他们在扔马蹄铁玩呢。瑞蒙德·琼斯家的后院有一个玩马蹄铁游戏的场子。瑞蒙德和他妹妹拉芙·琼斯，每天晚上都玩。拉芙是个很丑的女孩，我才不介意赫保埃和威利去他们家，他们想什么时候去都成。他们说了，可能十点差一刻时来找我，我猜他们随时都会到。"

"趁我还没忘记问你，"考普兰德医生说，"你经常收到汉密尔顿和卡尔·马克思的信吧。"

"汉密尔顿给我写过信。他几乎把外公农场的活全包了。巴迪啊，他在莫比尔——你知道他从来都写不好信。但巴迪一向讨人喜欢，所以我不担心他。他是那种总能混得不错的人。"

他们沉默地坐在桌上的晚餐前。鲍蒂娅不停地看碗柜上的钟，因为赫保埃和威利应该到了。考普兰德医生低头俯在碟子上。他拿着叉子，好像有千钧重，手指在抖。他简单地吃了几口，每一口咽得都很困难。空气有些紧张，似乎两个人都在找话说。

考普兰德医生不知道如何开头。有时他觉得他过去对孩子们说得太多了，而他们理解得又太少，现在根本不知再说些什么。过了一会儿，他用手帕擦了擦嘴，犹豫地开口了。

"你很少说自己。和我说说你的工作，你最近都在做什么。"

"我当然还在凯利家啦，"鲍蒂娅说，"但我告诉你，父亲，我也不知道我还能在那儿多久。工作很辛苦，要干很长时间。但这倒没什么。我担心的是工钱。我一星期应该有三块钱——可有时凯利太太会少我一块或五角。当然她事后会尽快补上。可这让我很紧张。"

"这可不行，"考普兰德医生说，"你怎么受得了？"

"不是她的错。她没办法，"鲍蒂娅说，"一半的房客不付房租，维持所有的开销是一大笔钱。说实话——凯利家差点儿就吃官司了。他们的日子可真不好过。"

"你应该能找到其他的工作。"

"我知道。但凯利一家是白人中真正的大好人。我打心眼里喜欢他们。三个小孩就像我自己的亲人一样。我觉得是我抚养了巴伯尔和那个小婴儿。尽管米克和我在一起总要吵架，但我也很喜欢她，对她很亲。"

"但你要想想你自己。"考普兰德医生说。

"米克，噢——"鲍蒂娅说，"她真是个问题。谁也不知道怎么管教这孩子。她自大和固执到了极点。她一直有点鬼迷心窍。我对这孩子有种奇怪的感觉。我觉得哪天她真的会让人大吃一惊。不过到底会是好的还是坏的吃惊，我不知道。米克有时让我不明白。但我可真喜欢她。"

"你要考虑的首先是你自己的生存。"

"我说过了，这不是凯利太太的错。维持那个又大又旧的房子，花费可真多，他们又不付房租。房客里只有一个人给的房租很可观，而且从没拖欠过。那个人刚住那儿不久。他是镇上的聋哑人之一，也是我近距离接触过的第一个——但他真是个好白人。"

"高个，瘦长，灰绿色的眼睛?"考普兰德医生突然问道，"对每个人都很有礼貌，穿着很讲究? 不像是这镇上的人，更像是北方人，也许是犹太人?"

"是他。"鲍蒂娅说。

考普兰德医生的脸上现出热切的表情。他把玉米饼掰碎，泡进碟子里的甘蓝汁，重新有了胃口。"我有一个聋哑病人。"他说。

"你怎么会认识辛格先生?"鲍蒂娅问。

考普兰德医生咳嗽，用手帕捂住嘴。"我只见过他几次。"

"我最好现在收拾，"鲍蒂娅说，"威利和我家赫保埃要到了。有这么棒的洗碗池和自来水，这些小碟子眨眼间就能洗完。"

白种人无声的傲慢是他这么多年想遗忘的事物。当怨恨占据他时，他会思考和学习。在路上，在白人周围，他的脸上写着尊严，他总是保持沉默。年轻时，他的称呼是"小鬼"；现在是"大叔"。"大叔，快去街角的加油站，给我叫一个工人过来。"前不久坐在车里的一个白人对他嚷道。"小鬼，帮我个忙。""大叔，去做啊。"但他不去听，他继续走路，保持着尊严，保持着沉默。

几天前，一个喝醉了的白人走近他，开始拽着他走。他带着他的包，还以为有人受伤了。但这醉鬼把他拽到一家白人开的餐馆，柜台边的白人无礼地向他吼叫。他知道醉鬼是在取笑他。即使是那时，他始终保持着尊严。

但是遇到这个高挑、瘦长、灰绿色眼睛的白人时，却发生了不一样的事，这样的事在他和别的白人打交道时，根本不可能发生。

几星期前，一个漆黑的雨夜。他刚接生回来，站在街角的雨中。他想点一支烟，一连几根火柴都打不着。他嘴里叼着没点着的烟，这时那个白人走了过来，递给他一根点燃的火柴。黑暗中，火柴的光焰照亮了彼此的面容。白人朝他笑着，替他点烟。他不知道说什么，这种情景过去从未发生过。

他们在街角一起站了几分钟，白人递给他一张卡片。他想和这个白人说话，问他一些问题，但他不能确定白人是否能够理解。因为白种人的傲慢，他害怕在对他们的友善中失去尊严。

但这个白人替他点烟，对他笑，似乎想和他接触。那天过后，他把这件事想了很多遍。

"我有一个聋哑病人，"考普兰德医生对鲍蒂娅说，"病人是一个五岁的男孩。我怎么也摆脱不了罪恶感，他的病我是有责任的。我替他接的生，两次产后出诊后，我就把他给忘了。他的耳朵开始出问题了。可他母亲没在意他耳朵里流出的液体，没带他来我这看病。我注意到他的情况时，已经太晚了。所以他听不见了，也不会说话。但我仔细观察过他，我觉得如果他没生病的话应该是个很聪明的孩子。"

"你总是对小孩子很有兴趣，"鲍蒂娅说，"你对小孩子的兴趣远远超过成年人，是吧？"

"在小孩身上有更多的希望，"考普兰德医生说，"这个聋孩子——我一直在打听，看看有没有什么机构可以收他。"

"辛格会告诉你的。他真是一个好白人，他一点也不自大。"

"我不知道，"考普兰德医生说，"我想过好几次要写张条子给他，看看他能不能告诉我一些信息。"

"如果我是你，我肯定写。你信写得那么棒，我会替你把信交给辛格先生，"鲍蒂娅说，"两三个星期前他拿了几件衬衫到厨房来，让我帮他洗一下。那么干净，施洗者圣约翰本人穿上，也不过如此。我只需要把它们浸在温水里，轻轻搓一下领口，熨熨就成了。那晚我把五件干净的衬衫送到他房里，你猜他给了我多少钱？"

"不知道。"

"他像往常一样微笑，递给我一块钱。为了这几件衣服，他给了我整整一块钱。他可真是一个善良可爱的白人。我不怕问他任何问题。我甚至愿意亲自写信给这个善良的白人。你写吧，父亲，如果你想的话。"

"也许我会写。"考普兰德医生说。

鲍蒂娅突然坐直了，整理梳得紧紧的、抹了发油的头发。可以听见微弱的口琴声，然后音乐声越来越大。"威利和赫保埃来了，"鲍蒂娅说，"我得走了，去跟他们会合。你多保重，如果你需要什么，捎个话给我。跟你吃饭、聊天，我很开心。"

口琴声很清晰了，音乐声中他们能够辨认出威利正站在前门，边吹边等。

"等一下，"考普兰德医生说，"我只见过你丈夫和你一起两次，我们从来也没真正交谈过。威廉还是三年前来看过他的父亲。为什么不叫他们进来坐一会儿？"

鲍蒂娅站在走廊，手指摩挲着头发和耳坠。

"上次威利到这儿来，你伤了他的感情。你看你就是不知道怎么……"

"好吧，"考普兰德医生说，"只是一个建议。"

"等等，"鲍蒂娅说，"我去叫他们。我马上请他们进来。"

考普兰德医生点了一支烟，在房间里走来走去。他没法把眼镜调到合适的位置，他的手在抖。前面的院了传来低语声。接着，门厅里响起了重重的脚步声，鲍蒂娅、威廉和赫保埃走进了厨房。

"我们来了，"鲍蒂娅说，"赫保埃，我想你和我父亲还没被正式介绍给对方过呢。当然你们是知道对方的。"

考普兰德医生和两个人都握了手。威利胆怯地向后退到墙角，赫保埃向前迈了一步，隆重地鞠躬。"我经常听到你的事，"他说，"很高兴认识你。"

鲍蒂娅和考普兰德医生从门厅里搬来椅子，他们四个围着火炉而坐。他们沉默而不安。威利紧张地环顾四周——餐桌上的书，洗碗池，墙边的折叠床，他的父亲。赫保埃咧嘴笑着，手摸着领带。考普兰德医生似乎想说什么，他润了润嘴唇，并没有开口。

"威利，你口琴吹得越来越好了，"鲍蒂娅最终说道，"要我看啊，你和赫保埃一定偷着喝酒来着。"

"没有，夫人，"赫保埃文质彬彬地说，"星期六以来我们就没尝过一滴。我们刚才一直在玩马蹄铁呢。"

考普兰德医生还是一言不发，他们都瞭着他，等他说话。屋子不大，寂静让每个人都感到紧张。

"这些男孩的衣服可真难洗啊，"鲍蒂娅说，"每个星期六我给他们俩洗白西装，一个星期熨两次。看看它们现在的样子。当然了，他们只在收工回家后才穿。可是不消两天，白西装就黑得不成样子。昨晚我才熨的裤子，现在皱得一条熨缝也找不到！"

考普兰德医生还是不说话。他盯着儿子的脸，威利看见父亲的目光，低头看自己的脚，一边咬着短粗的指头。考普兰德医生感到太阳穴和手腕处的脉搏怦怦直跳。他咳嗽，将拳头放到胸口。他想和儿子说话，但不知说什么。熟悉的痛苦抓住了他，而他却没有时间思索和平息这种痛苦。脉搏在身体里鸣叫，他感到困惑。他们全看着他，沉默如泰山压顶，他非得说点什么了。

他的声音很高，仿佛不是从他自己的嘴里发出来的。"威廉，我想知道你小时候我和你说过的话你还记得多少。"

"我不知道你是什……什……什么意思。"威利说。

考普兰德医生下意识地说："我的意思是，我给了你、汉密尔顿、卡尔·马克思我的所有。我把所有的信任和希望都寄托在你们身上。我得到的却是完全的误解、无所事事和冷漠。我付出一切，两手空空。你们从我这拿走了一切。我想做的只是……"

"别说啦，"鲍蒂娅说，"父亲，你答应过我，我们不吵架。这真是疯了。我们受不了争吵。"

鲍蒂娅站起来，向大门走去。威利和赫保埃立刻跟上她。考普兰德医生最后一个到了门口。

他们站在门前的一片黑暗里。考普兰德医生想说什么，但是他的声音好像迷失在内心深处。威利、鲍蒂娅和赫保埃紧紧地站在一起。

鲍蒂娅一手挽着她的丈夫和哥哥，另一只手伸向考普兰德医生。"我们走之前和好吧。我不能忍受我们这么争吵。我们再也不要吵架了。"

沉默中，考普兰德医生再一次和两个男人握手。"对不起。"他说。

"我没事。"赫保埃礼貌地说。

"我也没事。"威利咕哝了一句。

鲍蒂娅把他们的手握到一起。"我们只是受不了争吵。"

他们道了别。考普兰德医生站在黑暗的前廊，目送他们沿着大街远去。

他们离去的脚步声发出孤独的声音，他感到虚弱和疲倦。他们已经在一条街以外了，威利又一次吹起了口琴。音乐声是悲伤和空洞的。他一直待在前廊，直到再也看不见他们，再也听不到他们。

考普兰德医生关了屋子里的灯，坐在炉子边，坐在黑暗里。但是安宁没有到来。他想把汉密尔顿、卡尔·马克思和威廉从脑海中除去。鲍蒂娅对他说的每个字都以响亮而坚硬的方式回到了记忆里。他猛地站起来，拧亮了灯。他坐在放着斯宾诺莎、威廉·莎士比亚和卡尔·马克思的书的桌旁。他大声地朗读斯宾诺莎，每个词都发出丰富和秘密的声响。

　　他想起了他们提到的那个白人。如果那个白人能帮助奥古斯特斯·班尼迪克特·马迪·路易斯——那个聋孩子，那真是太好了。即使没有这件事和这些问题，给他写封信也是好的。考普兰德医生用手捧住头，从他的喉咙里传出奇怪的唱歌一样的呻吟。他记起了那个雨夜，昏黄的火柴光下白人微笑的面容——安宁就在他心里了。

六

仲夏时，辛格的来客比房子里其他人都要多。晚上他的房间里总有说话声。在纽约咖啡馆吃过晚饭后，他洗澡，换上一件凉爽的浴衣，一般来说，之后他不再出门了。屋子很凉快舒适。储藏室里有一个冰箱，用来放冰啤酒和果汁。他从来都很从容悠闲。他总是在门口迎接客人，带着微笑。

米克喜欢去楼上辛格先生的房间。虽然他是聋哑人，但他能理解她的每一句话。和他交谈像是在游戏。当然它比游戏有更多的含义。它就像是发现音乐的各种新东西。她会告诉他自己的计划，她不会对别人说的计划。他让她摆弄精致的象棋子。有一次她玩得太高兴了，衣角被卷进电扇里，他温柔地帮她，让她一点也不难堪。除了她爸爸，辛格先生是她认识的最好的男人。

考普兰德医生给约翰·辛格写了一张便条，向他咨询有关奥古斯特斯·班尼迪克特·马迪·路易斯的事。他收到了一封礼貌的回复，邀请他在方便时造访他。考普兰德医生先去房子的后面，和鲍蒂娅在厨房坐了一会儿。然后他上了楼梯，来到这个白人的房间。在这个男人身上，的确没有一丝无声的傲慢。他们喝了一瓶柠檬水，哑巴在纸上写下他想知道的答案。这个男人和他以前见过的任何白种人都不一样。之后，关于这个白人，他想了很久很久。后来，因为辛格真诚地邀请他再来，他就又去拜访了一次。

杰克·布朗特每星期都来。上楼去辛格房间时，整个楼梯都在颤动。通常他会带来一纸袋啤酒。他愤怒而响亮的声音经常从屋里传出来。但是在他离开之前，他的声音会逐渐平静下来。下楼时，他身上没有袋子装的啤酒了，他若有所思地离去，仿佛无心在意自己要去哪里。

有一天晚上连比夫·布瑞农也来到了哑巴的房间。因为不能离开餐馆太久，他只待了半个小时就走了。

辛格对每个人的态度都一样。他坐在窗前一把直背椅上，双手牢牢地插进兜里，向客人点头或者微笑，表示自己明白他们的话。

晚上没有客人时，辛格就去看夜场电影。他喜欢坐在后座，看演员在屏幕上说话和走路。进电影院前，他从来不注意电影的名字，不管放的是什么，他都报以同样的热情。

七月的一天，辛格突然毫无预兆地离开了。他房间的门是开着的，桌上放着一个信封，是写给凯利太太的，里面装着上星期的四块钱房租。他少量简单物品也不见了，房间非常干净和空旷。他的客人来了，看见空落落的屋子，离去时除了吃惊，还有一种受伤的感觉。没有人能想象他为什么会这样离开。

辛格在安东尼帕罗斯住院的小镇度过了整个暑假。这次旅行他计划了好几个月，他想象着重逢后的每一个时刻。他提前两个星期就订好了酒店的房间，他把火车票藏在信封里，装进衣服口袋，一直带在身上。

安东尼帕罗斯一点儿也没变。辛格走进他的房间时，他慢吞吞地走过去迎接他的伙伴。他比以前还要胖了，但脸上梦幻般的表情依然如故。辛格拎着好几个包，胖希腊人首先注意的就是这个。辛格给他带来了鲜红的晨衣、柔软的拖鞋、两件绣有他名字的睡衣。安东尼帕罗斯仔细地检查盒子里的包装纸，当他发现下面并没有藏着好吃的东西，就不屑地将礼物一股脑地倒在床上，再也不看它们了。

屋子很大，阳光充足。几张床有间隔地排成一行。三个老头在一角玩纸牌，没有注意辛格或安东尼帕罗斯。两个伙伴单独坐在房间的另一头。

对辛格来说，他们曾经的日子几乎是恍如隔世了。有太多的话要说，他手语的速度赶不上他的脑子。绿色的眼睛在燃烧，额头的汗闪闪发亮。曾有过的快乐和喜悦马上就回来了，他真的是喜不自禁。

安东尼帕罗斯漆黑油亮的目光始终落在他的伙伴身上，他一动不动。双手懒洋洋地摸索着裤裆处。辛格告诉他，最近他有不少访客。他告诉他的伙伴，他们带走了他的孤独。他告诉安东尼帕罗斯，他们是很奇怪的人，他们总在说话——但他喜欢他们来找他。他给安东尼帕罗斯画了杰克·布朗特、米克和考普兰德医生的速写。他发现安东尼帕罗斯一点儿也不感兴趣，立刻把速写揉成一团，不去提它了。护理员进来说时间到了，这时辛格想说的话只说了不到一半。但他离开了房间，非常疲倦，也非常幸福。

病人只能在星期四和星期日接待朋友。无法和安东尼帕尼斯在一起的时候，辛格一个人在酒店的房间踱步。

第二次的探访和第一次一样，唯一不同的是三个老头无精打采地看着他们，没有玩纸牌。

辛格费了半天劲，才得到允许，可以把安东尼帕罗斯带出去玩几个小时。他事先为这次小小的"远足"做了最充分的准备。他们租了一辆出租车去了野外，四点半他们去酒店的餐厅吃饭。安东尼帕罗斯尽情地享受他的大餐。他点了菜单上一半的菜，贪婪地大吃大喝。饱餐一顿后，他还赖着不肯走。他抱着桌子不放。辛格哄他，出租车司机都想动武了。安东尼帕罗斯顽固地坐在那里，他们靠近他时，他开始做下流的手势。最后辛格去酒店经理那买了一瓶威士忌，才把他骗到出租车上。辛格把未开封的酒瓶扔到车窗外时，安东尼帕罗斯失望和生气地哭了起来。这次小小的"远足"的尾声令辛格十分伤心。

下一次的探访也是最后一次，因为两个星期的假期就要结束了。安东尼帕罗斯早已忘了之前的不愉快。他们坐在上次坐过的角落里。时间过得飞快。辛格的手指绝望地诉说，狭长的脸非常苍白。最后的时刻到了。他拉住伙伴的胳膊，深深地望进他的脸，就像他们过去上班前分手时的凝视。安东尼帕罗斯睡意蒙眬地看着他，一动不动。辛格离开了房间，双手死死地插在兜里。

辛格一回来，米克、杰克·布朗特和考普兰德医生就来看他了。他们都想知道他去了哪里，为什么没有告诉他们他要离开的计划。但是辛格假装听不懂他们的话，他的微笑令人费解。

他们一个接一个地去辛格的房间，和他度过晚上的时光。哑巴总是体贴而从容的。他色彩丰富的温柔目光如巫师的一样庄重。米克·凯利、杰克·布朗特和考普兰德医生会来到这里，在这寂静的房间里诉说——因为他们觉得哑巴总是能理解一切，不管他们想说的是什么。而且可能比那还要多。

第二章

一

这个夏天和米克记忆中的所有夏天都不一样。对她来说，并没有发生什么可以用某种思想或语言表述的事件 —— 但是她感觉到了某种变化。那段日子，她一直很兴奋。早晨她迫不及待地要起床，开始新的一天。到了晚上，她最憎恨的事就是上床睡觉。

一吃完早饭，她就会带孩子们出去。除了三顿饭，他们大多数时间都在外面玩，基本上是在大街上闲荡 —— 她拖着拉尔夫的童车，巴伯尔跟在后面。她的脑子永远被思考和计划所占据。有时她会突然抬头看看，而此时他们往往在小镇的某个角落，连她都不认识的地方。有一两次她在路上遇到了比尔，她沉浸在自己的思绪中，比尔不得不拽住她的胳膊，她这才看见他。

清晨时分，天气还算凉爽，人行道上的影子在他们面前拉得很长。但是到了正午，天空热得要烧起来。阳光刺得睁不开眼睛。很多时候，即将发生在她身上的计划都和冰雪有关。有时她好像是在瑞士，所有的山都被大雪覆盖，她在冰冷的绿兮兮的冰面上滑行。辛格先生和她一起滑着。也许是卡罗尔·隆巴德[1]或阿尔图罗·托斯卡尼尼[2]在收音机里演奏。他们一直滑冰，然后辛格先生掉进了冰窟，她奋不顾身地跳下去在冰下游动，救出了他。这是一直萦绕在她头脑里的计划之一。

通常，他们逛了一会儿后，她就把巴伯尔和拉尔夫放在阴凉处。巴伯尔是个呱呱叫的孩子，米克把他训练得很乖。如果她告诉他，不要去听不见拉尔夫哭声的地方，巴伯尔肯定不会跑到两三条街外和别的孩子打弹子球。他只会在童车的附近一个人玩，所以她把他们扔下，心里并不怎么担心。她不是去图书馆翻翻《国家地理》杂志，就是漫无目的地游荡，思考一些别的事情。如果她身上有点钱，就去布瑞农先生那买一瓶可乐或是银河巧克力。他给孩子们打折，五分钱的东西只要三分钱。

然而不管什么时候，不管她在干什么，音乐无处不在。有时她边走边唱，有时她静静地聆听内心深处的曲子。她脑子里有各式各样的音乐。有的是在收音机里听到的，有的就在她的头脑里，不是从任何其他的地方听到的。

晚上孩子们上床以后，她就自由了。这是她一天里最重要的时光。她独自一人的时候，很多事在发生，在黑暗中。一吃过晚饭，她就又跑到外面去了。她不能告诉任何人她晚上干了什么，她妈妈问起时，她会信口编一些听起来合理的谎话。大多数时候，别人喊她，她就像没听见一样跑掉了。只有对她爸爸她不这样。她爸爸的声音里有某种东西，让她无法逃脱。他是整个镇上最魁梧、最高大的男人

1　卡罗尔·隆巴德（1908—1942），美国女影星，1939年与影帝克拉克·盖博结婚，1942年她与母亲乘坐的飞机失事，盖博虽然后来也曾再婚，但从未真正从丧妻之痛中恢复。

2　阿尔图罗·托斯卡尼尼（1867—1957），19世纪末20世纪初最负盛名的指挥家之一，他的指挥风格以强度与完美主义，以及对管弦乐的细节与旋律明锐的听觉而闻名。

之一。但他的声音那么轻缓和慈祥，他开口时，人们会大吃一惊。不管她有多匆忙，只要爸爸叫她，她一定会停下来。

这个夏天，她发现了一个以前所不知道的爸爸。在那以前，她从来没有把他当成一个单独的个体来看待。他经常会喊她。她走进他工作的前屋，在他身边站几分钟——他的话她却是一只耳朵进，另一只耳朵出。一天晚上，她突然重新认识了爸爸。那晚并没有特别的事情发生，她也不知道到底是什么使她有了这种感觉。随后，她觉得自己长大了，似乎像理解别人一样理解了爸爸。

那是八月末的一个晚上，她再不动身就迟了。九点以前要到那所房子，必须这样。她爸爸叫她，她进了前屋。他颓然地靠在工作台上。他待在这里，看起来总是不自然。去年他出事以前，一直是油漆工和木匠。每天早晨天蒙蒙亮时，他就套上工装裤出门，一整天都不回家。晚上，他有时会摆弄一通钟表，作为业余的工作。他试了很多次，想在钟表店找到一份工作，这样他就可以整天穿着洁白的衬衫，打着领结，一个人坐在工作台前了。现在他再也不能做木匠活了，他在房子的前面立了块牌子，上面写着"廉价修理钟表"。他的模样可不像大多数钟表匠——他们在小镇的商业中心，都是动作敏捷、皮肤黝黑、个子矮小的犹太人。工作台对她爸爸来说太矮了，他巨大的骨节松松垮垮地连在一起。

她爸爸盯着她看。她能看出来他并没有事情要喊她。他只是太想和她说话了。他试图起一个话头。褐色的眼睛在他又长又瘦的脸上显得很大，他头发掉光了，灰白光秃的头顶让他有一种赤裸的感觉。他看着她，不说话；而米克着急要走。她必须在九点钟前到那里，没有时间了。她的爸爸看出她有急事，清了清嗓子。

"我有东西给你，"他说，"没多少，也许你可以给自己买点儿什么。"

其实他没必要仅仅是因为孤独和想说话，而用给她五分或一角作为借口。他挣的钱只够他每星期喝两次啤酒。椅子旁的地上放着两个酒瓶，一个已经空了，另一个刚打开。每次喝酒时，他总想找人说话。她爸爸摸了摸皮带，她把目光闪开了。这个夏天，他像一个孩子，把攒下的零用钱藏起来。有时藏在鞋子里，有时藏在他在皮带上挖的小豁口里。她不太情愿收下这一角钱，但当他递给她时，她的手自然地打开，准备接住钱币。

"我有这么多事要做，不知道从哪开始。"他说。

这恰恰是真相的反面，他和她一样很清楚这一点。他很少有钟表要修，修完以后，他会在房子里转来转去，四处找零活干。晚上他坐在工作台前，清洗旧发条和齿轮，一直磨蹭到睡觉的时间。他摔断髋骨没法再干过去的工作以后，每分钟他都要忙个不停。

"今晚我想了很多。"她爸爸说。他倒了些啤酒，在手背上撒了几粒盐。他先舔了舔盐，从杯子里喝了一口酒。

她太着急要走，几乎站不住了。她爸爸注意到了，他想说什么——但他叫她来并没有特别的事。他只是想和她说会儿话。他开了个头，却又咽了回去。他们就这样看着对方。寂静在蔓延，而两人谁都说不出一句话。

这就是她重新认识爸爸的时刻。不是说她发现了一个新的事实——她从来没有认真了解过她爸爸。此刻，她只是突然明白她明白了她的爸爸。他是孤独的，他是一个老人了。因为小孩子们都不会主动找他，因为他挣的钱很少，他感到自己被这个家庭抛弃了。在孤独中，他想靠近任何一个孩子——而他们都太忙了，意识不到他的心思。他感到自己对谁都是一个无用的人。

当他们对视时，她明白了这一点。这带给她一种奇特的感觉。她爸爸捡起一根手表发条，用浸在汽油里的刷子清洗它。

"我知道你忙。我只是想和你打个招呼。"

"没有，我一点儿不忙，"她说，"真的。"

那天晚上，她在工作台边的椅子上坐下来，他们聊了一会儿。他说到收入和开支，他说如果他换一种方式经营的话，生意会如何如何。他喝着啤酒，满含热泪，用衬衫袖口擦着鼻子。那天晚上她和爸爸待了好一会儿。尽管她急疯了。出于某种原因，她不能告诉爸爸她脑子里的那些事——那些炎热而黑暗的夜晚。

这些夜是秘密的，是整个夏天最重要的时光。在黑暗中，她独自一人走在路上，像是小镇上唯一的居民。夜里，几乎每条街道都像她家所在的街区一样亲切。有些孩子害怕在晚上走过陌生的地方，可她不怕。女孩们害怕路上突然窜出一个男人，像强奸已婚妇女一样把她们糟蹋了。大多数女孩都是神经病。如果一个块头和乔·路易斯[1]或山人迪恩[2]一样的男人向她扑过来的话，她会撒腿就跑。但是如果那家伙体重不超过她二十磅的话，她会狠狠地揍他，接着走路。

夜晚是美妙的，她根本没时间自己吓唬自己。一旦黑暗降临，她满脑子都是音乐。走在街上时，她就给自己唱歌。她感到整个镇子都在倾听，而且他们不知道唱歌的人就是米克·凯利。

夏季这些自由的夜晚，她长了很多关于音乐的见识。小镇的富人区家家户户都有收音机，所有的窗子都是打开的，她能听得一清二楚。很快她就知道哪家的收音机里有她想听的节目。有一户人家总是在收放所有美妙的管弦乐。晚上，她跑到那所房子，溜进黑暗的院子里倾听。房子的周围长满了美丽的灌木丛，她就坐在窗下的小树丛里。节目结束后，她站在黑乎乎的院子里，双手插入口袋中，长时间地

1　乔·路易斯（1914—1981），出生于美国亚拉巴马州，美国职业拳击手。

2　山人迪恩（1891—1953），美国职业摔跤手。

回味。这就是整个夏天最结实的部分 —— 听收音机里的音乐，细细地品味它们。

"先生，请关上门。"[1] 米克说。

巴伯尔像带刺的蔷薇一样刻薄。"小姐，请帮个忙。"[2] 他回嘴道。

在职业学校学习西班牙语是很棒的事。说一门外语让她感觉自己很有见识。每天下午上课时，她都很愉快地学说新的西班牙语单词和句子。一开始，巴伯尔被难倒了，她一边说这门外语，一边观察巴伯尔的脸，感到很有趣。很快他追上来了，不久以后巴伯尔就可以复述她说的每句话。他也记住了他学到的每个词。当然他不知道那些句子都是什么意思，但她说那些句子时，想表达的也并不是它们的原意。这孩子学得真是太快了，她不得不放弃西班牙语游戏，转而急促地说一些生造的词。很快巴伯尔就揭穿了她的把戏 —— 没人能骗得了老巴伯尔·凯利。

"我要假装是第一次走进这房子，"米克说，"这样我才能看清那些装饰究竟好不好看。"

她走出屋子，站在前廊，又走回到门厅站着。整整一天，她、巴伯尔、鲍蒂娅和爸爸都在忙着为这次派对装饰门厅和餐厅。装饰物是秋天的树叶、藤蔓和红色的绉纸。餐厅的壁炉架上和衣帽架后面是鲜黄的树叶。他们在墙上铺了藤蔓，桌上会放上潘趣[3]酒杯。红色的绉纸被剪成长长的流苏形状，沿着壁炉架垂下来。椅背上也缠绕着红流苏。装饰足够了。没问题。

她用手蹭了蹭额头，眯长了眼睛。巴伯尔站在她身边，模仿她的每一个动作。"我真希望派对能顺利。我真希望。"

1　原文为西班牙语。

2　原文为西班牙语。

3　潘趣是鸡尾酒的一个分支，这是一款酒会中的饮品。

这将是她举办的第一个派对。她参加过的也不超过四五个。去年夏天她去过一次毕业舞会，没有一个男孩请她散步或跳舞，她一直站在潘趣杯旁边，直到所有的点心和饮料都吃完了，然后她就回家了。这次的派对肯定不会像上次那样。几个小时后，她邀请的人就要陆陆续续地来了，喧闹就要开始了。

她已经记不清派对的想法从何而来。她上职业学校不久后，就有了这个主意。中学棒极了，样样都和语法学校不同。如果她和海泽尔或埃塔一样去学速记课，她是不会这么开心的 —— 她得到了特许，可以上男孩们的机械课。机械、代数和西班牙语都很美妙。英语非常难。她的英语老师是米娜小姐。大家都说米娜小姐把自己的脑袋卖给了一个著名的医生，卖了一万块，她死后医生可以把它切开，看看为什么她如此聪明。写作课上，她炮制了这样的问题："说出八个当代有名的约翰逊博士""引用十句《威克菲尔德的牧师》[1]里的话"。她根据花名册点名，在课堂上，她的成绩记录本一直是打开的。虽然她很聪明，可她是个坏脾气的老女人。西班牙语老师去欧洲旅行过。她说在法国人们会扛着面包棍回家，包都不包；他们站在路上说话时，面包棍会撞到路灯柱上。在法国根本就没有水 —— 只有酒。

职业学校几乎是完美的。课间的时候，他们在走廊里转来转去，午餐休息时学生们在体育馆玩耍。有一件事很快就令她不安了。走廊里人们三三两两走在一起，每个人似乎都属于特定的小圈子。一两个星期内她在走廊和课堂认识的人，只限于和他们打打招呼 —— 仅此而已。她不是任何小圈子里的人。语法学校时，她想和哪帮人玩，随便就可以混进去，不用多费脑筋。这里就不同了。

第一个星期她一个人在走廊里踱步，思考这件事。她想属于一个

1　《威克菲尔德的牧师》是英国感伤主义的名作之一，作者是奥利弗·哥尔德斯密斯。

小圈子，她在这上面花的心思几乎和音乐一样多了。这两件事一直在她的脑海里。最后她想到了办派对。

她对邀请对象要求很严格。不能是语法学校的孩子，不能小于十二岁。她只邀请十三到十五岁之间的孩子。她邀请的朋友都是在学校走廊可以打招呼的人——不知道名字的人，她也打听到了名字。她给有电话的人打电话，其他的人她上学时就当面邀请了。

电话里她说的是同样的话。她让巴伯尔把耳朵贴过来一起听。"我是米克·凯利。"她说。如果他们没听清这名字，她会不断地重复，直到他们明白。"星期六晚八点我要举办一个舞会，我想邀请你。我住在第四街一○三号 A 公寓。"A 公寓在电话里听起来挺时髦的。几乎所有被邀请的人都答应了。几个难对付的男孩想显得聪明些，反复追问她的名字。一个男孩想扮酷地说："我不认识你。"她马上回敬了一句："你吃屎去吧！"除去那个聪明的家伙，有十个男孩和十个女孩，她知道他们都会来。这是一个真正的派对，它和任何她去过或听说过的派对都不一样，比它们都要好。

米克最后审视了一遍门厅和餐厅。她在衣帽架前站住，面前是"老脏脸"的相片。这是她妈妈外祖父的照片。他是美国内战时的少校，死在了战场上。不知哪个孩子在照片上添上了眼镜和胡子，铅笔的印记被擦掉以后，少校的脸脏得要命。这就是她称他为"老脏脸"的缘故。这张照片在三联框的中央，两边是他的儿子们。他们看上去像巴伯尔那么大。身着制服，脸上有惊讶的表情。他们也死在了战场上。很久以前了。

"我想把它取下来，它和派对不配。看起来太平常了。你觉得呢？"

"我不知道，"巴伯尔说，"我们不平常吗，米克？"

"我不。"

92

她把相片放在了衣帽架的下面。装饰没问题。辛格先生回家后，也会感到满意的。房间显得空旷和安静。桌子收拾好了，准备摆上晚餐。晚餐过后，就是派对了。她走进厨房去看看点心和饮料准备得如何。

"你觉得一切都没问题吗？"她问鲍蒂娅。

鲍蒂娅正在做饼干。点心在炉台上。有花生黄油、果冻三明治、巧克力脆饼和果汁。三明治用潮湿的洗碗布盖着。她偷偷地看了一眼，却没有尝一块。

"我都说过四十遍了，一切都没问题，"鲍蒂娅说，"我一做完家里的晚饭，就会回来系上那条白围裙，好好地招待你的客人。但我九点半前要走。今天是星期六，赫保埃、威利和我也有安排。"

"当然，"米克说，"我只要你帮我把开头安排好 —— 你知道。"

她让步了，拿了一块三明治。她让巴伯尔和鲍蒂娅待在一起，自己走到中间的屋子。她今晚要穿的裙子正摊在床上。海泽尔和埃塔表现不错，把自己最好的衣服借给她 —— 她们不打算参加这次派对。埃塔的是一件长长的蓝色的双绉晚礼服。加上白色的细跟浅口鞋，一顶水晶石的冕状头饰。这些衣饰真是美极了，很难想象她穿上它们是什么样子。

黄昏已经降临了，阳光穿过窗子留下了长长的暗黄的斜影。她需要两个小时为这次派对打扮，所以最好现在就开始。她一想到要穿上这些漂亮的衣服，就坐不住了。她慢慢地走进卫生间，脱掉旧短裤和衬衫，打开水龙头。她搓洗粗糙的部位 —— 脚后跟、膝盖，尤其是胳膊肘。她洗了很久。

她赤身裸体地冲进中间的屋子，开始穿衣服。她穿上丝绸紧身内衣裤以及长丝袜，鬼使神差地穿上了埃塔的一件胸罩。她小心翼翼地穿上裙子，把脚放进高跟鞋里。这是她第一次穿晚礼服。她在镜子前站了很久。她太高了，礼服的下摆在脚踝三四英尺以上——鞋也太小了，挤脚得很。她在镜子前站了很久，最后的感觉是她看上去要不像小丑，要不就是个大美人。只有这两种可能。

她换了六种发式。额头前一缕翘起的头发是个小麻烦，她打湿刘海，弄了三个狭长的小卷。最后她戴上水晶石冕，涂了厚厚的口红和胭脂。打扮完了以后，她像电影明星一样抬起下巴，眼睛半闭。她把脸慢慢地从一边转到另一边。她看起来美极了——就是美。

她觉得自己是另一个人。她是完全不同于米克·凯利的另一个人。离派对还有两个小时，她羞于让家里人看到自己这么早就打扮成这样。她又走到卫生间，把门锁上。她不能坐下，会把裙子搞乱，她就站在卫生间的中央。四面封闭的墙好像把所有的兴奋都压缩在里面。她感到自己和过去的那个米克·凯利太不一样了，她知道它将比她生命中所有的事都美好——这个派对。

"哇塞！果汁！"

"裙子棒极了——"

"嗨！你算出了那道三角题——"

"借光！别挡我的路！"

人群涌进屋子，大门时刻发出砰砰的声响。尖利和柔和的声音混在一起，最后房间里只有喧闹的声音了。女孩们穿着长长的漂亮的晚礼服，三三两两站在一起；男孩们穿着干净的帆布裤或军训服，或者崭新的深色秋季西装，在屋子里转来转去。乱作一团，米克看不清任何一张脸。她站在衣帽架旁，环视整个派对。

"每个人拿着请柬，去预约吧。"

一开始，屋子太吵了，什么也听不清。男孩们密密麻麻地围着潘趣杯，桌子和藤蔓几乎都看不见。只能看见她爸爸的脸越过男孩们的脑袋，他笑着把果汁装到小纸杯里。她身旁边的衣帽架座架上放着糖果罐和两块手帕。几个女孩以为今天是她的生日，她打开她们带来的礼物，表示感谢，却没告诉她们还有八个月她才满十四岁呢。每个人都光鲜整洁，和她打扮得差不多。他们身上的味道也很好闻。男孩子头发上抹了发胶，湿漉油亮。身着五颜六色长裙的姑娘们站在一起，像一大簇耀眼的花朵。派对的开头棒极了。没问题。

"我有部分苏格兰爱尔兰和法国血统，还有——"

"我有德国血统——"

她去餐厅前又高声叫大家拿好请柬。很快他们开始在门厅里集合，每个人都拿着请柬，靠着墙三三两两一伙地排队。现在派对真正开始了。

突然间，很古怪的事来了——这种安静。男孩们站在屋子的一边，女孩在他们的对面。不知是什么原因，大家都同时停止了说话。男孩举着请柬，看着女孩，房间十分安静。按理说，男孩们应该向女孩们预约跳舞，可没有人开口。可怕的寂静越来越令人窒息，她去的派对太少了，不知道怎么办。接着，男孩子互相用拳头打对方，聊起天来。女孩子咯咯地笑——即使她们根本没看男孩，你也能知道她们唯一一想的就是自己会不会受欢迎。可怕的寂静消失了，但是一种极度的紧张不安感在屋子里徘徊。

过了一会儿，一个男孩走向叫多萝瑞斯·布朗的女孩。他约完了她以后，其他的男孩都开始向她献殷勤。她的请柬都约满了，男孩们才转向了另一个叫玛丽的女孩。过后，一切都又停顿下来。另外还有一两个女孩被几个男孩约了——因为米克是派对的主人，有三个男孩邀请她。这就是一切了。

人们在餐厅和门厅里无所事事。男孩们大多数聚集在潘趣杯周围，竞相表现自己。女孩子也扎着堆，拼命地笑，装作很开心的样子。男孩在琢磨女孩，女孩也在琢磨男孩。但这一切让房间充满了奇怪的气氛。

就是在此时，米克注意到哈里·米诺维兹。他就住在隔壁，他们算是青梅竹马。尽管他比她大两岁，她长得可比他快多了。夏天他们经常在街边的草地上摔跤、打斗。哈里是犹太人，但看上去不太像。他的头发是浅褐色的直发。今晚他穿得很整洁，进门时，把一顶成年人的带羽毛的巴拿马帽挂在了衣帽架上。

并不是因为他的衣服，她才注意到他。他的脸变了模样，因为他今天没有戴以前常戴的牛角框眼镜。一粒红红的下垂的麦粒肿从一只眼睛冒出来，为了看清东西，他不得不把脑袋侧向一边，像鸟一样。细长的手指不停地蹭那颗麦粒肿，好像很痛的样子。他想喝果汁，愣愣地将纸杯伸到她爸爸的眼前。她看得出他急需他的眼镜。他很紧张，不停地撞到人。除了她，他没有邀请别的女孩——因为这是她的派对。

所有的果汁都喝光了。她的爸爸怕她尴尬，就和她妈妈一起去厨房做柠檬汁。有些人在前廊和人行道上。她很高兴能够出去呼吸夜晚的凉爽空气。走出炎热明亮的房子，她在黑暗深处闻到了即将到来的秋天的气息。

然后，她目睹了意想不到的事。人行道边和黑漆漆的路上有一群住在附近的孩子。彼得、萨克·威尔斯、贝贝、斯伯尔瑞布斯——整整一群，从比巴伯尔还小的孩子，到十二岁多的孩子。有些孩子她根本不认识，他们嗅到了派对的气味，跑了过来。也有一些和她差不多大的，甚至还要大一点儿的，她没有邀请他们，因为他们曾经对她干过坏事，或者她对他们干过坏事。他们都很脏，穿着普通的短裤、邋遢的灯笼裤或者旧的家常服。他们只是在暗处晃荡，看看这个派对。看见这些孩子们时，她内心有两种情感——悲伤和警惕。

"我约了你。"哈里·米诺维兹假装正在读他的请柬，但她看到卡片上什么也没写。她爸爸来到前廊，吹着哨子，第一支舞开始了。

"好吧，"她说，"我们开始吧。"

他们沿着街区散步。身着长裙，她感觉自己非常时髦。"看看那边，看看米克·凯利！"黑暗中一个孩子在喊，"看看她！"她接着走，像没听见一样，但她知道是斯伯尔瑞布斯，很快她会教训他的。她和哈里沿着黑暗的人行道走得很快，他们走到街道的尽头，拐到另一个街区。

"今年你多大了，米克 —— 十三？"

"快十四了。"

她知道他在想什么。这也一直困扰她。五英尺六英寸高，一百零三磅，她才十三岁。派对的孩子在她身边像小矮人，除了哈里。哈里只比她矮几英寸。没有一个男孩想和比自己高那么多的女孩跳舞。也许抽烟能阻止她再长高。

"我去年一年就长了三点二五英寸。"她说。

"我有一次在市场上见过一个女人，有八点五英尺高呢。当然你不会长那么高吧。"

哈里在一株幽暗的桃金娘树丛前停下。周围没有人。他从口袋里取出一样东西，开始摆弄它。她凑过去看 —— 是他的眼镜，他正用手帕擦。

"对不起。"他说。他戴上眼镜，她可以听见他深深的呼吸声。

"你应该一直戴着眼镜。"

"嗯。"

"你为什么不戴呢？"

夜晚非常安静和黑暗。过马路时，哈里抓住了她的胳膊肘。

"派对上有一个年轻的女士，她觉得男人戴眼镜女里女气的。这个人……好吧，也许我是……"

他没说完。突然他绷紧身子，向前跑了几步，跳起来够头上四英尺高的树叶。她能看见黑暗中高高的叶子。他弹跳力相当好，一下子就够到它了。他把叶子放进嘴里，在黑暗中和假想敌拳击了几个回合。她撵上他。

和往常一样，一首歌在她的脑海里了。她对自己哼唱。

"你在唱什么？"

"是一个叫莫扎特的家伙的曲子。"

哈里自我感觉很好。他走着横跨步，像一个快步出击的拳击手。"听起来像是德国人的名字。"

"我估计是。"

"法西斯？"

"什么？"

"我是说那个莫扎特是法西斯或者纳粹？"

米克想了想。"不是。他们是最近的事，这家伙死了很久了。"

"那就好。"他又开始在黑暗中打起拳，他希望她能问他为什么。

"我说那就好。"他又说了一遍。

"为什么？"

"我恨法西斯。如果我在路上遇到一个，我会杀了他。"

她看着哈里。街灯下的树叶在他的脸上映出恍惚而斑驳的影子。他很兴奋。

"怎么了？"她问。

"天！你从不读报纸？你看，是这样的……"

他们又回到了这条街。家里一片喧哗。人们在人行道上叫着、跑着。她的胃感到强烈的恶心。

"没时间和你解释了，除非我们绕着街区再走一圈。我可不介意告诉你我为什么恨法西斯。我很愿意说。"

这很可能是他第一次有机会把这些想法详细地说给别人。但她没时间去听。她忙于观察她家房子前的场景。"好吧，以后再聊。"和他的约会已经结束了，她可以四处看看，思考一下她眼前的混乱。

她不在时，发生了什么？她离开时，人们穿着漂亮的衣服，站在四周，这是一个真正的派对。现在——仅仅是五分钟后——这个地方就像一所疯人院。她不在时，那些躲在暗处的小孩冲进了派对。他们敢！那个老彼得·威尔斯砰地把门带上，冲了出来，手里还拿着一杯果汁。他们吼叫，奔跑，和被邀请的人混在一起——就穿着旧的邋遢灯笼裤和家常服。

贝贝·威尔森在前廊乱跑——她还不到四岁。每个人都能看出她这时应该在家里睡觉，像巴伯尔一样。她一级一级地走下台阶，把果汁高高地举在头顶。她压根没理由来这里。布瑞农先生是她的姨父，她随时都可以在那得到免费的糖果和饮料。她一走到人行道上，米克就揪住了她的胳膊。"你马上回家，贝贝·威尔森。现在就回家。"米克看看四周，想知道她还能做些什么，让一切回到应有的模样。她走向萨克·威尔斯。他站在人行道昏暗的另一头，手上拿着纸杯，用恍惚的目光看着大家。萨克七岁，穿着短裤。上身和脚是光着的。他没引起任何麻烦，可她看到发生的一切，气得发疯。

她拽住萨克的肩膀，开始摇他。起初他把下巴咬得很紧，过了一分钟他的牙齿发出咯咯声。"你给我回家，萨克·威尔斯。别在这晃了，这里没邀请你。"她松了手，萨克像夹着尾巴一样，沿着街道慢慢地走掉了。但是他没有回家。他走到拐角处，他看见他坐在马路牙子上，偷看派对，他以为她看不见他。

片刻间，她松了一口气，总算处理掉了萨克这家伙。但她马上有了更烦心的忧虑，她开始叫他回来。把事情弄得一团糟的是那些大孩子们。他们真是没有教养的野孩子，简直是她见过最不要脸的家伙。喝光了所有的饮料，把一个真正的派对弄得狼狈不堪。他们把大门乒乒乓乓关来关去，大声喊叫，互相撞对方。她走向彼得·威尔斯，因为他是最恶劣的孩子。他戴着橄榄球帽，向别人撞去。彼得已经十四岁了，却还留在七年级。她走向他，可他太大了，没法像摇晃萨克那样摇晃他。她命令他回家，他快速地颤动全身，向她俯冲。

"我在六个州待过。佛罗里达、亚拉巴马……"

"用银色的布做的，配有饰带……"

派对一塌糊涂。所有的人都在叽叽喳喳地说话。职业学校的朋友和邻居家的小孩都混在一起了。男孩和女孩泾渭分明地站着 —— 没有人跳舞。柠檬汁也快喝完了。在潘趣杯的底部，只剩下一小汪汁水，上面漂浮着几片柠檬皮。她的爸爸对孩子们总是太好了。哪个孩子把纸杯递给他，他都会帮他们倒上一杯。她走进餐厅时，鲍蒂娅正在给大家分三明治。五分钟后，三明治就都分光了。她只分到一块果冻三明治 —— 粉红色的汁从面包片里渗出来。

鲍蒂娅待在餐厅里，观察派对。"这儿好热闹啊，我可不走，"她说，"我捎话给赫保埃和威利了，让他们自己过星期六晚上。每个人都这么兴奋，我要待到派对结束。"

兴奋 —— 就是这个词。她能够在房间、前廊和人行道上充分感受到它。她自己也感到兴奋。衣帽架的镜子映出她漂亮的裙子、漂亮的脸、漂亮的腮红和头上的水晶石冕，但并不仅仅是因为这个而兴奋。也许是因为屋里的装饰，所有这些挤在一起的职业学校的学生和孩子们。

"看她跑！"

"唉哟！打住 ——"

"规矩点！"

一群女孩在大街上奔跑，拽着裙摆，头发在身后飘扬。有些男孩砍下了一株西班牙剌刀树的长茎作为长矛，追逐前面的女孩。职业学校的新生隆重的行头，完全是为了一个真正的舞会；而他们的举止还是孩子。一半是游戏，一半却完全不是。一个男孩手握长矛靠近了她，她也开始奔跑了。

派对的念头算是彻底结束了。这不过是一次普通的打闹，却是她经历过的最疯狂的夜晚。是这些小孩造成的。他们就像一场传染病。他们混进派对，所有的人都忘了中学，忘了自己快是成人了。就像下午洗澡前的感觉，你跑到后院打个滚弄一身泥，就是为了进浴缸前，感觉一下那种爽劲。每个人在星期六晚上，都像野孩子一样玩闹——她觉得自己是中间最野的一个。

她号叫，推搡，总是第一个尝试新的把戏。她发出那么大的声音，跑得那么快，根本注意不到别人在干什么。她的呼吸简直不够用了，她想玩那么多疯狂的把戏。

"街边有个沟！沟！沟！"

她第一个冲向它。沿着一个街区，他们在街下铺了新的管道，挖了一条很深的沟。沟边的照明火在黑暗中火红耀眼。她迫不及待地要爬下去。她一直跑到晃动的火焰边，然后跳了下去。

如果穿上网球鞋，她着陆时会轻得像猫——她脚上的高跟鞋滑了一下，肚子撞到了管道。呼吸停止了。她静静地躺着，闭着眼睛。

派对——她回忆了很久，她是如何想象它的，她是如何想象职业学校的新朋友的。以及她每天都梦想加入的小圈子。重新回到学校走廊时，她的感觉将会不一样了，她知道他们没有什么不同，和其他小孩子一样。还可以。关于这个被糟蹋了的派对。但一切都结束了。这就是结束。

米克从沟里爬了出来。一些孩子围着小小的照明火罐。火光发出红色的火焰，摇曳出长而恍惚的影子。一个男孩跑回家，戴上了支持黑奴制的北方佬的面具，这是提前为万圣节买的。关于这个派对，什么都没变，变的是她。

她慢慢走回家。经过孩子们时，她没说话，也没看他们。门厅里的装饰物被扯了下来，人们都出去了，房子显得很空旷。她进了卫生间，脱掉蓝色的晚礼服。边上被撕破了，她把衣服折起来，这样破的地方就看不见了。水晶石冕不知丢在了哪里。旧的短裤和衬衫躺在原来的地上。她穿上。经过这次派对，她已经长大了，不能再穿短裤了。今晚过后，不再。不能了。

米克站在门外的前廊上。卸妆后的脸是苍白的。双手在嘴边环成喇叭，深呼吸。"都回家吧！关门啦！派对结束了！"

安静隐秘的夜晚，她又一次独自一人了。不算太晚——路边的窗子透出黄色的光晕。她走得很慢，手插在口袋里，歪着脑袋。她漫无目的地走了很久。

房子越来越稀疏了，院子里有大树和黑色的灌木丛。她望望四周，知道她来到了夏天来过许多次的房子旁。她的脚不知不觉地把她带到这里。她站在房子前等了等，直到确认没人能看见她。她穿过边上的小院。

收音机像往常一样开着。她在窗下站了片刻，观察屋里的人。秃头男人和灰发女士坐在桌边打牌。米克坐到了地上。这是一个隐蔽的好地方，四周都是厚厚的雪松，她藏在里面，谁也看不见她。今晚收音机的节目不太好——有人在唱流行歌曲，都以同样的方式结尾。她觉得空虚。她把手伸进口袋，手指摸索着。有葡萄干、干果、一串珠子——一根香烟和火柴。她点着了烟，抱膝坐着。她像是空虚到了极点，身体里没有感情，也没有思想。

一个节目接一个节目，但它们全是垃圾。她漫不经心地听着。她一边抽烟，一边抓了一把草叶。过了一会儿，新的播音员开始说话。他提到了贝多芬。她在图书馆里读到过这个音乐家——他的名字听起来有一个 a 字，拼写时则是两个 e。他是一个德国的家伙，和莫扎特一样。他活着的时候住在外国，用外语说话——她也想这样。播音员说马上要播放他的第三交响曲。她有些心不在焉，她想再走一走，对收音机节目没什么兴趣了。这时音乐开始了。米克扬起脑袋，一下子无法呼吸。

怎么回事？片刻间，音乐的开头像天平一样，从一头摇晃到另一头。像散步，或者行军。像上帝在夜里神气活现地走路。她身外的一切都冻结了，只有音乐的开头在她的心脏里沸腾。她甚至听不见后面的音乐，但她坐在那里，握紧了拳头等待着，浑身僵住了。过了一会儿，音乐又来了，更重，更响。它和上帝毫无关系。是她，米克·凯利，在白天行走，夜晚独自一人行走。在烈阳下，在黑夜中，充满计划，充满感情。这音乐就是她——真正的完全的她。

她无法听清音乐的全部。这音乐在她身体里沸腾。哪部分？牢牢地记住精彩的部分，一遍遍回味，这样她就不会忘记——或者她应该放松，听每一部分，不要去想，也不要努力记住？天呐！整个世界就是这首曲子，她却不能听个够。最终，音乐开头的部分又回来了，每个音符都有不同的乐器交织在一起，如同攥得紧紧的重拳击在她的心口。第一乐章结束了。

曲子既不长也不短。再说，它和时间无关。她紧紧地抱住大腿，使劲地咬自己咸湿的膝盖。她可能只听了五分钟，也可能听了半个夜晚。第二乐章是黑色的——慢的进行曲。不是悲伤的，但整个世界都死了，都黑了，没必要去回想这个世界死前是什么样。一种号角式的乐器奏出了悲伤清越的旋律。随后音乐愤怒地扬起，下面潜伏着激动的情绪。最后，黑色的进行曲又来了。

也许交响乐的最后乐章是她最喜欢的 —— 快乐的，像世界上最伟大的人在奔跑，在艰难而又自由地雀跃。像这样美妙的音乐简直是世上最令人伤心的事。整个世界就是这曲交响乐，她简直听不过来了。

结束了。她抱着膝盖，僵硬地坐着。另一个节目开始了，她用手指堵住耳朵。刚才的音乐给她留下了如此严重的伤害，还有一种空虚。她完全想不起这首交响乐了，甚至连最后几个音符也忘了。她努力去回想，没有声音回到她的耳边。现在全都结束了，只剩下一颗心在像兔子一样跳，还有这可怕的伤害。

收音机和屋里的灯光都掐灭了。夜晚如此之黑。米克突然用拳头猛击大腿。她用尽全身的力气击打同一块肌肉，眼泪流到了脸上。但她觉得还不够。树丛下的石子很尖利。她抓起一把石子，在腿上同一块地方来回地蹭，直到手磨出了血。她轰然躺倒在地上，抬头看天。腿上巨大的疼痛令她好受些了。她软弱无力地躺在湿湿的草地上，过了一会她的呼吸终于慢下来，自如了。

为什么宇宙探索者不能看看天空就知道世界是圆的？天空是弯曲的，好似巨大的玻璃球的内侧，深蓝色的天空点缀着明亮的星星。夜晚是安静的，空气中有温暖的雪松的气味。她完全不想那音乐的时候，音乐却回来了。脑子里响起了第一乐章，和她在收音机里听到的一模一样。她静静而缓慢地听着，像解几何题一样思考音符，好让自己记住。她能清楚地看见声音的形状，她不会忘记它们了。

现在她感觉好多了。她大声地自言自语道："主啊，赦免我，因为我不知道自己做了什么。"为什么她会想到这句话？最近的几年中，每个人都明白根本没有真正的上帝。当她想到以前她想象中的上帝的模样时，她却只能看见辛格先生 —— 他的身上披着长长的白单子。上帝是沉默的 —— 也许正是因为这点她才想到了上帝。她又说了一遍，就像对着辛格先生说道："主啊，赦免我，因为我不知道自己做了什么。"

曲子的这个部分美妙而清晰。她随时都可以把它唱出来。也许以后的某个早晨，她醒来时，更多的旋律会回到她耳边。如果她有机会再听一遍这首交响乐，她会记住更多的乐章。如果她能再听上四遍，只要四遍，她就全都能记住了。也许。

她又听了一遍开头的部分。音符越来越缓慢和轻柔，她感到自己正在慢慢地下沉，沉入黑暗的大地。

米克惊醒了。空气变得寒冷，她快要醒来时梦见老埃塔·凯利把她身上所有的被单都拿走了。"给我毯子 ——"她挣扎着想说，然后睁开了眼睛。天空很黑，所有的星星都不见了。草地是潮湿的。她连忙爬起来，她爸爸要担心了。她又想起了那首曲子。她不知道现在是午夜还是凌晨三点，她急忙赶回家。空气中是秋天的味道了。音乐在脑子里很快很响地放着，在通往自己家的人行道上，她越跑越快。

二

十月到了，天气阴凉。比夫·布瑞农脱掉了薄绉纹裤，换上了深蓝色的哔叽呢裤。他在柜台后装了一台热巧克力机。米克对热巧克力上瘾，每周都要来三四次，喝上一杯。他只收她半价 —— 五分钱，其实他不想收她的钱。她站在柜台后，他看着她，感到焦虑和悲伤。他想伸出手，摸摸她那被太阳晒焦的、乱蓬蓬的头发 —— 不是像摸其他女人那样的摸法。他感到不安，和她说话时，他的声音变得粗糙而陌生。

他有很多担忧。比如，艾莉斯身体不好。跟往常一样，她在楼下从早晨七点一直干到晚上十点，但她行动缓慢，眼睛下有黑眼圈。在工作中，她的病态是最明显的。一个星期日，她用打字机打出一天的菜谱，她在特价菜"鸡肉套餐"边上标出二角而不是五角。直到有些顾客点了菜准备付钱，才发现这个错误。还有一次，顾客给她十块钱，她找回了两个五块和三个一块。比夫站着，久久地看着艾莉斯，沉思地揉揉鼻子，眼睛半闭着。

他们没有谈论这件事。晚上，他在楼下工作，她睡觉。早晨她一个人管理咖啡馆。他们一起工作时，他待在收银台的后面，负责厨房和餐桌，这已经成为习惯。除了说说生意上的事，他们基本不说话。但比夫会观察她，脸上露出困惑的表情。

十月八日的下午，从他们的卧室突然传出疼痛的叫声。比夫急忙上楼。他们在一个小时之内把艾莉斯送到了医院，医生取出了一个像新生婴儿那么大的肿瘤。另一个小时之内，艾莉斯就死了。

比夫坐在医院的床边，陷入不知所措的沉思。她死的时候，他在场。她的眼睛因为麻醉的乙醚显得雾蒙蒙的，随后眼珠变硬了，像玻璃。护士和医生都离开了房间。他继续看她的脸，除了脸上带点蓝色的苍白，和平时没有什么两样。他观察她的每一个细节，好像她不是二十一年中他每天看到的那个女人。他坐着，思绪慢慢转到一直存在心里的一幅画面。

寒冷的绿色大海，炎热的金色沙滩。小孩子们在绸缎一样的泡沫边缘玩耍。健壮的褐色的小女孩，瘦弱的赤裸的小男孩，另一些半大的孩子，跑着，用甜美高亢的声音互相喊叫。有他认识的孩子，米克和他的外甥女——贝贝，还有一些谁也不曾见过的年轻的陌生面孔。比夫低下头。

过了很久，他从椅子上站起来，走到房子的中央。他能听见他的小姨子露茜娅在外面的走廊里走来走去。一只肥胖的蜜蜂在食品柜上爬来爬去，比夫一把将它捏在手里，放到打开的窗子外面。他又一次看了一眼死去的脸，然后带着一种丧偶的镇定，打开通向医院走廊的大门。

第二天上午，他坐在楼上的房间里干缝纫活。为什么？相爱的人，有一方去了，为什么剩下的那一个不追随自己的爱人而去呢？仅仅是因为活着的要埋葬死去的？因为那些必须完成的有条不紊的葬仪？因为那个活着的人好像走到了临时的舞台上，每秒钟都膨胀到无限长，而他正被许多双眼睛观看？因为他要履行一种职责？或者，因为有爱，剩下的那一个必须活下来，为了爱人的复活 —— 因此走了的人就没有真正地死去，而是在活着的灵魂里成长再生？为什么？

比夫俯下身子凑近手中的缝纫活，同时思考很多事情。他缝得相当熟练，指尖上的老茧很厚，不需要顶针就能把针穿进布里。两套灰西装袖子上的黑纱已经缝好了，他正在缝最后一件。

白天明亮而炎热，秋天的第一批落叶擦着人行道飞舞。他出门太早了。每分钟都是如此漫长。在他面前，是无限的空虚。他把餐馆的门锁上，在门外挂上了一只白色的百合花环。他先去了殡仪馆，精心地挑选棺材。他抚摸内侧的木料，掂量框架的承重。

"这种黑绉纱叫什么 —— 乔其纱？"

殡仪员油滑而殷勤地回答了他。

"火化在你的生意中占多大的比例？"

比夫走回到马路上，带着有分寸的仪式感。西边吹来温暖的风，阳光十分明亮。他的手表停了，就掉头走向威尔伯·凯利家的那条街，他最近在那儿立了块修表的牌子。凯利穿着打补丁的睡衣，坐在工作台边。他的钟表坊也是卧室，米克放在童车里到处推着走的那个小婴儿正安静地坐在地板的垫子上。每分钟都是如此漫长，有足够的时间沉思和询问。他请凯利给他解释手表里宝石轴承具体的功能。透过钟表匠的放大镜，他看到了凯利变形的右眼。他们谈论了一会儿张伯伦和慕尼黑。时间还早，他决定上楼去看看哑巴。

辛格正在为丧事着装。昨天晚上辛格寄了一封吊唁信给他。他要做葬礼的抬棺人。比夫坐在床上，他们一起抽了支烟。辛格绿色的眼睛时不时地观察着他。他递给比夫一杯咖啡。比夫没说话，哑巴拍了拍他的肩膀，深深地看了他一眼。辛格穿好衣服后，他们一起走出门。

比夫在商店买了一条黑丝带，遇见艾莉斯的牧师。一切安排就绪后，他就回家了。把事情安顿妥当 —— 这是他脑子里一直想的事。

他把艾莉斯的衣物打成一包，准备交给露茜娅。他仔细地打扫和清理了衣柜抽屉。他甚至重新调整了楼下厨房的架子，摘掉了电扇上鲜艳的绉纸饰带。干完这些活，他泡在浴缸里，上上下下洗了个遍。一上午就这样过去了。

比夫把线咬断，抚平外套袖子上的黑纱。露茜娅肯定正在等他呢。他、露茜娅和贝贝要一起坐出殡车。他放下针线盒，非常小心地在外套肩膀上戴上黑纱。他飞快地环顾四周，看看出门前是不是一切都安排好了。

一小时后，他到了露茜娅的小厨房。他架着二郎腿，把餐巾放在大腿上，喝茶。露茜娅和艾莉斯在各方面都不一样，很难看出她们是姐妹俩。露茜娅又瘦又黑，今天她从头到脚都是黑的。她正在给贝贝梳头。小家伙耐心地坐在餐桌上，双手交叉放在腿上，妈妈在她头上忙活。屋里的阳光安宁而柔和。

"巴托罗谬——"露茜娅说。

"什么？"

"你有没有开始回忆过去？"

"没有。"比夫说。

"你知道，那就像是我整天都要戴上眼罩，这样我才不会胡思乱想，或者想过去的事。我只能让自己想一件事——每天要工作，要做饭，要考虑贝贝的未来。"

"这个态度很好。"

"我在理发店给贝贝做了手指卷发。可头发很快就直了，我想给她做个电烫。但我不想亲自为她做——我在想，也许我去亚特兰大参加美容会议时可以带上她，让她在那做头。"

"圣母马利亚！她才四岁啊。会吓着她的。再说，电烫伤头发。"

露茜娅把梳子浸在一杯水里，用它压贝贝耳朵上的卷发。"不，不会。而且她想要。贝贝虽然小，却像我一样野心很大。这可不是一般的野心。"

比夫在掌心上磨自己的指甲，摇了摇头。

"每次贝贝和我去看电影，看到那些孩子演的精彩角色，她心里想的和我一样。我打赌她是这样的，巴托罗谬。看完电影，我叫她吃饭，她都不肯。"

"老天。"比夫说。

"她在舞蹈课和表演课上表现好极了。明年，我想让她学钢琴，弹弹钢琴对她有好处。她的舞蹈老师准备让她在晚会上跳独舞。我觉得我应该尽可能地鞭策她。她的事业开始得越早，对我们两个就越有好处。"

"圣母马利亚！"

"你不明白。对有天才的孩子不能像对普通人一样。这就是为什么我想让贝贝远离这个普通的街区。我不能让她像她周围的小鬼一样，言语粗俗，跑起来像野人。"

"我知道这个街区的孩子们，"比夫说，"他们挺好的。对面的凯利一家……克莱因家的男孩……"

"你很清楚，他们没有一个能达到贝贝的层次。"

露茜娅弄好了贝贝头上最后一个卷。她掐了掐孩子的小脸蛋，好让脸色更红润。然后，她把孩子从桌上抱下来。为了这次葬礼，贝贝穿了一件白色的小裙子，配上白色的鞋，白色的袜子，甚至白色的小手套。被人注视时，贝贝总会把头摆成某种特定的姿势，现在她就是这种姿势。

他们在又小又热的厨房里坐了一会儿，谁也不说话。露茜娅哭了起来。"我们好像从没像姐妹一样亲近过。我们不一样，也不经常见面。也许是因为我比她年轻太多。但血亲就是血亲，这样的事发

110

生后——"

比夫发出轻轻的安慰声。

"我知道你们俩的关系，"她说，"并不总是甜蜜浪漫的。但可能这会使你现在感觉更糟。"

比夫把贝贝夹在胳肢窝下，一下子抡到自己的肩上。这孩子越来越重了。他小心地扛着她，走进起居室。他感到肩上的贝贝紧紧地贴着他，热乎乎的。她小小的丝裙是白色的，映着他的黑衣。她的小手牢牢地揪住他的一只耳朵。

"比夫姨父！看我做劈叉。"

他把贝贝轻轻地放到地上。她的双臂举过头顶，滑出弧形，她的脚在打了蜡的黄地板上慢慢向相反的方向滑动。瞬间，她已经坐在地上，一只腿笔直向前，另一只向后。她的双臂举成一个花哨的角度，用来平衡身体；她斜视墙壁，做出悲伤的表情。

她噌地站起身。"看我翻跟头。看我——"

"甜心，安静点。"露茜娅说。

她坐到了比夫旁边，他们一起坐在长毛绒的沙发上。"她是不是让你有一点儿想到他——她的眼睛和脸？"

"见鬼，不。我看不到贝贝和勒瑞尔·威尔森有任何相像之处。"

对她的年纪来说，露茜娅看起来太瘦，显得过于憔悴。也许是因为黑色的衣服，加上她一直在哭。"不管怎么说，我们不得不承认他是贝贝的父亲。"她说。

"你就不能忘掉那个男人吗？"

"我不知道。我想在两件事上我一直是傻瓜。就是勒瑞尔和贝贝。"

比夫新长的胡子碴在苍白的脸上泛着青光，他的声音听起来很疲倦。"你能不能把一件事想透，知道究竟发生了什么，它的后果又应该是什么？你就不能用用逻辑 —— 如果那些是前提，这就是结论？"

"关于他，我想我不能。"

比夫疲乏地说话，眼睛快闭上了。"你十七岁时嫁给了这个东西，之后呢，你们就闹个不停。你和他离婚了。而两年以后，你又嫁给了他。现在他又跑了，你不知道他在哪儿。这些事实应该能让你明白一件事 —— 你们俩彼此不合适。除掉更个人的原因 —— 不管怎么说吧，这家伙就是这种人。"

"上帝知道我一直都清楚他是个卑鄙的家伙。我只是希望他再也不要敲这个门。"

"看，贝贝。"他说得很快，他交叉十指，举起手，"这是教堂，这是尖顶。打开门，就是上帝的子民。"

露茜娅摇头。"你不需要担心贝贝。我教了她一切。她知道从 A 到 Z 的所有事。"

"如果他回来，你会让他留下来，让他继续寄生虫的生活，爱过多久过多久 —— 就像过去一样？"

"是啊。我想我会的。每次门铃响或电话响，每次听见门廊的脚步声，我下意识就会想到这个人。"

比夫摊开手掌。"你就是这样。"

时钟敲响了两点。房间又挤又闷。贝贝又翻了一个跟头，在打过蜡的地板上又做了一次劈叉。比夫把她抱到腿上。她小小的腿悬在他的小腿上。她解开他的坎肩，小脸钻到他的怀里。

"听我说，"露茜娅说，"我想问你一个问题，你保证要告诉我真话？"

"当然。"

"不管它是什么？"

比夫摸了摸贝贝柔软的金发，把手温柔地放在她的小脑瓜上。"当然。"

"大约七年前吧。我们第一次结婚后不久。一天晚上，他从你那儿回来，满头都是大包，他告诉我你揪住他的脖子，把他的头往墙上撞。他编了一个谎，说你为什么要这么干。但我想知道真实原因。"

比夫旋转手指上的婚戒。"我从没喜欢过勒瑞尔，我们打了一架。那时候，我和现在不太一样。"

"不对。你干这件事肯定有原因。我们认识这么久了，我很清楚你做的每一件事都有原因。你的头脑总是跟着逻辑而不是本能走。你保证过我的，你会告诉我到底是怎么回事，我想知道。"

"现在它一点儿意义也没有了。"

"我一定要知道。"

"好吧，"比夫说，"那天晚上他进来，开始喝酒。喝醉以后，他说了一大堆关于你的屁话。他说，他一个月回一次家，每次都把你打得屁滚尿流，你还很受用。过后，你会走到外面的门厅，大笑好几次，这样其他房间的邻居会认为你们俩刚才只是在打闹，完全是个玩笑。这就是发生的事，忘了它吧。"

露茜娅坐直了身体，两颊红了。"你看，巴托罗谬，这就是为什么，我一直要装作戴眼罩的样子，这样我就可以不去回忆或胡思乱想。我能允许自己想的是，每天要工作，要在家做三顿饭，以及贝贝的事业。"

"嗯。"

"我希望你也这样，不要开始回忆过去。"

比夫的头低垂在胸前，闭上眼睛。这长长的一天，他都不能去想艾莉斯。当他努力想回忆起她的脸，却是一片奇怪的空白。他脑子里唯一清晰的是她的脚——粗短，温软，白白的，加上胖胖的脚指头。

脚底是粉红色的，左脚后跟处有一颗褐色的小痣。他们结婚的那个晚上，他脱掉她的鞋和长袜子，亲吻她的脚。嗯，这个是值得想一想的，因为日本人相信女人最精致的部位……

比夫动了动身子，看看手表。他们马上就该出发去教堂了，葬礼在那里举行。他的脑子过了一遍仪式的图景。教堂——自己和露茜娅、贝贝坐在车上，跟着灵柩车庄重而缓慢地移动——一群人低着头站在九月的阳光下。阳光照在白色的墓碑、凋谢的花儿、新墓穴上的粗布帐篷上。然后回家——再然后呢？

"不管怎么吵，你自己的亲姐姐还是不一样。"露茜娅说。

比夫抬起头。"你为什么不再婚呢？没结过婚的善良的年轻人，会照顾你和贝贝的人？你只要忘了勒瑞尔，你会是一个好男人的好妻子。"

露茜娅半晌都没有回答。她最终说道："你知道我们是怎样的——我们几乎总能很好地理解对方，双方都没有任何想法。嗯，这就是我想和别的男人保持的最亲密的关系了。"

"我也这样感觉。"比夫说。

半个小时以后，传来敲门声。参加葬礼的车停在屋外。比夫和露茜娅慢慢地站起身。他们三个人庄重而安静地走到外面，一身白丝裙的贝贝走在前面。

第二天，比夫把餐馆关了一天。第三天清晨，他拿走前门上已经枯萎的百合花环，重新开业了。老顾客进来了，面容悲伤，点菜前站在收银台边和他聊上几句。几个常客都在——辛格、布朗特，各式各样的人：街区商店的工作人员以及河下游工厂的工人。中饭后，米克·凯利带着她的小弟弟来了，她把五分钱投进老虎机。她输掉第一个硬币时，用拳头敲击老虎机，不停地打开出钱口，看看是不是真的没有钱掉下来。她又投了一个五分币，这次几乎中了个头彩。

硬币稀里哗啦地掉下来，滚落在地板上。这孩子和她的小弟弟眼疾手快地在地上捡硬币，以防别人踩在上面。哑巴坐在中间的桌子旁，午餐摆在面前。穿着礼拜日服的杰克·布朗特坐在他的对面一边喝啤酒，一边说话。一切都和过去一样。过了一会儿，房间里烟雾弥漫，声音也越来越大了。比夫很警觉，任何声音或动作都逃不过他的眼睛。

"我四处走。"布朗特说。他急切地把身子靠向对面，盯着哑巴的脸。"我总是四处走，努力告诉他们。他们笑了。我不能让他们理解任何事。不管我说什么，我都不能让他们看见真相。"

辛格点点头，用餐布擦擦嘴。他的午餐已经冷了，因为他无法低头吃饭，而他又不好意思打断布朗特的谈话。

在男人们粗哑的声音中，老虎机边两个小孩的说话声显得高昂、清晰。米克正把五分币放回到老虎机里。她的目光不时在中间的桌子打转，但是哑巴的后背对着她，看不见她。

"辛格先生要了炸鸡午餐，可他一块还没吃呢。"小男孩说。

米克慢慢摇下机器的杠杆。"别多管闲事。"

"你总去他的房间或者你知道他可能在的地方。"

"我说过你给我闭嘴，巴伯尔·凯利。"

"你是说过。"

米克摇晃着巴伯尔，摇得他牙齿咯咯作响，然后搂着他转身向门口走去。"你回家睡觉。我早说过，白天我受够你和拉尔夫了。我不想你晚上还跟着我，这个时间我应该是自由的。"

巴伯尔伸出他满是污垢的小手。"好吧，给我五分钱。"他把钱放进衬衫口袋，就回家了。

比夫拉直外套，把头发向后梳理。他的领带是纯黑的，灰色外套袖子上有一块他缝在上面的黑纱。他想走到老虎机边，和米克说话，但是有什么东西阻止了他。他猛地吸了口气，喝下一杯水。收音机在播放一曲管弦乐舞曲，他却不想听。过去的十年中，所有的曲调都很相像，他分辨不出哪首是哪首。从一九二八年后，他就不再喜欢音乐了。他年轻的时候，弹过曼陀林，熟知每首流行歌的歌词和旋律。

他把手指放在鼻子边上，歪着脑袋。这一年米克长得太快了，马上就要比他高了。米克穿着上学后每天都穿的红毛衣和蓝色百褶裙。褶子外翻出来，折边松松垮垮地拖在她尖峭突出的膝盖上。她处在这样的年龄中——看起来更像一个早熟的男孩，而不像女孩子。为什么最聪明的人都看不到这一点？所有的人天生都是双性人。所以婚姻和婚床当然不是全部。证据？青春和老年。老年男人的声音经常变得高而尖细，走路时挪着碎步。老年妇女有时变得肥胖，声音粗厚，长出黑色的小胡子。他甚至亲自证明了它——他内心深处的一部分有时很渴望自己是个母亲，希望米克和贝贝是他的孩子。这时比夫突然从收银台边转过身去。

报纸乱七八糟的。两个星期他没整理过一张报纸。他从柜台下面拾起一叠报纸。训练有素的眼睛从报头扫到报尾。明天他要检查储藏室里的几叠，看看能不能重新归类。打些架子，用那些结实的运罐头的箱子打一些抽屉。从一九一八年十月二十七日起，按照时间顺序排到现在。用文件夹和贴在上面的标签标出历史事件。分成三类：国际事件，从停战协议开始到后来的慕尼黑协定；第二是国内；第三是当地消息，从莱斯特镇长在镇俱乐部枪杀妻子到哈德逊工厂大火。过去二十年中发生的事都有目录、摘要，不漏掉一桩。比夫摩擦着下巴，脸在手的后面露出静静的微笑。可是艾莉斯却想让他把报纸拉走，把储藏室变成女士卫生间。这就是她一直唠叨要他做的事，但这次他成功地挫败了她的企图。只有那一次。

比夫安静地沉入面前这些消息中。他从容地读着，注意力很集中，但出于习惯，他身体里的另一个自我仍对周围的一切保持警觉。杰克·布朗特还在说话，经常用拳头敲击桌子。哑巴啜饮着啤酒。米克绕着收音机不安地走，盯着客人。比夫读了第一页的每个字，在空白处做上注释。

突然，他惊讶地抬起头。他的嘴巴已经张开了，要打一个呵欠，中途又压了回去。收音机跳到一首老歌，使他回忆起他和艾莉斯订婚的时候。《黄昏时只是一个小孩的祷告》。一个星期日，他们坐着街车去老萨迪斯湖，还租了一艘划艇。太阳落山时，他弹奏曼陀林，她跟着唱歌。她戴着水手帽，他抱住她的腰，她 —— 艾莉斯 ——

捕捞失去的情感的天罗地网。比夫折上报纸，放回到柜台下面。他换着脚单脚站立。最后，他对着房间那头的米克喊道："你不在听吧？"

米克关上收音机。"没听。今晚没东西。"

他不要去想过去的那一切，他要把注意力放在别的事情上面。身子向前靠着柜台，他观察着一个顾客又一个顾客。最后他的目光落在了中间桌子边的哑巴身上。他看见米克慢慢蹭到他面前，在他的邀请下坐下。辛格指了指菜单，女招待为她拿来一杯可口可乐。除了像哑巴这样的怪人、与世隔绝的人，没有人会邀请一个妙龄少女坐在他和另一个男人一起喝酒的桌边。布朗特和米克都盯着辛格。他们在说话，哑巴的表情随着他的目光而变化。这很可笑。原因 —— 在他们身上还是在他身上？他非常安静地坐着，两手插在口袋里，因为他不说话，这使他具有某种优越性。这家伙在想什么，明白了什么？他知道什么？

晚上比夫有两次想起身走到中间的桌子旁，最后都克制了自己。他们走了以后，他还在想哑巴身上有什么东西 —— 黎明时分，他躺在床上，脑子里过了一遍遍问题和答案，却都不太满意。困惑在他心里生了根。它困扰着他的意识深处，让他不安。一定有什么是错的。

三

考普兰德医生和辛格先生交谈过很多次。他真的不像其他白人。他是个聪明的男人，他能理解强烈的真正的使命，他理解的方式是其他白人所不能的。他倾听的时候，脸部是温柔的，犹太式的，一个属于被压迫民族的人的理解力。有一次他带着辛格一起去巡诊。他带辛格穿过寒冷狭窄的过道——充斥着灰尘、疾病和炸肥肉的味道。他请辛格看了一次成功的面部植皮手术，那是一个被严重烧伤的妇女。他治疗了一个患梅毒的孩子，他指给辛格看：手掌心剥落的疹子，空洞透明的眼膜，倾斜的门牙。他们参观了贫民窟，只有两个房间却塞了十二个或十四个人。一间房里，橘黄色的炉火奄奄一息地燃着，他们很无助，其中一个老人因为肺炎而喘不上气。辛格先生走在他的后面看着，理解了。他塞给小孩子一些五分币，因为他的安静和得体，他没像别的参观者那样打扰病人。

天气冷得刺骨，是变幻莫测的气候。镇上爆发了流感，考普兰德医生白天黑夜地忙着。他驾着高高的道奇车穿越小镇的黑人区，过去九年中他一直开着这辆车。为了不让大风吹进来，他把鱼胶材料做的窗帘扣在车窗上，脖子上紧紧地围了条灰色的羊毛围巾。这段时间，

118

他没有见鲍蒂娅、威廉或是赫保埃，但他经常想到他们。有一次他出门了，鲍蒂娅来看他，留了一张字条，借走了半袋面粉。

一天晚上，他累极了，虽然还有几个地方需要出诊，他却喝了热牛奶，直接上床睡觉。他浑身发冷，发着高烧，一开始没法入睡。刚要睡着时，一个声音叫醒了他。他疲惫地爬起来，身上穿着法兰绒睡衣就去开门了。是鲍蒂娅。

"主耶稣救助我们。父亲。"她说。

考普兰德医生打着寒战，睡衣紧紧地裹在腰间。他伸出手，捂住喉咙，看着她，等她说话。

"是我们家威利。他是个坏男孩，给自己惹了大麻烦。我们要做点儿事情。"

考普兰德医生从门厅走到屋里，步子滞重。他在卧室停下来，找出浴衣、围巾和拖鞋，回到厨房。鲍蒂娅在那儿等着他。厨房冷冰冰的，毫无生气。

"好了。他干了什么？怎么回事？"

"等一分钟。我要清清脑子，把事情想透才能说清。"

他弄皱了炉边的几张报纸，拾起几根引火棒。

"我来点炉子，"鲍蒂娅说，"你就坐下来吧，等炉子热了，我们弄杯咖啡喝。可能一切就不那么糟糕了。"

"没有咖啡了。我昨天喝完了最后一口。"

他说的时候，鲍蒂娅开始哭了。她粗暴地将报纸和木柴塞进炉子，用颤抖的手点燃。"是这样的，"她说，"威利和赫保埃今晚去了一个地方，没什么正事。你知道我是什么感觉吗，我总是要牢牢地看住我家威利和我家赫保埃。好吧，如果我在那里，这样的麻烦压根不会有。但我在教堂参加妇女的聚会，他们男孩坐不住了。他们就去了瑞芭夫人的甜蜜快乐宫。哦，父亲，这肯定是一个很坏的邪恶的地方。他们弄了一个男人卖票 —— 但他们也有一些大摇大摆的、流着坏血的、搔首弄姿的黑女孩，有这些红缎子窗帘和……"

"女儿，"考普兰德医生焦躁地说，他把手压在脑袋边上，"我知道这地方。长话短说吧。"

"乐芙·琼斯在那里 —— 她就是一个很坏的黑女孩。威利喝了酒，绕着她跳摇摆舞，才一眨眼他就和人打起来了。他和那个叫约翰巴格的男孩因为乐芙打了起来。他们肉搏了一会儿，然后这个约翰巴格掏出一把刀。我们家威利没有刀，他大叫，在客厅跑。最后赫保埃给威利一把剃刀，他被逼到了墙角，几乎把这个约翰巴格的脑袋割下来。"

考普兰德医生把围巾拽紧了。"他死了吗？"

"那男孩太坏了，他死不了。在医院呢，但很快要出院，很快会来找麻烦。"

"威廉怎么样？"

"警察来了，把他关进了囚车，送到拘留所。他还关在那儿。"

"他受伤了吗？"

"哦，他眼睛被打破了，屁股被砍掉了一小块肉。但对他不是个事。我想不通的是他怎么会和那个乐芙混到一起。她至少比我要黑十个等级，她是我见过最丑的黑鬼。她走路的姿势就像两腿中夹着鸡蛋，生怕鸡蛋打碎了。她还脏得很。而威利却因为她干了这么一件漂亮活。"

考普兰德医生靠近了炉子，呻吟。他咳嗽，面部变得僵硬。他用纸巾捂住嘴，上面溅上了斑斑血迹。黝黑的脸上现出惨绿的苍白。

"当然，赫保埃马上就跑来告诉我。知道吗，我家赫保埃和这些坏女孩一点儿关系没有。他只是陪着威利。他太为威利难过了，一直坐在拘留所前面的马路牙子上。"火热的泪水从鲍蒂娅脸上滚落，"你知道我们三个是怎么过的。我们有自己的安排，以前从没出过错。甚至都没为钱发过愁。赫保埃付房租，我买吃的，威利负责星期六晚的活动。我们总是像三胞胎一样。"

终于到了早晨。传来工厂早班的哨声。太阳出来了，照亮了挂在炉子上方墙上的干净的炖锅。他们坐了很长时间。鲍蒂娅拽着耳坠，拽得耳垂火辣辣的，变成了紫红色。考普兰德医生仍然用手捧着脸。

"我觉得，"鲍蒂娅最终说道，"如果我们能找些白人写信帮帮威利，可能会有点儿用吧。我已经去找了布瑞农先生。他完全照我说的写了。这事发生以后，布瑞农先生还在咖啡馆呢，那个时候他都在。我就进去了，说了这件事。我把这封信带回了家。我把它放在《圣经》里，这样就不会丢或弄脏了。"

"那封信怎么说的？"

"布瑞农先生就是照我要求写的。这封信说威利三年来一直为布瑞农先生工作。威利是一个出色的黑男孩，以前从没惹过麻烦之类的话。信里说，如果他是别的黑男孩，他是有很多机会偷咖啡馆东西的，还有……"

"哼！"考普兰德医生说，"这些有什么用。"

"我们总不能啥也不干吧。威利被关在拘留所里。我家威利，多可爱的男孩啊，就算他今晚干了坏事。我们总不能啥也不干吧。"

"我们只能这样。没有别的办法。"

"噢，我可不干。"

鲍蒂娅从椅子上站起来。她烦躁地环顾四周，像是在找什么。然后，她突然走向大门。

"等一下，"考普兰德医生说，"你去哪里？"

"我去工作。我得保住我的工作。我得待在凯利夫人那儿，挣到每周的工钱。"

"我想去拘留所，"考普兰德医生说，"也许我能看看威廉。"

"上班路上我会经过拘留所。我还要打发赫保埃去上班——要不，他会一个上午都坐在那儿，为威利伤心。"

考普兰德医生匆匆穿好衣服，追上站在门厅的鲍蒂娅。他们走进秋天凉爽蔚蓝的早晨。拘留所的人对他们态度粗暴，他们几乎没问出什么。考普兰德医生随后去咨询了以前打过交道的一个律师。接下来的日子很漫长，充满了焦虑。三个星期后，对威廉的审判开庭了，他被定罪为致命武器袭击罪，判了九个月的苦力，他立刻被送到本州北部的监狱服刑。

虽然强烈的真正的使命总在考普兰德医生心里，可他没有时间去想它了。他从一所房子走进另一所房子，工作没有尽头。大清早，他驾着汽车离开，十一点病人到他的办公室。呼吸了户外秋天清洌的空气后，屋子里污浊的热气令他咳嗽。门厅里的长凳上坐满了耐心等着看病的黑人，有时甚至前廊和卧室也挤满了人。白天一整天不用说了，经常是半个夜晚他都在工作。因为疲倦，有时他很想躺在地上，敲击拳头，大哭。如果能休息，他会好起来。他有肺结核，一天量四次体温，一个月拍一次 X 光。但他不能休息。因为有一件比他的疲劳更重要的事——这就是强烈的真正的使命。

他会想到这个使命，有时经过日夜漫长的工作，他的脑子一片空白，这时他才会暂时忘记那个使命。可是随后它会回来，他又开始烦躁不安，急于开始新的工作。但他经常张口结舌，声音也是嘶哑的，不像以前那么响亮了。他把这些话深深地灌进那些耐心的黑皮肤的病人耳里，他们是他的同胞。

他经常和辛格先生谈话。他和他谈化学与宇宙之谜，关于无限小的精子和成熟的受精卵的分裂。关于复杂的百万倍的细胞分裂。关于生物的神秘性和死亡的简单性。他也和他说起种族问题。

"我的同胞，从大平原和深绿的丛林被带到这里，"有一次他对辛格先生说，"戴着锁链走向海岸的漫长旅行中，他们成千上万地死去。只有强壮的活了下来。锁在恶臭的船上，被运到这里，又一批人死去。只有那些有意志的能吃苦的黑人能活下来。被链条锁住，被殴打，在拍卖台上被出售，这些强壮的人中最不强壮的又死去了。最终经过艰难的岁月，我的同胞中最强壮的站在这里。他们的儿女，他们的孙儿孙女，他们的重孙。"

"我来借东西，我来请你帮个忙。"鲍蒂娅说。

她穿过门厅，站在门口说这话时，考普兰德医生一个人在厨房里。自从威廉被送进监狱，已经过去两个星期了。鲍蒂娅变了。她的头发不再像以前一样打上发油梳得整整齐齐。她的眼球充血，像是喝了烈酒。她的脸颊下陷。她悲伤、蜜色的脸现在真像她的母亲。

"你知道你家里那些好看的白碟子和杯子吧？"

"你可以拿走，不用还给我。"

"不，我只想借用。我还想请你帮个忙。"

"尽管说。"考普兰德医生说。

鲍蒂娅在桌边坐下，坐在她父亲对面。"我最好先解释一下。昨天我收到口信，外祖父全家明天要来，和我们住一个晚上和半个星期日。他们为威利急得要命，外祖父觉得我们大家应该重新聚一聚。他也是对的。我真想再见见亲人。自从威利走了，我可想家了。"

"你可以拿走碟子，还有这里别的有用的东西。"考普兰德医生说，"但是挺起胸膛，女儿。你的姿势不好。"

"这将是一个真正的团聚。你知道这是外祖父二十年来第一次住到镇上。他这辈子只有两次住在外面。他晚上总有点儿紧张。夜里，他老要起床喝水，看看孩子们是不是盖好了被子，是不是一切正常。

我有点儿担心外祖父住在这里会不会习惯。"

"我的任何东西如果你需要的话……"

"当然是李·杰克逊带他们来这里，"鲍蒂娅说，"因为李·杰克逊，路上要花一天的时间。我估计他们要晚饭时才能到。当然外祖父对李·杰克逊总是很耐心，他不会催他的。"

"我的天！那只老骡子还活着？他应该整整十八岁了。"

"还要老呢。外祖父用了他二十年了。他拥有那头骡子这么久了，他老说李·杰克逊就像是他的一个亲人。他理解他，爱他，就像对他自己的孙子孙女一样。我还没见过谁这么明白动物的想法。他对所有能走能吃的东西都有挺深的感情。"

"二十年一直让一头骡子工作，好长。"

"没错。现在李·杰克逊老得厉害。但外祖父肯定会照顾好他。他们在火热的日头下犁地时，李·杰克逊头上戴着一顶大草帽，像外祖父一样——耳朵那个地方剪了两个洞。那头骡子的草帽可真是个笑话，李·杰克逊犁地时没那顶草帽就不肯挪屁股。"

考普兰德医生从架子上取下白色的瓷碟，用报纸包上。"你有足够的罐子和锅来烧这些人的饭？"

"够了，"鲍蒂娅说，"我不想太烦神。外祖父，他自己就是周到先生——一家人来吃饭时，他总是带些东西。我只需要足够的面粉、卷心菜和两磅重的上好鲤鱼。"

"听起来不错。"

鲍蒂娅的黄手指紧张地扭在一起。"还有一件事没对你说。一个惊喜。巴迪和汉密尔顿都要来。巴迪才从莫拜尔回来。他现在在农场帮忙。"

"我有五年没见过卡尔·马克思了。"

"这就是我想问你的事，"鲍蒂娅说，"你记得我进门时说的，我来借东西，来请你帮忙。"

考普兰德医生把手指的关节捏得咔咔响。"嗯。"

"哦，我来是想看看你能不能明天来和我们聚一聚。除了威利，所有你的孩子都在。我觉得你应该加入我们。你要是能来，我会很高兴。"

汉密尔顿、卡尔·马克思和鲍蒂娅——以及威廉。考普兰德医生摘下眼镜，手指按在眼皮上。一瞬间他清楚地看见了多年以前的四个孩子。他抬起头，把眼镜架在鼻子上。"谢谢你，"他说，"我会去的。"

那天晚上，他独自坐在黑暗的房间里，守着火炉，回忆过去。他想到了童年。他的母亲生下来就是奴隶，自由以后她做了洗衣妇。他的父亲是一个牧师，曾经和约翰·布朗有过交往。他们一个星期挣两三块钱，他们节衣缩食，教他读书。他十七岁时，他们送他去了北方，在他的鞋里藏了八十块钱。他在铁匠铺打过工，在旅馆当过侍者。同时，他学习，阅读，上学。他的父亲死后，他的母亲也没活多久。经过十年的艰苦奋斗，他成了一名医生，他知道自己的使命，他又回到了南方。

他结婚了，有了家。他不停地走家串户，宣讲他的使命和真理。他的同胞绝望的生存让他发狂，心里产生了野蛮和邪恶的摧毁欲。有时他喝烈酒，以头抢地。在他的内心有一股狂野的暴力，有一次他抓起炉边的火钳，把他的妻子打倒在地上。她带着汉密尔顿、卡尔·马克思、威廉和鲍蒂娅回到了她父亲的家。他的灵魂在挣扎，在与邪恶的黑暗战斗。但是戴茜不肯回到他的身边。八年以后她死了，他的儿子也不再是小孩子了，他们不肯回到他的身边。他也上了年纪，孤单地住在一所空房子里。

第二天下午五点，他准时到了鲍蒂娅和赫保埃的住所。他们住在小镇一个叫糖山的地方。房子只有一个门廊和两个房间，是一所狭窄的棚屋。屋里传来嘈杂的说话声。考普兰德医生不自然地走近房子，站在门口，手上拿着破旧的毡帽。

房间很挤，一开始谁也没注意到他。他寻找卡尔·马克思和汉密尔顿的脸。在他们旁边是外祖父和坐在地上的两个小孩。他一直盯着儿子们的脸，直到鲍蒂娅发现他站在门口。

"父亲来了。"她说。

说话声停止了。坐在椅子里的外祖父转过身。他很瘦，佝偻着，脸上有很多皱纹。他身上还是那件三十年前参加女儿婚礼时的衣服，是一件带点儿绿的黑西装。一条失去光泽的铜表链穿过他的坎肩。卡尔·马克思和汉密尔顿互相看看，又看了看地，最后才把目光转向他们的父亲。

"班尼迪克特·马迪……"老人说，"很久了。真的很久了。"

"可不是吗！"鲍蒂娅说，"这可是我们大家这么多年来的第一次团聚。赫保埃，你去厨房拿把椅子。父亲，这是巴迪和汉密尔顿。"

考普兰德医生和他的儿子们握手。他们都很高大、强壮和笨拙。在蓝色的衬衫和工装裤下，他们的皮肤和鲍蒂娅是一样的蜜褐色。他们不看他的眼睛，在他们的脸上既没有爱，也没有恨。

"有些人不能来，真可惜——萨拉姨妈和吉姆，还有别人，"赫保埃说，"但今天可真是我们的好日子。"

"马车挤死了，"一个小孩说，"我们只好下车走了很久，因为马车真是挤死啦。"

外祖父用火柴棒挖耳朵。"总得有人留在家里。"

鲍蒂娅紧张地舔着深色的薄嘴唇。"我在想我们家威利。他是任何派对和热闹场合的开心果。我总也忘不了我们家威利。"

126

房间里响起一片表示同意的低语声。老人靠在椅背上，上下摆动他的头。"鲍蒂娅，甜心，给我们读一会儿《圣经》吧。困难的时候，上帝的话是很管用的。"

鲍蒂娅拿起屋子中间桌子上的《圣经》。"你想听哪部分，外祖父？"

"它们都是神圣的主的福音。你的眼睛落在哪页上，就读哪页。"

鲍蒂娅念着《路加福音》。她读得很慢，细长柔软的手指跟着字走。房间是安静的。考普兰德医生坐在人群的边缘，把指关节捏得咔咔响，目光从一角漫游到另一角。屋子很小，空气凝滞，令人窒息。四面墙上乱七八糟地挂着日历和杂志上印刷粗糙的广告。壁炉架上摆着一个花瓶，里面是红玫瑰纸花。炉火慢慢地燃烧，墙壁上是油灯摇曳的光影。鲍蒂娅朗读的节奏如此之慢，她的话在考普兰德医生的耳朵里睡着了。他昏昏欲睡。卡尔·马克思四仰八叉躺在地上，和孩子们一起。汉密尔顿和赫保埃也打瞌睡了。只有老人似乎在琢磨话的意思。

鲍蒂娅读完了这一章，合上书。

"我常常思考这个。"外祖父说。

屋子里的人从瞌睡中醒来了。

"什么？"鲍蒂娅问。

"是这样的。你们记得耶稣将死人复活、治愈病人的那些部分吗？"

"我们当然记得，先生。"赫保埃恭敬地回答。

"一天里很多次，当我犁地或干活时，"外祖父缓缓地说，"我想过、推理过耶稣第二次降临的时间。因为我太想了吧，我觉得它会发生在我活着的时候。我研究了很多次。我是这样计划的。我会带着所有的孩子、孙儿、重孙、我的亲戚和朋友站在耶稣面前。我对他说：

'主耶稣，我们都是悲伤的有色人。'他就把神圣的手放在我的头上，我们马上变得像棉花一样白。这是我在心里想了很多很多次的计划和推测。"

沉默降临到这间屋子。考普兰德医生拽了一下袖口，清清嗓子。他的脉搏跳得太快了，他的喉咙发紧。坐在房间的角落，他感到隔阂、愤怒和孤单。

"你们中有没有人收到过天堂的信号?"外祖父问。

"我有，先生，"赫保埃说，"有一次我得了肺炎，我看见上帝的脸从火炉里探出来，看着我。那是一张巨大的白人的脸，有白色的胡须和蓝色的眼睛。"

"我见到过鬼。"一个小孩说 —— 那个女孩。

"有一次我见到……"小男孩开始说话。

外祖父举起手。"你们小孩子别吱声。你，塞莉亚，还有你，惠特曼，现在轮到你们听而不是说。"他说，"只有一次我收到了真正的信号。是这样的。那是去年夏天，很热。我正挖猪圈边那棵大橡树桩子的残根，我弯下腰，突然一动不能动，我的后腰感到一种剧痛。我站直了身子，眼前发黑。我用手支着背，向天上望，突然看见了这个小小的天使。它是一个小小的白人小女孩 —— 我看只有豌豆那么大 —— 长着黄头发，披着白袍子。在太阳周围飞舞。后来我进屋开始祷告。我再次下地劳动前，整整研究了三天《圣经》。"

考普兰德医生体内又升起了熟悉的邪火。一些不成形的话窜到他的喉咙口，他却没法说出来。他们会听这个老人，对有道理的话他们却不肯听。这些是我的同胞，他告诫自己 —— 但是他失语了，这个想法现在没法帮他。他紧张而阴沉地坐着。

"它是一件奇怪的事，"外祖父突然说，"班尼迪克特·马迪，你是一个好医生。为什么我挖一会儿地，种一会儿地后，我的腰会这么痛呢？为什么这种痛令我担心？"

"你今年多大了？"

"七八十吧。"

老人热爱草药和治疗。过去他带着全家来看戴茜时，会去检查身体，抓些草药和药膏给一大家子人。戴茜离开他以后，老人再也没有来过，他只得服用在报纸上做广告的泻药和保肾丸作为安慰。现在，这个老人正看着他，带着胆怯的热切。

"多喝水，"考普兰德医生说，"尽可能多休息。"

鲍蒂娅走进厨房准备晚餐。温馨的气味溢满了房间。周围是安静随意的谈话声，但是考普兰德医生没有听，也没有说话。他不时看看卡尔·马克思或汉密尔顿。卡尔·马克思在谈论乔·路易斯。汉密尔顿说的都是那次冰雹如何毁了庄稼。他们捕捉到父亲的目光，咧嘴笑了，把脚在地板上来回拖。他一直盯着他们，眼中有愤怒的痛苦。

考普兰德医生牙关紧咬。他为他们想得太多了，为汉密尔顿、卡尔·马克思、威廉和鲍蒂娅，关于他为他们准备的真正的使命；他们的脸触动了他体内黑色的膨胀的情感。如果他一次就能把它说清，从遥远的开始到今天这个晚上，这次宣告将会平息他内心尖锐的疼痛。但是他们不会听，也不会理解。

他绷直身体，每一块肌肉都僵硬而紧张。他没有听，也不看周围的东西。他坐在角落，像一个又瞎又哑的人。很快，他们走到饭桌边，老人做了饭前祷告。考普兰德医生却不肯吃。赫保埃拿出一瓶一品脱量的杜松子酒，他们大笑，用嘴对着瓶子喝酒，一个个往下传，他也拒绝喝。他僵硬而沉默地坐着，最后拾起帽子，没有说一声再见就离开了房间。如果他不能说出全部的冗长的真理，他将保持沉默。

整个夜晚，他都彻夜不眠，紧张地躺在床上。第二天是星期日。

他出了几个诊，上午过了一半，他去拜访辛格先生。这次造访钝化了他心中的孤独感，当他说再见时，内心又一次获得了平静。

然而，当他迈出房间，这种平静又离他而去。一件事发生了。他下楼时看见一个白人拎着一个大纸袋，他贴近扶手，好让两人都能过去。这个白人却一步跨作两步地向上爬，看都不看一眼，他们狠狠地撞上了，考普兰德医生被撞得恶心，无法呼吸。

"上帝！我没看见你。"

考普兰德医生死死地盯着他，却没有说话。他以前见过这个白人一次。他记得这个矮小的、野蛮的身躯，这双巨大的、笨拙的手。带着职业兴趣，他观察那白人的脸，在他的眼里他看到了奇怪的、固执的、孤僻的疯狂表情。

"对不起。"那个白人说。

考普兰德医生把手放在扶手上，向下走去。

四

"他是谁?"杰克·布朗特问,"那个高瘦的黑人是谁,刚离开这里的?"

小房间很整洁。阳光照在桌上的一碗紫葡萄上。辛格坐着,椅子向后翘,双手插在口袋里,望着窗外。

"我在楼梯上撞到他,他看了我一眼 —— 哎呀,还从没有人这么恶毒地瞪过我呢。"

杰克把一袋淡啤酒放在桌上。他吃惊地意识到辛格并不知道他在房间里。他走到窗子旁,碰了碰辛格的肩膀。

"我不是故意要撞他的。他没理由这样。"

杰克打着哆嗦。尽管阳光明亮,屋里还是很冷。辛格抬起食指,走到门厅。回来时,他拎来一筐煤和引火棒。杰克看他跪在炉前。他灵巧地在膝盖上折断引火棒,把它们安放在下面的纸上。他有条不紊把煤加在上面。一开始,火没有点着。火苗微弱地颤动,被一股黑色的浓烟闷住了。辛格用双层的报纸盖在炉栅上。气流让火烧着了。房间里响起呼呼的燃烧声。报纸在燃烧,被吸到炉子里。一片橘黄色的火焰发出噼啪的响声,填满了炉栅。

早晨的第一桶淡啤酒醇香味美。杰克把自己的那份一饮而尽，用手背擦了擦嘴。

"有一个女士我很久以前就认识，"他说，"你有点儿让我想到她。克拉拉小姐。她在得克萨斯有一个小农场，做胡桃糖卖到城里。她长得很高，很壮，模样挺标致。穿着长长的、有很多口袋的毛衣，又大又重的鞋子，男式的帽子。我认识她时，她丈夫已经死了。但我渐渐明白了：如果不是认识了她，我永远都不会知道。我可能会像成千上万的别人一样，成为不知道的人。我可能会只是一个牧师、一个棉纺工或是推销员。我的一生可能会浪费掉。"

杰克惊奇地摇头。

"要明白我说的话，你得知道我以前干了什么。你看，我童年时住在加斯托尼亚城。我是一个 X 型腿的矮冬瓜，我太小了，没法在工厂干。我在保龄球馆打工，负责把保龄球放好位置，管饭，却没工钱。后来我听说在不远的地方，一个聪明手快的男孩靠串烟叶一天能挣三角钱。所以我去了，一天挣那三角钱。那时我十岁。我离开了亲人。我不写信。他们很高兴我走了。你明白是怎么回事。而且，除了我姐姐，没人识字。"

他在空中挥舞着手，好像要把什么东西从脸上赶走。"可我是想说这个。我最初的信仰是耶稣。有一个家伙和我在同一个工棚干活。他有一个移动的圣堂，天天晚上布道。我去听，获得了信仰。每天我脑子里都是耶稣。空闲时，我读《圣经》，我祷告。一天晚上，我拿了把锤子，把手放在桌上。我很生气，把钉子一点不留地钉进手心。我的手被钉在了桌子上。我看着它，手指在发抖，变成青紫色。"

杰克伸出手掌，指了指掌心坑坑洼洼、惨白的疤。

"我想当一名福音传教士。我想去全国各地布道，招集培灵会。同时，我从一个地方搬到另一地方，快二十岁时我去了得克萨斯。我在离克拉拉小姐住处不远的一个山核桃林干活。我认识了她，有时晚上我去拜访她。她和我谈话。明白吧，我不是突然知道的。对所有的人来说，都不是这样的。它是逐渐发生的。我开始读书。我工作只是为了攒点钱，然后可以不工作一段时间、有时间学习。这就像是重生一样。只有我们知道的人能明白它意味着什么。我们睁开了眼睛，我们看见了。我们就像来自另一个国度的人。"

辛格表示同意。房间很舒适，有家的气息。辛格从储藏室里拿出锡盒，装着饼干、水果和奶酪。他挑了一只橘子，慢慢地把皮剥掉。他把外面的白色的茎条撕掉，在阳光下橘子变成透明的。他把橘瓣分开，和杰克合吃一个。杰克一口吞下两瓣，扑哧扑哧地把籽吐到火里。辛格慢慢地吃自己的那部分，把籽整齐地放在一只手掌里。他们又开了两袋啤酒。

"像我们这样的人，在这个国家有多少呢？也许一万。也许两万。也许更多。我去过很多地方，但我只遇到过很少的我们。说说一个真正知道的人。在他的眼里，世界是它本来的面目，他会追溯到几千年前，去思考它的演变。他观察资本和权力的缓慢集聚，他看到了今天它们的顶峰期。美国在他的眼里就是疯人院。他看见人们为了生存如何打劫自己的兄弟。他看见饥饿的儿童和为了填饱肚子不得不一周工作六十小时的妇女。他看见该死的失业大军、几亿美金和几千公里的土地被浪费掉。他看见战争即将爆发。他看见人们受了太多的苦而变得卑鄙、丑陋，他们身上有些东西在死去。但是他看见的最重要的事就是：世界的全部系统都建立在一个谎言之上。尽管这个谎言像照耀我们的太阳一样显而易见 —— 那些不知道的人一直生活在其中，他们就是看不见真相。"

杰克额头上的红血管愤怒地鼓了出来。他抓起炉子上的煤筐，嘁里哐啷地把煤块连珠炮样地扔到火里。他的脚失去了知觉，他狠狠地跺脚，跺得地板直抖。

"我走遍了这个地方。我到处走。我说话。我努力对他们解释。但这有什么用？主啊！"

他凝视着火焰，酒后的红晕和热气加深了他脸上的血色。脚上的刺痛蔓延到腿部。他打起了盹，看见火焰的颜色：绿色、蓝色、明黄色。"你是唯一的，"他像在说梦话，"唯一的。"

他不再是一个陌生人。现在他知道每个街道、每条小巷、散乱的贫民窟前的每一处篱笆。他还在阳光南部工作。秋天时，游乐场从一个空地移到另一个空地，总是待在城市的边缘，一直绕了小镇一圈。地点在变，可是布景是一样的 —— 一片荒地，四周是一排排破败的棚屋，离工厂、轧棉厂、装瓶厂不远。人也差不多，主要是工人和黑人。夜晚的游乐场点起彩灯，俗丽不堪。木马跟着机械的音乐转着圈子。秋千在飞舞，掷币游戏的围栏处总是挤满了人。有两个小卖部，卖饮料、烤汉堡和棉花糖。

他最初来时是做技工，慢慢他的工作内容扩大了。他粗哑的高声叫喊穿过嘈杂的人群，他不停地从一个场地晃到另一个。他的额头立着明晃晃的汗珠，他的胡子被啤酒打湿了。星期六，他的工作是维持人群的秩序。他矮胖结实的身体用蛮力挤过人群。只有他的眼睛里没有身体其他部分的狂暴。紧皱的眉头下，他大睁的眼睛现出疏离和涣散的表情。

夜里十二点到一点之间，他回到家。他住的房子被隔成四个房间，每个人的房租是一块五角钱。后面有一个厕所，门廊处有一个水龙头。他房间里的墙和地板发出酸潮的气味。黑乎乎的廉价蕾丝窗帘挂在窗上。他把自己一件好的西装放在袋子里，把工装裤挂在钉子上。房间里没有火，也没有电。窗外的路灯投射进来，在屋内映出惨绿的光影。他只有读书时，才点亮床边的油灯。寒冷的屋子里，灯油燃烧时发出呛人的气味，令人作呕。

　　他在家的时候，不安地在地上走。他坐在凌乱的床边，疯狂地咬自己破裂肮脏的指甲尖。烟垢刺鼻的气味在嘴里盘旋。孤独感如此强烈，让他充满了恐惧。通常他会存上一品脱私酿的劣质白酒。喝完劣质酒精，天亮时他会感到暖和、放松。早晨五点传来工厂早班的哨声。哨声发出恍惚异样的回声，直到声音散去以后，他才能入睡。

　　但是他经常不待在家里。他走进狭窄无人的街道。黎明前几个小时，天空是黑的，星星明亮夺目。有时工厂还在上班。从亮着黄光的厂房传出机器的噪音。他守在工厂的门口，等待换早班。穿着毛衣和印花裙的年轻女孩从工厂走出来，走进黑暗的街道。男人们走出来，拎着饭桶。有些人收工回家之前，总是会去街车咖啡馆喝点儿可口可乐或咖啡，杰克跟着他们。在喧闹的厂房里，他们能清清楚楚地听见每一个字，可是下工后的第一个小时，走出工厂，他们却变成了聋子。

　　在街车里，杰克喝加了威士忌的可口可乐。他说话。冬天的黎明是白色的，雾蒙蒙的，寒冷的。他带着醉意的急切，注视着那些男人憔悴的黄色的脸。他经常被取笑，这时他会挺直矮小的身体，用生僻的词谴责他们。握着杯子的手伸出小指，傲慢地拈着胡须。如果还有人笑他，有时他会打一架。他狂暴地挥舞褐色的大拳头，大声地哭泣。

　　经过这样的清晨，他轻松地返回到游乐场。在人群中挤来挤去让他感到放松。噪音、恶臭的人群、肩膀的肉体接触安抚了他紧张的神经。

　　因为小镇实行的"蓝法"[1]，游乐场在安息日关闭了。星期日，他早早地起床，从手提箱里取出他那件哔叽呢西装。他走到主街。他进的第一个店是纽约咖啡馆，买上一袋淡啤酒。然后就去辛格家。尽管

1　殖民地初期新英格兰六州的清教徒社团曾颁布一条蓝色法规，禁止星期日售酒、饮酒、娱乐等。

他认识镇上的不少人，知道他们的名字或者脸，哑巴却是他唯一的朋友。他们就在安静的屋子里打发时间，喝淡啤酒。他说话，话语自我繁殖，它们来自在街上或一个人在屋里度过的黑暗清晨。话语成形了，终于可以被轻快地释放出来。

炉火熄灭了。辛格正在桌边自己和自己下棋玩。杰克睡着了。他紧张地颤抖了一下，醒了过来。他抬起头转向辛格。"嗯。"他说着，好像在回答一个突然的问题，"我们中有些人是共产主义者。但不是全部……我自己，我不是共产党员。首先，我只认识一个共产党员。你游荡多少年可能也遇不上一个共产党员。这里也没有一个机构，你可以走进去说你想加入——即使有，我也从没听说过。你也不可能跑到纽约去参加。我说了，我只认识一个共产党员——他是一个肮脏卑鄙的戒酒主义者，他的呼吸散发着臭气。我们打过一架。不是因为我反对共产主义者。主要是因为我对斯大林和俄国不以为然。我厌恶所有该死的国家和政府。即使这样，可能我应该首先加入共产党。这两样我都不太确定。你觉得呢？"

辛格皱了皱眉头，陷入思考。他拿过银铅笔，在纸上写下他不知道。

"但问题是，你看，在知道了以后我们不能只是安于现状。我们要有行动。有些人疯了。有太多的事要做，你不知道从哪儿开始。它让你发疯。即使是我——我干过一些事，回头看它们很不理智。有一次我自己创建了一个组织。我挑了二十个棉纺工，和他们交谈，直到我以为他们知道了。我们的座右铭只有一个词：'行动。'哈！我们想发动起义——尽可能地制造一切大麻烦。我们的终极目标是自由——但真正的自由、伟大的自由，只有靠人类灵魂的正义感才能实现。我们的座右铭——'行动'，意味着将资本主义夷为平地。在宪章（我自己拟的）里，有几条条例规定：一旦我们的任务完成，我

136

们的座右铭就要实现从'行动'到'自由'的过渡。"

杰克把一根火柴头弄尖，挖着恼人的牙洞。过了一会儿，他接着说：

"宪章写完了，第一批追随者也形成了——我搭便车到各地组织我们团体的分会。三个月内，我回来了，你猜我发现了什么？第一个英雄的行动是什么？他们正义的愤怒压倒了有计划的行动，结果他们抛下我走到了前面？它是毁灭、谋杀，还是革命？"

杰克坐在椅子上，身子前倾。停顿了一下，他忧郁地说：

"我的朋友，他们从基金里偷走了五十七块三角钱，买制服帽，吃免费的星期六晚餐。我撞见他们正坐在会议桌旁，掷着骰子，帽子戴在头上，面前是火腿和一加仑的杜松子酒。"

杰克爆发出一阵大笑，辛格也胆怯地笑了。过了一会儿，辛格脸上的笑容收紧，消失了。杰克还在笑。额头上的血管鼓出来，脸是暗红色。他笑得太久了。

辛格抬头看钟，指了指时间——十二点半了。他从壁炉架上拿起手表、银铅笔、纸笺、香烟和火柴，分放进口袋。是午餐的时间了。

但是杰克还在笑。他的笑声里有一种神经质的色彩。他在屋里乱走，把口袋里的钢镚弄得叮当作响。他长而有力的手臂紧张而笨拙地摆动。他开始念午餐的菜单。他念名字时，脸部出于对食物的热情而变得狂暴。他每说一个字，都抬起上嘴唇，像一头饿极了的野兽。

"带卤汁的烤牛排。大米。卷心菜和白面包。一大块苹果派。我饿疯了。噢，约翰尼，我听见北方佬在靠近。说到吃的，我的朋友，我有没有说起过克拉克·派特森先生，就是阳光南部游乐场的老板？他太胖了，都有二十年看不到自己的下身了。他整天坐在拖车里，玩一个人的纸牌游戏，抽大麻。他从附近的快餐店叫外卖，每天的早饭……"

杰克向后退了一步，好让辛格离开房间。和哑巴一起走到门口时，杰克总是缩在后面。他总是跟着辛格，希望他来领路。他们下楼时，他还在紧张地滔滔不绝。他褐色的大眼睛始终盯着辛格。

下午是暖和而柔软的。他们待在屋里。杰克买了一夸脱的威士忌带回家。他没有说话，坐着沉思，盯着床腿发呆。他时不时地弯下身，从地上的酒瓶里倒酒。辛格坐在窗口的桌边下象棋。杰克多多少少放松下来。他在边上看他的朋友下棋，感觉到暖和的下午在静静流逝，逐渐融合到苍茫的夜色里。炉火在墙上摇曳着寂寞的黑影。

但是到了晚上，紧张感又回到他身上。辛格收起象棋子，他们面对面坐着。杰克的嘴唇因为紧张不规则地抽动，为了镇定自己，他喝了口酒。不安和欲望又一次席卷而来。他喝干威士忌，又开始对着辛格说话。话语在身体里膨胀，从嘴里喷涌而出。他从窗子走到床边，又走回来——一遍又一遍。发酵的话语如洪水泛滥，他醉醺醺地对哑巴强调说：

"他们对我们干的好事！他们把真理变成了谎言。他们把理想变得肮脏，变得邪恶。就说耶稣吧。他是我们中的一员。他知道。当他说富人进天堂比骆驼穿针眼还难时——见鬼他就是这么想的。但是看看教会在两千年中都对耶稣干了什么。他们是怎么对待他的。为了自己邪恶的目的，他们歪曲了他说的每一个字。如果耶稣活在今天，他会被陷害，被关进监狱。耶稣是真正知道的人。我和耶稣会面对面地坐在桌子边，我会看着他，他会看着我，我们都知道对方知道。我和耶稣和卡尔·马克思会一起坐在桌边——

"看看吧，看看关于我们的自由，都发生了什么。革命女儿会和独立战争战士之间的差别，就像我和洒了香水的大肚子小狮子狗的差别一样。关于自由，他们心口如一。他们为真正的革命而战。他们战斗，因此能有这样一个国家，每个人都是自由平等的。哈！这意味着每个人在大自然面前都是平等的——有平等的机会。它不是说：百分之二十的人有权剥夺剩下的百分之八十的生存手段。它不是说：一个富人为了变得更富，可以榨干一万个穷人的血汗。它不是说：暴君有权将国家置于这种困境——无数的人为了一天三餐和睡觉的地方，会做任何事——欺骗，撒谎，砍掉他们的右臂。他们亵渎了自由这个词。你听见吗？对所有知道的人，他们把自由这个词弄得像臭鼬一样臭。"

杰克额头的血管疯狂地跳动。他的嘴痉挛地抽动。辛格警惕地坐直身子。杰克努力想说下去，话噎在了喉咙里。一阵战栗穿过他的身体。他在椅子上坐下，用手指压住颤抖的嘴唇。然后沙哑地说：

"就是这样，辛格。发疯没有用。我们能做的一切都没用。我觉得生活就是这样。我们能做的就是四处宣告真理。一旦有很多不知道的人知道了真理，就不再需要战斗了。我们唯一要做的事就是让他们知道。只需要做这个。但是怎么做？啊哈？"

火焰的影子舔着墙壁。幽暗朦胧的火的波浪升高了，屋子像在移动中。房间起起伏伏，失去了平衡。在孤独中，杰克觉得自己一个人正在下沉，缓慢地向下，波浪式地沉入阴暗的大海。在无助和恐惧中，他尽力睁开眼睛，只看见乌黑和猩红的波浪在他头上饥饿地吼叫。最终，他终于看见了他要找的东西。哑巴的脸很模糊，很遥远。杰克闭上了眼睛。

第二天早晨，他醒得很晚。辛格几个小时前就不在了。桌上有面包、奶酪、一个橘子和一壶咖啡。吃完早饭后，他该上班了。他忧郁地穿过小镇回家，头低垂着。他走到自己住的地段，走进一条窄窄的街道，一侧是被烟熏黑的砖砌仓库。它的墙上有什么东西，模模糊糊地吸引了他。他正要往前走，突然停住了。有人用鲜艳的红粉笔在墙上写了一句话，字迹厚重，形状古怪：

你应该吃强者的肉，喝大地之君主的血。

他读了两遍，急切地前后打量这条街。没有人。他困惑地思考了几分钟，从口袋里掏出一支粗粗的红铅笔，在这句话下仔细地写下了：

请上面这句话的作者明天中午十二点来这儿和我碰头。
十一月二十九号，星期三。或后天。

第二天中午十二点，他在墙前等着。时不时不耐烦地走到街角，前后打量。没有人来。一个小时后，他不得不去游乐场上班了。

第三天他又在那里等。

星期五下了一场绵长的冬雨。墙壁被打湿了，字迹模糊成一条，无法辨认。雨一直在下，灰暗、苦涩、寒冷。

五

"米克，"巴伯尔说，"我真觉得我们要被淹死了。"

没错，雨像是永远都不会停的样子。威尔士太太用自己的车接送他们上学放学，每天下午他们都不得不待在前廊或屋子里。她和巴伯尔玩"帕奇塞"[1]和"老处女"[2]，在起居室的小地毯上打弹子。圣诞节快到了，巴伯尔念叨着小主耶稣和他希望圣诞老人送他的红色自行车。雨滴落在窗玻璃上，一片银白，天空是湿冷而灰暗的。河面涨得那么高，一些工人不得不搬出他们的住所。当雨看起来会没完没了地下下去时，却突然停了。一天早晨醒来，灿烂的阳光照在头上。下午，天气几乎和夏天一样热了。米克放学后很晚才回到家，巴伯尔、拉尔夫和斯伯尔瑞布斯在屋子前的人行道上。孩子们看上去很热，黏糊糊的，他们的冬装发出酸臭味。巴伯尔手上拿着弹弓，装了一口袋石子。拉尔夫端坐在他的童车里，帽子歪戴在头上，有些烦躁。斯伯尔瑞布斯拿着一把新来复枪。天空是完美的蓝色。

1　一种印度双骰游戏。

2　一种抽对子的扑克牌游戏。

"我们等你好久了，米克，"巴伯尔说，"你去哪啦？"

她三步一跳地上了台阶，把毛衣朝衣帽架一扔。"在体育馆练钢琴。"

每天下午放学后，她都会留下来玩一个小时。体育馆人很多，声音嘈杂，因为有女篮队在打篮球。今天球两次砸到了她的头上。但是不管有多麻烦，不管头被砸多少次，能有机会坐在钢琴前都是值得的。她组合琴键，直到传来她要的声音。这比她想象中的要容易。两三个小时后，她就琢磨出几套低音区的和弦，能够配上她右手弹的主旋律。现在她几乎能弹出每首曲子。她也自己作曲了。这比仅仅是弹现成的要强多了。当她的手指猎取到那些美妙的新声音，这真是她所体会到的最美妙的感觉。

她想学识谱。多蕾斯·布朗教了五年的音乐课。她省下午饭的钱，一个星期付给她五角钱，请她给自己上课。这让她整天都处于饥饿之中。多蕾斯弹了一些流畅的快曲 —— 但她回答不出所有她想知道的答案。多蕾斯只教她不同的音阶、大小调和弦、音符的作用等这些入门的规则。

米克砰地关上厨房的炉门。"我们就吃这个？"

"甜心，我可给你做不出更好的啦。"鲍蒂娅说。

只有玉米面包和人造黄油。她一边吃，一边喝水来帮助下咽。

"别吃得这么急。没人跟你抢。"

孩子们还在屋前玩耍。巴伯尔把弹弓放进口袋，正摆弄那把来复枪。斯伯尔瑞布斯今年十岁，他的父亲上个月死了，来复枪是他父亲的。所有小点儿的孩子都爱摆弄它。每隔几分钟，巴伯尔都要把枪扛到肩上。他瞄准目标，发出响亮的"砰"。

"别乱动扳机，"斯伯尔瑞布斯说，"里面有子弹。"

米克吃完了玉米面包，看看四周，想干点儿什么。哈里·米诺维兹坐在前廊的扶手上看报纸。她很高兴见到他。她恶作剧地把手臂向上前伸，做了一个纳粹欢呼的姿势，大声说："嗨！"

但哈里没把它当成玩笑。他走进门厅，关上大门。他很容易受伤。她感到抱歉，因为近来她和哈里成了十分好的朋友。他们还是孩子时，就常和同一群孩子扎堆玩，但最近三年他上了职业学校，而她还在念语法学校。他课余还要打工。他突然间长大了，再也不和那些小孩一起在前后院玩闹了。有时她能看见他在卧室里读报纸，夜深时脱衣服上床。他是职业学校数学和历史课上最聪明的学生。现在她也上了中学，他们经常在回家的路上相遇，一起走回家。他们选修了同一门机械课，有一次教师把他们分到一组，组装发动机。他阅读，每天都读报。世界政治无时无刻不在他的脑子里。他说话慢条斯理，当他非常严肃地谈论一件事时，额头上会冒汗。现在她把他气疯了。

"不知道哈里现在还有没有金条。"斯伯尔瑞布斯说。

"什么金条？"

"一个犹太男孩出生时，家人会在银行给他存一块金条。犹太人的习惯。"

"呸。你弄混了，"她说，"你想的是天主教徒吧。天主教徒在婴儿出生时，会买一把手枪。总有一天，天主教徒会发动一场战争，杀掉他们之外的所有人。"

"我看修女可真滑稽，"斯伯尔瑞布斯说，"在街上遇到一个，总会吓一跳。"

她坐在台阶上，把脑袋放在膝盖上。她走进了"里屋"。在她身上，被划分出两个地方——"里屋"和"外屋"。学校、家和每天发生的事放在"外屋"。辛格先生两个房间都有份。外国、她的计划和音乐藏在"里屋"。她脑子里的音乐在那里。还有那首交响乐。她一个人待在"里屋"时，那天晚上派对之后听到的音乐就会回来。那首交响乐在脑子里像一朵巨大的花，慢慢开放。有时，在白天，或者早晨一醒过来，那交响乐新的片段会突然响起。随后她要走进"里屋"，一遍又一遍地听，努力把它拼进她以前记得的部分。"里屋"是一个非常私密的地方。她可以站在人满为患的房子中间，却依然感觉自己一个人被锁在里面。

斯伯尔瑞布斯把他的脏手举到她的眼前，因为她正盯着远处若有所思。她打了他一下。

"修女是什么?"巴伯尔问。

"信天主教的女士，"斯伯尔瑞布斯说，"信天主教的女士，穿着肥大的黑裙子，一直套到头顶。"

她懒得和小孩子们玩了。她要去图书馆，看看《国家地理》杂志上的图片。世界上所有外国风景的图片。法国巴黎。巨大的冰川。非洲的原始森林。

"小家伙们看好拉尔夫，别让他上街。"她说。

巴伯尔把巨大的来复枪扛在肩上。"给我带本故事书回来。"

这孩子好像天生就会读书。他才上二年级，却喜欢自己读故事书——从不要求别人读给他听。"这次想看什么?"

"给我挑一些里面有东西吃的故事。我特喜欢一本写德国小孩的书，书里面说他们跑到森林里去，去到女巫用各种各样糖果造的房子。我喜欢里面有东西吃的故事。"

"我帮你找一本。"米克说。

"可我对糖果有点儿烦了，"巴伯尔说，"帮我找找里面有烤肉三明治的故事。如果找不到，牛仔男孩的故事也行。"

她正要走，突然停下了，眼睛瞪着。别的孩子也瞪着眼睛。他们全都静静地站着，看着贝贝·威尔森从街对面房子的台阶上走下来。

"贝贝真漂亮!"巴伯尔温柔地说。

也许是因为连续下了几个星期的雨，突然雨过天晴，阳光灿烂。也许是因为这样的一个下午，他们的深色冬装显得不合时宜地丑陋。而贝贝穿得像个仙女，或是电影里的人儿。她穿着去年社交晚会的行头——一件小小的粉红薄纱裙，短而硬的裙摆张开着，粉红的束腰，粉红的舞鞋，还拎着一个粉红的小手袋。黄色的头发，好一个粉人儿，白人儿，金人儿——那么小，那么洁净，看着就让人心疼。她矜持而款款地走过马路，小脸却不向他们的方向看。

"过来，"巴伯尔说，"让我看看你粉红的小手袋——"

贝贝沿着路边经过他们，头扭向一边。她打定主意不和他们说话。

人行道和马路之前有一块草地，贝贝站到上面时停了一秒钟，紧接着翻了一个跟头。

"别理她，"斯伯尔瑞布斯说，"她总爱表现自己。她要去布瑞农先生的咖啡馆要糖吃。他是她姨父，她吃糖不要钱。"

巴伯尔把来复枪的一头靠在地上。这杆大枪对他来说太重了。他目送着贝贝沿着马路走远了，一边拽着散乱的刘海。"真是一只漂亮的粉红小手袋。"他说。

"她妈妈老说她多有天才，"斯伯尔瑞布斯说，"她觉得自己能让贝贝演电影。"

没时间去翻阅《国家地理》了。晚饭差不多好了。拉尔夫开始大哭，她把他抱下童车，放到地上。现在是十二月了。对像巴伯尔这么大的孩子，夏天到现在，是很长的一段日子了。整个夏天，贝贝出门时都穿着那件粉红的晚会装，在马路中央跳舞。开始的时候，孩子们围在她身边看她跳，很快他们就失去兴趣了。巴伯尔最后变成了她唯一的观众。他会坐在马路牙子上，看见有车过来时，就冲她大叫。他已经看过一百遍贝贝跳的晚会舞——但是夏天已经经过三个月了，对他来说，仍像是第一次表演。

“我真希望我能有一件礼服。”巴伯尔说。

“你想要什么样的？”

“一件真正酷的礼服。有各种颜色的真正漂亮的家伙。像蝴蝶。这是我想要的圣诞节礼物。还有一辆自行车。”

“女里女气。”斯伯尔瑞布斯说。

巴伯尔又把大枪扛到肩上，瞄准对面的房子。“如果我有一件礼服，我要穿着它跳来跳去。我要每天穿着去上学。”

米克坐在前面的台阶上，留意着拉尔夫。巴伯尔不像斯伯尔瑞布斯说的那样女气。他只是喜欢漂亮的东西。她可不能让老斯伯尔瑞布斯轻易得逞。

“一个人必须为他得到的每样东西而战斗，”她慢慢地说，“我注意到很多次了，谁在家里排行越小，就会越出色。小一点儿的孩子总是最强壮的。我很强壮，因为我上面有很多孩子。巴伯尔——他看上去身体弱，喜欢漂亮的东西，骨子里他其实是很勇敢的。如果我没说错，拉尔夫长大后肯定是一个真正强壮的家伙。他现在只有十七个月大，我已经在他脸上看到能吃苦和强壮的迹象了。”

拉尔夫四处张望，因为知道有人在说他。斯伯尔瑞布斯坐在地上，拽掉拉尔夫的帽子，在他的眼前晃，逗弄他。

“行啦！”米克说，“如果你把他惹哭的话，你知道我会干什么。你最好小心点儿。”

一切都安静了。太阳躲在屋顶的后面，西边的天空是紫色和粉色的。下一条街传来小孩溜冰的声音。巴伯尔靠在树上，好像在梦想什么。晚饭的香味从屋里飘了出来，很快要吃饭了。

“看，”巴伯尔突然说，“贝贝又来了。她穿着那件粉红裙，可真好看。”

贝贝朝他们慢慢地走来。她拿着一盒里面有奖品的爆米花糖，正把手伸进盒子找奖品呢。她始终保持着矜持优雅的走路姿势。你能看出她知道他们都在看她。

"来吧，贝贝……"她经过他们时，巴伯尔说，"让我看看你的粉红小手袋，摸摸你的粉红裙。"

贝贝开始哼唱一首歌，不理会巴伯尔。她走过去，不让巴伯尔碰她。她只是猛地低下头，朝他微微一笑。

那杆大枪还扛在巴伯尔的肩上。他发出一声响亮的"啪"，假装射击。随后他又对贝贝喊了一声——用温柔而悲伤的语气，就像在叫一只小猫咪。"来吧，贝贝……到这儿来，贝贝……"

他的动作太快，米克来不及阻止他了。传来了一声可怕的"砰"声，她这才看见他的手扣在了扳机上。贝贝轰然倒在了人行道上。她像是被钉到了台阶上，不能移动，也不能叫喊。斯伯尔瑞布斯把胳臂举过头顶。

只有巴伯尔还不知道发生了什么。"起来呀，贝贝，"他大喊道，"我没生你的气。"

这一切都是在瞬间发生的。他们三个人同时跑到了贝贝身边。她弯曲的身体躺在肮脏的人行道上。裙子盖在她的头上，露出粉红的短裤和白白的小腿。她的手张开了——一只手上是糖果盒里的奖品，另一只手上是那只手袋。她头上的丝带和黄黄的卷发上全是血。子弹击中了她的头部，她的脸面朝地上。

一秒钟之内发生了这么多。巴伯尔尖叫着扔掉了枪，跑了。米克双手捂着脸，也在尖叫。来了很多人。她爸爸第一个赶到。他把贝贝抱进屋里。

"她死了，"斯伯尔瑞布斯说，"子弹穿过了她的眼睛。我看见了她的脸。"

米克在人行道上走来走去，她想问问贝贝是不是死了，却一句话也说不出来。威尔森太太从她工作的美容院沿着大街一路狂奔过来。她走进屋子，又走了出来。她在街上走来走去，哭着，把手上的戒指捋下来又套回去。救护车来了，医生去看贝贝。米克跟着他。贝贝躺在前屋的床上。房子静得像教堂。

贝贝在床上躺着，像一个漂亮的小洋娃娃。除了身上的血，她看上去完好无损。医生弯下腰，检查她的头部。检查完毕，他们把贝贝用担架抬到外面。威尔森太太和她爸爸跟着上了救护车。

房子依然静静的。大家都忘了巴伯尔。他不见了。一个小时过去了。她妈妈、海泽尔和埃塔，以及所有的房客聚在前屋。辛格先生站在门道。

过了很长时间，她爸爸回家了。他说贝贝不会死，但她的头盖骨碎了。他问到巴伯尔。没人知道他去了哪里。外面很黑。他们在后院和大街上叫巴伯尔的名字。他们让斯伯尔瑞布斯和别的男孩去找他。巴伯尔似乎根本不在附近。哈里跑到一所房子里，他们觉得他可能在那里。

她爸爸在前廊走来走去。"我从没打过哪个孩子，"他不停地说，"我从不相信打孩子有用。但我只要一见到这小兔崽子，非痛揍他一顿不可。"

米克坐在扶栏上，向黑暗的街道望去。"我能教训巴伯尔。只要他一回来，我自己就能对付他。"

"你出去找找他。你比别人更能找到他。"

她爸爸一开口，米克突然想到巴伯尔会在哪里。后院有一棵大橡树，夏天的时候，他们在那里弄了一个树屋。他们吊起一个大箱子，放在树上。巴伯尔喜欢独自坐在树屋里。米克离开了聚在前廊的家人和房客，向后穿过小径走到幽黑的后院。

她在树干边上站了一分钟。"巴伯尔——"她小声说，"是米克。"

他没有回答，但她知道他在。她可以闻到他。她跃上最矮的树杈，慢慢地向上爬。她确实被这孩子气疯了，一定要好好教训他。她爬到树屋又对他说话——还是没有回答。她终于摸到了他。他缩在一角，双腿在抖。他一直屏着呼吸，她摸到他时，他的哭声和呼吸声立刻爆发出来。

"我……我没想把贝贝射倒。她那么小，那么好看——我只是忍不住要对她射击。"

米克坐在树屋的地上。"贝贝死了，"她说，"很多人在捉你呢。"

巴伯尔不哭了。他很安静。

"你知道爸爸在家里正干什么吗？"

她好像能听见巴伯尔在听。

"你知道华顿·劳埃斯吧——你在收音机里听到过他。你知道辛·辛。嗯，我们的爸爸正在写信给华顿·劳埃斯，等他们捉住了你，把你送到辛·辛时，求他能对你好一点儿。"

在黑暗中，这些话发出可怕的声音，她的全身打一个寒战。她感觉到巴伯尔在颤抖。

"那里有小电椅——适合你的尺寸。他们打开电流，你就会像烤肉一样。然后你就去了地狱。"

巴伯尔在角落里缩成一团，没有发出一点声响。她越过箱边，爬下树。"你最好待在这里，警察守着院子呢。也许过几天，我可以给你送点儿吃的。"

米克靠在橡树干上。这些话会让他吃不了兜着走。她总能制住他，她比别人都更了解这孩子。有一次，大概是一两年前了，他总爱在树丛后小便，手淫一小会儿。她很快就发现了这个秘密。每次被她揪住，她都狠狠地打他。三天后，他的毛病就治好了。以后，他再也不能像别的孩子一样正常地小便——他总把手背到后面。她从小就得照看他，她总能管教他。很快她就会回到树屋，把他带回家。这以后，他永远不会想摸枪了。

房子里仍是死一般的感觉。房客们都坐在前廊，既不说话，也不坐在摇椅里摇晃。她爸爸和妈妈在前屋。她爸爸喝着一瓶啤酒，走来走去。贝贝会好起来，所以焦虑并非由她而起。也没人像是担心巴伯尔的样子。是别的事。

"巴伯尔那小子!"埃塔说。

"发生了这种事，我都不好意思出门了。"海泽尔说。

埃塔和海泽尔走进中间的屋子，关上门。比尔待在屋后自己的房间里。她不想和他们说话。她在前厅里绕来绕去，一个人思考这件事。

她爸爸的脚步声停止了。"是故意的，"他说，"不像是小孩子瞎摆弄枪走火了。每个看见的人都说他是瞄准射击的。"

"不知道威尔森太太什么时候来找我们。"她妈妈说。

"我们有得瞧的，肯定!"

"我想是。"

太阳已经落山了，晚上像十一月一样冷了。人们从前廊走进屋里，坐在起居室——但没人生火。米克的毛衣挂在衣帽架上，她穿上它，佝着肩膀站着，想暖和一点儿。她想到巴伯尔正坐在寒冷漆黑的树屋里。他真的相信了她说的每句话。当然这是他应得的。他几乎杀死了贝贝。

"米克，你想一想，巴伯尔有可能去哪里?"她爸爸问。

"他就在附近，我猜。"

她爸爸手里抓着空啤酒瓶走来走去。他走得像一个盲人，脸上有汗。"可怜的孩子不敢回家了。如果我们能找到他，我会好受点儿。我从没碰过巴伯尔一根手指。他不应该怕我的。"

她要再等一个半小时。这一个半小时内他应该为他所做的事感到非常难过了。她总能管教巴伯尔这家伙，让他长记性。

过了一会儿，房子里一阵骚动。她爸爸又打了一次电话到医院，探问贝贝的情况。几分钟后威尔森太太回了电话。她说想和他们谈谈，她要去他们家。

她爸爸还在前屋里像盲人一样走来走去。他又喝了三瓶啤酒。"这事情这个样子，她可以把我们告得连内裤都要赔掉。她最多能得到我们的房子，除去我们还没有付完的贷款部分。但现在这事这个样子，我们一点儿反驳的话也说不出来。"

米克突然想到一件事。也许他们真的会审判巴伯尔，把他送进少年监狱。也许威尔森太太会把他送到工读学校。也许他们真的会对巴伯尔做可怕的事。她想立刻跑到树屋，和他坐在一起，对他说不要害怕。巴伯尔一直是这么小，这么纤弱，这么聪明。谁想让他离开这个家，她就会杀了他。她想亲亲咬他，她是如此爱他。

但她不能错过接下来发生的任何事。威尔森太太几分钟后就会到，她一定要知道发生了什么。然后她会跑出去告诉巴伯尔她的话全是谎言。他就会真正地吸取这次自找的大教训。

一角钱出租车开近了人行道。大家都等在前廊，非常安静，非常害怕。威尔森太太和布瑞农先生从出租车里走出来。他们走上台阶时，她能听见她爸爸紧张的磨牙声。他们走进了前屋，她跟在后面，站在门口。埃塔、海泽尔和比尔以及房客们都没进去。

"我来是想和你了结这件事。"威尔森太太说。

前屋显得脏破不堪，她看见布瑞农先生注意到了屋里的一切。拉尔夫玩的破旧的赛璐珞洋娃娃、念珠和破烂散落在地上。她爸爸的工作台上有啤酒，她爸妈床上的枕头旧得发白。

威尔森太太不停地把手上的婚戒拽下来又套回去。她身边的布瑞农先生很平静。他跷着二郎腿。他的下巴是青黑色的，看起来像电影里的匪徒。他一直对她怀恨在心。和对别人不同，他总是用这种粗鲁的腔调和她说话。是不是因为他知道有一次她和巴伯尔从他的柜台上偷过一袋口香糖？她恨他。

"归根结底，"威尔森太太说，"你的孩子故意朝我的贝贝头上射击。"

米克走到屋子的中间。"不，他没有，"她说，"我就在场。巴伯尔用那支枪瞄准过我、拉尔夫和周围所有的东西。他只是偶然间对准了贝贝，他的手指滑了一下。我就在场。"

布瑞农先生搓了搓鼻子，悲伤地看着她。她真恨他。

"我知道你们是怎么想的 —— 所以我想开门见山。"

米克的妈妈把一串钥匙弄得哗哗响，她爸爸非常安静地坐着，两只大手悬在膝盖上。

"巴伯尔事先没想到的，"米克说，"他只是……"

威尔森太太把戒指拔下来又套回去。"等等。我知道得一清二楚。我可以起诉，让你们交出挣的每一个子儿。"

她爸爸脸上没有任何表情。"我告诉你一件事，"他说，"我们赔不起多少。我们所有的家当是……"

"你听我说，"威尔森太太说，"我来这儿，可没带上律师来起诉你。巴托罗谬 —— 布瑞农先生，我们来前讨论好了，在关键的问题上，我们达成了一致。首先，我想公正诚实地解决这件事；其次，我不想让贝贝的名字卷入非同一般的诉讼里，她才这么大。"

没有声音，房间里所有的人都僵硬地坐在椅子上。只有布瑞农先生对着米克似笑非笑，她眯着眼睛，恶狠狠地回敬了他一眼。

威尔森太太很紧张，点烟时她的手在抖。"我可不想起诉你，或是做类似的事。我只想公正。我并不要求你们补偿贝贝经历的一切痛苦，她一直在哭在喊，只有药物才能让她睡着。什么也补偿不了这些。我也不要求你们补偿对她的事业和我们制定的计划的损害。好几个月，

152

她都得戴绷带。她不能在社交晚会上跳舞了 —— 她的头上也许还会秃一小块。"

威尔森太太和她爸爸互相看了一眼，好像都被催眠了。接着威尔森太太伸手摸到了她的手袋，从里面掏出一张纸。

"你们要赔的只是我们实际花的钱。贝贝在医院的单人间和私人护士。这是手术室和医生的账单 —— 就这一次，我希望立即把钱付给医生。而且，他们把贝贝的头发剃光了，你要付我那次带她去亚特兰大做电烫的费用 —— 等她头发长出来后她能再做一次。还有她的晚会服的钱以及杂七杂八的费用。一旦我搞清所有的款目，我会写一个清单。我尽可能公正和诚实。我把清单交给你们时，你们要赔偿全部的数目。"

她妈妈把膝盖上的裙子抚平，急促地呼吸了一下。"我觉得儿童病房比单人间强多了。米克得肺炎时……"

"我说单人间，就单人间。"

布瑞农先生伸出两只粗短的手，保持它们的平衡，好像它们是在天平上。"也许一两天后贝贝可以搬进两个孩子的双人间。"

威尔森太太强硬地说："你们听到我的话了吧。是你们家小孩向我家贝贝开枪，她当然应该享受最好的条件，直到她伤好。"

"你有权如此，"她爸爸说，"上帝知道我们一无所有 —— 但也许我能对付过去。我明白你没有乘人之危，我很感激。我们会尽力而为。"

她想留下来听他们说的每句话，但是巴伯尔在她脑子里。她想到他正坐在黑暗寒冷的树屋里想着辛·辛，心里很不安。她走出屋子，穿过门厅向后门走去。风在吹，院子里非常黑，只有从厨房窗子里透出的黄光。她回头看见鲍蒂娅坐在桌边，瘦长的手捧着脸，很安静。院子是荒凉的，风刮动了恍惚骇人的影子，在黑暗中悲鸣。

她站在橡树下。她刚想攀上第一个树杈时，一个可怕的想法攫住了她。她突然意识到巴伯尔不在了。她喊他，没有回答。她像猫一样爬得又轻又快。

"说话！巴伯尔！"

她不需要摸箱子就知道他不在里面。为了确认，她进到箱子里，摸遍了所有的角落。这孩子走了。肯定是她前脚离开，他后脚就走了。现在可以肯定他逃跑了，像巴伯尔这样聪明的孩子，你不知道去哪儿找他。

她从树上爬下来，跑回到前廊。威尔森太太正要离开，他们一起送她走向前廊的台阶。

"爸爸！"她说，"我们得为巴伯尔做点儿什么。他跑了。我肯定他离开我们的街区了。我们大家都出去找他吧。"

没人知道去哪里找，从哪开始。她爸爸在大街上走来走去，检查每一条小径。布瑞农先生用电话给威尔森太太叫了一辆一角钱出租车，随后留下来和他们一起找巴伯尔。辛格先生坐在前廊的扶栏上，他是唯一保持镇定的人。他们都在等米克想出寻找巴伯尔的最佳地方。但是小镇这么大，这孩子这么聪明，她不知道怎么办。

也许他去了鲍蒂娅在糖山的住所。她走到厨房，鲍蒂娅正坐在桌旁，用手捧着脸。

"我突然想到他去了你家。帮我们找他。"

"我怎么没想到呢！我打五分钱的赌，我吓坏了的小巴伯尔一直待在我家。"

布瑞农先生借了一辆汽车。他、辛格先生、米克的爸爸、米克和鲍蒂娅进了车里。没有人知道巴伯尔在想什么，除了她。没人知道他真的是在逃命。

鲍蒂娅的住所漆黑一片，只有地板上斑驳的月光。他们一走进去，就知道两个屋子都没有人。鲍蒂娅打开前面的灯。屋里有股黑人的气味，他们被墙上的剪贴画、蕾丝桌布和床上的蕾丝枕头包围了。巴伯尔不在。

"巴伯尔来过，"鲍蒂娅突然说，"我能闻出有人来过。"

辛格先生在厨房餐桌上发现了一支铅笔和一张纸。他迅速扫了一遍纸条，然后大家都看了。字迹饱满而潦草，这个聪明的孩子只拼错了一个字。纸条上写着：

亲爱的鲍蒂娅：

我去佛罗里达了。告诉大家。

你真诚的，

巴伯尔·凯利

他们站在四周，感到吃惊和惶惑。米克的爸爸检查了一下门道，焦急地用大拇指抠鼻子。他们都准备上车，朝向南的高速公路出发。

"等一等，"米克说，"巴伯尔才七岁，可他也不会笨到告诉大家他要去哪里，如果他真想跑。那个佛罗里达是一个圈套。"

"圈套?"她爸爸说。

"对。只有两个地方，巴伯尔特别熟悉。一个是佛罗里达，另一个是亚特兰大。我、巴伯尔和拉尔夫经常去亚特兰大公路。他知道怎么走，他肯定去了那里。他总说等他有机会去亚特兰大他干什么之类的话。"

他们又走向外面的汽车。米克正想爬到后座时，鲍蒂娅捏住了她的胳膊肘。"你知道巴伯尔干了什么?"她低声说，"别告诉别人，我的巴伯尔从我的梳妆台拿走了我的金耳坠。我想不到我的巴伯尔会对我干出这种事。"

布瑞农先生发动了汽车。他们开得很慢，沿路寻找巴伯尔，车子驶向了亚特兰大公路。

没错，在巴伯尔身上的确有一种强横和卑劣的品质。他的行为方式和过去不一样了。直到前一刻他还是一个安静的小家伙，从来没做过真正卑劣的事。任何人被伤害了，都会令他羞愧和不安。到底为什么，他能干出今天所有这些事呢？

他们在亚特兰大公路上开得很慢。经过了最后一排房屋，路两旁变成了黑黢黢的田地和树林。路上他们一直停车问有没有人见过巴伯尔。"有没有一个赤脚的小孩经过，穿着灯芯绒的灯笼裤？"可是他们已经开出十英里，没有人看见过他。强劲的冷风从车窗吹进来，夜色已深。

他们又开了一会儿，掉头向小镇驶去。米克的爸爸和布瑞农想回去找所有二年级的学生，但米克让他们又掉了个头，继续在亚特兰大公路行驶。她一直在想自己对巴伯尔说过的话。关于贝贝死了、辛·辛和华顿·劳埃斯。关于适合他的尺寸的小电椅和地狱。在黑暗中，这些话听起来十分可怕。

他们开得很慢，离开小镇半里之外，突然间她看见了巴伯尔。车灯非常清楚地照出了他们前面的这个身影。很可笑。他走在路边，伸出大拇指试图拦车。鲍蒂娅的厨刀别在他的皮带上，在宽广而漆黑的大路上，他显得那么小，看起来只有五岁而不是七岁。

他们停了车，他跑过来准备上车。他看不见谁在里面，他的脸上是熟悉的表情——斜着眼睛，他打弹子瞄准时总是这种表情。米克的爸爸揪住了他的衣领。他拳打脚踢。随后把厨刀握在了手里。他们的爸爸及时把刀一把夺下来。他像一只被困的小老虎一样搏斗，但最终他们还是把他弄进了车里。回家的一路上，他们的爸爸一直把他抱在腿上，巴伯尔直挺挺地坐着，非常僵硬。

他们不得不把他拖到屋里，所有的邻居和房客都出来看热闹。他们把他拖进前屋，他进屋后退进角落，拳头握得紧紧的，斜着眼睛一个个看过去，像是要和整群人宣战。

他们进屋后，他一句话也不说。最后突然大叫："是米克干的！我没干。是米克干的！"

巴伯尔的叫声不像他以前的叫喊，是闻所未闻的。脖子上的血管暴出，他的拳头像小石头一样坚硬。

"你们抓不到我！没人能抓到我！"他一直在喊。

米克摇晃他的肩膀。她告诉巴伯尔她说的话都是瞎编的。最后他听懂了她在说什么，但是不肯闭嘴。好像没有什么能阻止他的尖叫。

"我恨所有的人！我恨所有的人！"

他们只是站在一旁。布瑞农先生搓搓鼻子，朝地上看。最后他悄悄地走了。辛格先生似乎是唯一明白这一切的人。也许是因为他听不见那可怕的叫声。他的脸仍然平静，每当巴伯尔看他时，这孩子都会变得安静些了。辛格先生和别人都不一样，遇到这样的情况，如果别人能让他来处理，肯定会更好。他有更多的理性，他知道普通人不可能知道的东西。他只是看着巴伯尔，过了一会儿这孩子就安静下来，他们的爸爸可以把他弄到床上睡觉了。

他脸向下趴在床上，哭泣。长长的巨大的抽泣让他浑身颤抖。他哭了一个小时，三个房间的人都无法入睡。比尔搬到了起居室的沙发上，米克跑到巴伯尔的床上。他不让她碰他或是靠近他。他又边哭了一个小时，边打着嗝，最后睡着了。

很长时间她都睡不着。在黑暗中，她紧紧地抱住他。她抚摸和亲吻他的全身。他多么柔软，多么纤细，他的身上有男孩咸咸的气味。她心中的爱是如此强烈，她死死地抱着他，要把他碾碎，直到她的手臂发酸了。她同时想到了巴伯尔和音乐。好像她怎么做，都不够似的。

她不会再打他，甚至不会再逗他了。一整夜她都用胳膊抱着他的头。早晨她醒来时，他已经不在了。

但是那晚过后，她并没有多少机会逗他了——她或者别人。他枪击了贝贝后，再也不是以前的那个小巴伯尔了。他总是一言不发，不和任何人玩。大多数时候，他一个人坐在后院或蹲在储煤室里。圣诞节越来越近了，她真想要一架钢琴，但很自然她不会说出来。她告诉大家她想要米老鼠手表。他们问巴伯尔想要圣诞老人的什么礼物时，他说他什么也不想要。他藏起了自己的弹子球和折刀，不让任何人碰他的故事书。

那晚以后，没人再叫他巴伯尔了。附近的大孩子开始喊他"贝贝杀手凯利"。但他很少对别人说话，他对任何事仿佛都无动于衷。家人叫他的真名——乔治。起初米克还是叫他巴伯尔，她不想改变叫法。可是很奇怪，一个星期以后，她也像别人一样自然地喊他乔治了。他变成了另一个孩子——乔治——总是一个人晃来晃去，像一个大得多的成年人，没有人，甚至她，也不知道他到底在想什么。

圣诞夜她和他睡在一起。他躺在黑暗中不说话。"别这么古怪，"她对他说，"我们聊聊聪明人吧，聊聊荷兰小孩圣诞节的玩法——把木鞋放在外面，而不是把袜子挂起来。"

乔治不回答。他睡着了。

早晨四点她起床了，把全家人都叫醒。他们的爸爸在前屋生了火，让他们钻进圣诞树找礼物。乔治的礼物是一套印度服，拉尔夫的是橡皮娃娃。家里其他的人都是一般的衣服。她仔细查看了袜子的每个角落，想找到米老鼠手表，但是没有。她的礼物是一双褐色牛津鞋和一盒草莓糖。天还黑着呢，她和乔治跑到人行道上，砸开巴西坚果，放鞭炮，吃光了一盒双层装的草莓糖。天亮时，他们吃得都恶心了，也玩累了。她躺倒在沙发上，闭上眼睛，走进"里屋"。

六

早晨八点，考普兰德医生坐在桌子前，就着窗外微弱的晨光，研究一叠文件。在他的旁边有一颗雪松，树叶很厚，深绿色的叶子高高地伸到屋顶。自他行医的第一年起，每年都会在圣诞节搞一个年终派对，现在一切都准备就绪了。一排排长凳和椅子靠在前屋的墙边。屋子里弥漫着新烤的蛋糕和冒着热气的咖啡香甜的气味。办公室里，鲍蒂娅和他并排坐在靠墙的长凳上，她双手捧着下巴，身体几乎弯成两折。

"父亲，你早晨五点就窝在桌子边。你没事不要起床。你应该等到派对开始再起床。"

考普兰德医生用舌头润了润厚嘴唇。他脑子里的事情太多，顾不上鲍蒂娅。她在边上令他心烦。

终于，他不耐烦地对她说："你坐在那儿愁眉苦脸的做什么？"

"我就是担心，"她说，"首先，我担心我们家威利。"

"威廉？"

"你看他每个星期日都给我写信。星期一或星期二信就到了。但是上个星期他没写。当然我不是太着急。威利——他性格总是那么好，那么讨人喜欢，我知道他会没事的。他已经从监狱被转到了链囚队，要去亚特兰大北边的什么地方做苦役。两个星期前他写了这封信，说今天要参加教堂的一个活动，他让我送套衣服和他的红领带给他。"

"威廉就说了这么多?"

"他信里说这个B.F.梅森先生也在监狱。他还遇到了巴斯特·约翰逊——他是威利过去认识的一个男孩。他让我一定要把口琴送给他，因为没有口琴吹，他很郁闷。我全都送去了。加上一副跳棋和白奶油蛋糕。我想过几天能收到他的信。"

考普兰德医生的眼睛兴奋地闪烁着，手足无措。"女儿，我们以后再讨论吧。现在太晚了，我得打住。你回厨房去，看看是不是都安排好了。"

鲍蒂娅站起身，努力让脸看起来容光焕发。"你决定那个五块钱的奖金了吗?"

"我现在还不能判断哪个是最好的。"他斟酌地说。

他的一个朋友，一个黑人药剂师，每年拿出五块钱，奖给写出最佳命题作文的一名中学生。药剂师让考普兰德医生全权决定获胜者，在圣诞派对上宣布。今年作文题是"我的野心：我如何让黑人种族获得更好的社会地位"。只有一篇文章值得真正的关注。但这篇文章太幼稚，太不明智了，如果把奖给它，可能欠考虑。

考普兰德医生戴上眼镜，集中精力又读了一遍：

这就是我的野心。首先我想去塔斯克奇大学，但我不想成为像布克尔·华盛顿或卡佛博士那样的人。当我完成学业后，我想当一名好律师，像为斯考茨保罗男孩辩护的律师那样。我只接黑人诉白人的案子。每一天，我们的同胞在各个方面，以各种方式，被迫感觉到自己是劣等民族。不是这样的。我们是一个正在上升的民族。我们不能长久地在白人的压迫下流汗。我们不能总是劳而不获。

我想像摩西一样，带领以色列的儿女逃离压迫者的土地。我想建立一个黑人领导和学者秘密组织。所有的黑人都要在这些被选中的领导者的指导下组织起来，准备暴动。对我们民族的苦难有兴趣的其他民族，愿意看到美国分裂的民族，会帮助我们。所有的黑人都会组织起来，会有一场革命，黑人最终会占领密西西比东部和波托马克河南部的所有领土。我会在黑人领导和学者组织的管理下，建立一个强大的国家。不发给任何白人签证——如果他们进入国土，不会有任何法律权利。

我痛恨整个白人种族，我会奋斗到底，直到黑人种族为他们所有的苦难复了仇。这就是我的野心。

考普兰德医生感到血管在沸腾。书桌上的钟嘀嘀嗒嗒走得很响，噪声让他心烦意乱。他怎能把奖发给一个有如此疯狂想法的男孩？他怎么办？

其余的文章一点儿实质内容没有。年轻人不思考。他们只是写了自己的野心，把命题的后半部都忽略了。只有一点是有意义的。二十五个人中有九个是这样开头的："我不想成为仆人。"接着他们写到希望成为飞行员、职业拳击手、牧师或是舞蹈家。一个女孩唯一的梦想是对穷人友善。

这篇让他困扰的文章的作者叫兰斯·戴维斯。他翻到最后一页的签名之前，就已经知道了作者的身份。他和兰斯打过一些麻烦的交道。他的姐姐十一岁时出去做女仆，被主人强奸了，一个人过中年的白人。大约一年后，他被叫去急诊，治疗兰斯。

考普兰德医生走到卧室里的档案柜，里面有他所有病人的资料。他抽出一张标着"丹·戴维斯太太及全家"的卡片，浏览注释，直到找到兰斯的名字。时间是四年以前。关于他的记录是用墨水写的，比别人的都详细："十三岁——已过发育期。未遂的自我阉割。性欲过于旺盛和甲状腺亢进。两次探病期间身体不痛却大哭大闹。滔滔不绝——喜欢说话，但有妄想狂。除了一条外，成长环境正常。参看露茜·戴维斯——母亲是洗衣妇。聪明，值得观察和提供一切可能的帮助。保持联系。收费：一元（？）"

"今年很难决定，"他对鲍蒂娅说，"但我想我得把奖颁给兰斯·戴维斯。"

"如果你已经决定了，那——我们说说这些礼物。"

派对要送的礼物都在厨房。杂货和衣服的纸袋上附着红色的圣诞卡。每个想来的人都获得了邀请，但那些打算来的人已经在门厅桌上的专用客人簿写下了名字（或是请朋友写）。纸袋堆在地板上。大约有四十个左右，袋子的大小取决于收礼人的需要。有些礼物只是一小袋坚果或葡萄干，另一些是重得抬不动的箱子。厨房堆满了好东西。考普兰德医生站在门口，鼻翼因为骄傲而颤抖。

"我觉得你今年干得不错。大伙也都很不错。"

"哼！"他说，"这还不到需要的百分之一。"

"看，你又来了，父亲！我太清楚了，你其实高兴得不得了。但你不想表现出来。你需要找碴发点儿牢骚。我们有四配克的豌豆，二十袋面粉，大概十五磅的咸肉，鲤鱼，六打鸡蛋，足够的燕麦粉，罐头西红柿和桃子。苹果和两打橘子。还有衣服。两个床垫和四床毛毯。好家伙！"

"沧海一粟。"

鲍蒂娅指着角落上的一个大箱子。"这个 —— 你打算怎么处理？"

箱子里除了垃圾什么都没有 —— 无头的洋娃娃、脏了的蕾丝、一张兔子皮。考普兰德医生仔细查看了每一样东西。"别扔。每样东西都有用。这是拿不出更好东西的客人送来的。我以后能用上它们。"

"那你看看这些箱子和袋子吧，我好开始打包了。厨房里快没地方了。马上他们就要进来吃茶点喝甜饮。我要把礼物放到后面的台阶和院子里。"

早晨的太阳已经升起。这天将是晴朗而寒冷的。厨房里散发出各种各样的香味。炉子上洗碗盆里装着咖啡豆，奶油蛋糕摆满了碗柜的一架。

"没有一个是白人送的。都是黑人。"

"不，"考普兰德医生说，"不全对。辛格先生送来了十二块钱的支票，让我们买煤。今天我请了他。"

"神圣的耶稣！"鲍蒂娅说，"十二块！"

"我觉得应该请他。他不像别的白种人。"

"你说得对，"鲍蒂娅说，"可我一直想着我家威利。我真希望他能来今天的派对。我真希望能收到他的信。我摆脱不了这个念头。啊！我们不能聊天了，准备接待吧。派对要开始了。"

时间还充足。考普兰德医生认认真真地洗了澡，穿好衣服。他想过一遍大家到时他准备说的话。但是期待和不安让他无法集中思想。十点时，第一批客人到了，半个小时内所有的人都来了。

"圣诞快乐！"邮差约翰·罗伯特说。他在拥挤的房间里高兴地转，一只肩膀高一只肩膀低，用一块白丝手帕擦脸。

"敬贺佳节！"

房子前面挤满了人。客人们堵在了门口，在前廊和院子里三五成群地站着。没有推推搡搡或其他粗鲁的行为，是一种有秩序的混乱。

朋友们打着招呼，陌生人被相互介绍握手。孩子们和年轻人聚在一起，走到后面的厨房。

"圣诞礼物！"

考普兰德医生站在前屋中央的圣诞树边。他晕了。他晕晕乎乎地握手，打招呼。有些礼物用丝带精致地包装着，有些用报纸包着，被塞进他的手中。他找不到地方安置它们。空气变得很浓烈，声音也越来越高。面孔在他四周旋转，他一张脸也认不出了。终于他恢复了镇定，把怀里的礼物找了地方放下来。眩晕感减轻了，房间清楚了。他调整好眼镜，开始看四周。

"圣诞快乐！圣诞快乐！"

马歇尔·尼克斯，那个药剂师，穿着长燕尾服，正和他开垃圾车的女婿聊天。极圣升天教堂的牧师也来了，还有两个其他教堂的执事。赫保埃穿着醒目的格子西装，在人群里自如地转来转去。健壮的花花公子们向身穿亮丽长裙的年轻女人鞠躬示意。有带着孩子的母亲，有郑重其事的老人朝花哨的手帕里吐痰。房间暖和而吵闹。

辛格先生站在门道。很多人盯着他看。考普兰德医生不记得自己是否招呼过他。哑巴一个人站着。他的脸有点儿像斯宾诺莎的一幅画像。一张犹太人的脸。看见他挺高兴。

门和窗子都开着。风吹过房间，火焰在咆哮。声音静了。座位坐满了人，年轻人在地上坐成一排排。大厅、前廊甚至院子里都是沉默的客人。到他讲话的时间了——他要说什么？恐慌让他的喉咙发紧。整个房间都在等待。约翰·罗伯茨做了一个手势，所有的人都停止了说话。

"我的同胞们。"考普兰德医生茫然地说。他停顿了一下。突然话语涌到了嘴边。

"我们在这间房子里一起庆祝圣诞节，今年已经是第九个年头了。

我们的同胞第一次听说耶稣诞生时，那还是个黑暗的时代。我们的同胞在这里的市政广场被卖为奴隶。从那以后，我们一遍遍地听说他的故事，讲述他的故事，次数多得记不清了。因此，我们今天要讲一个不同的故事。

"一百二十年前，另一个人在那个被称之为德国的国家诞生了——大西洋彼岸一个遥远的国家。这个人就像耶稣一样全知全能。但他的思想不是关于天堂或来世的。他的使命是为了活着的人。为了那些工作、受苦，工作到死的劳苦大众。为了那些洗衣工、厨子、摘棉花的人，那些在工厂滚烫的染缸边工作的人。他的使命是为了我们大家，这个人叫卡尔·马克思。

"卡尔·马克思是一个智慧的人。他学习、工作，理解周围的世界。他说这个世界分化成两个阶级——穷人和富人。每一个富人都有一千个穷人为他工作，让他变得更富。他没有把世界分成黑人、白人或是中国人——对卡尔·马克思来说，属于百万穷人中的一员还是属于极少数的富人阶级比他的肤色更重要。卡尔·马克思一生的使命是让人人平等，平均财富，世界上不再有贫富分化，每个人都有份。这是卡尔·马克思留给我们的戒条之一：'各尽所能，按需分配。'"

大厅有一只皱巴巴发黄的手胆怯地举着。"他是《圣经》里的马可吗？"

考普兰德医生解释。他拼出两个名字，说明了出生日期。"还有问题吗？我希望每个人都能自由地展开讨论。"

"我猜马克思先生是基督教会的人？"牧师问道。

"他相信人类灵魂的神圣性。"

"他是白人吗？"

"是的。但他不认为自己是白人。他说：'全人类都是我的朋友。'他把自己看成是全人类的兄弟。"

考普兰德医生停顿了稍长的时间。他四周的面孔在等待。

"任何财产，我们在商店里购买的任何产品的价值是什么？它的价值只取决于一样东西——那就是制造或者培植它所需要的劳动。为什么一幢砖房比一棵卷心菜价格高？因为造一所砖房投入了很多人的劳动。人们要制砖和灰泥，为了地板的木条，人们要砍树。有人使房屋的建造成为可能。有人要运送材料到建筑工地。有人造手推车和卡车来运材料。最后是造房子的工人。一幢砖房需要很多很多人的劳动——而我们中的任何人都可以在自己的后院种卷心菜。砖房的价格远远超出了卷心菜是因为它需要更多的劳动。所以一个人买房子时，他支付的是制造它的劳动力。但是谁赚到了钱——利润？不是付出了劳动的许多人，而是支配他们的老板们。如果你们更进一步地研究过，就会发现这些老板上面还有老板，他们上面还有更大的老板——所以真正操纵所有这些创造财富的劳动的人，很少很少。现在清楚了吗？"

"我们明白了！"

但是他们明白吗？他从头重复了一遍说过的话。这次有问题提出来了。

"但是造砖用的泥土不也要花钱吗？租土地种庄稼不也要花钱吗？"

"这个问题很好，"考普兰德医生说，"土地、泥土、树木——这些东西都叫作天然资源。人类并不制造这些天然资源，人类只是开发它们，用于劳动中。因此任何人或集团有权占有它们吗？一个人怎么能占有庄稼需要的土地、空间、阳光和雨水？对于这些东西，一个人怎么能说'这是我的'而不许别人分享呢？因此马克思说这些天然资源应该属于每一个人，不应该被分成一小块一小块，而应当根据各尽所能的原则被所有人使用。就像这样，比如说一个人死了，把骡子留给了他的四个儿子。儿子们不希望把骡子割成四块，一人拿走一块。他们会集体占有和使用骡子。这就是马克思说的所有天然资源应该被占有的方式——不是被一群富人而是被世界上一切劳动者集体来占有。

"这间屋子里的我们没有私自财产。也许我们中的一两个拥有自己住的房子，或者有一两块钱的积蓄——但我们有的只是生活必需品。我们所拥有的只有我们的身体。我们只要活着一天，就要出卖身体。我们早晨去上工时，我们整天劳作时，就是在出卖身体。我们被迫随时随地为了任何目的以任何价格出卖身体。我们的收入仅够保存劳动力，更长久地为了别人的利润而劳作。今天我们没有被摆在拍卖台上，没有站在市政广场上被出售。但是我们不得不出卖我们的劳动力、我们的时间、我们的灵魂，几乎是每时每刻。我们从一种奴隶制中获得解放，却踏入了另一种奴隶制。这是自由吗？我们自由了吗？"

从前院里传来一声低沉的喊声。"这就是真理！"

"事情就是这样的！"

"在这种奴隶制里，我们并不孤单。世界上有成千上万同样的人，不论肤色，不论种族，不论信仰。我们必须记住这一点。我们的同胞中有很多人憎恨白人中的穷人，他们也恨我们。镇上那些住在河边的工人。他们和我们一样饥寒交迫。这种憎恨是巨大的邪恶，善不能从中产生。我们必须记住卡尔·马克思的话，根据他的教诲来认识真理。这种分配的不公正必须让我们联合起来，而不是分离我们。我们必须记住我们大家因为自己的劳动而创造了地球上有价值的东西。卡尔·马克思所说的真理我们要时刻铭记在心。

"但是我的同胞们！这间屋子里的我们——我们黑人——我们还有一个只属于我们自己的使命。我们心中有一个强烈的真正的使命，如果我们失败了，我们将万劫不复。那么让我们看看，这个特殊使命的实质是什么？"

考普兰德医生松了松衣领，他的喉咙有窒息的感觉。他无法承受内心沉痛的爱。他看了看四周沉默的客人。他们在等待。院子里和前廊上的人群也像屋里的人一样，专心而安静地站着。一个耳聋的老人身子前倾，手拢在耳朵上。一个妇女用橡皮奶头哄着吵闹的婴儿。辛格先生站在过道上专心地听。大多数年轻人坐在地板上。他们中就有兰斯·戴维斯。这个男孩的嘴唇紧张而苍白。他用手臂紧紧地抱着膝盖，年轻的脸有些阴郁。房间里所有的眼睛都在看，闪着对真理饥渴的目光。

"今天我们要把五元钱的奖金颁给命题作文最出色的那名中学生，作文题是'我的野心：我如何让黑人种族获得更好的社会地位'。今年的获奖者是兰斯·戴维斯。"

考普兰德医生从口袋里掏出一个信封。"显而易见，这个奖的价值并不完全在于它的奖金，而在于它体现的神圣的信任和诚意。"

兰斯笨拙地站起来。阴郁的嘴唇在颤抖。他鞠躬，领了奖。"希望我朗读这篇文章吗？"

"不，"考普兰德医生说，"但我希望这个星期你能来找我谈一次。"

"好的，先生。"房间又安静了。

"'我不想成为奴仆！'这是我在这些文章中一次又一次看到的愿望。奴仆？我们中一千个人中只有一个被允许成为奴仆。我们没有工作！我们没有服务的机会！"

房间里的笑声不自然。

"静一静！我们这些劳动力，五个中有一个修路，或者是做环卫工，或在锯木厂和农场工作。五个人中有一个找不到任何工作。但剩下的这五分之三呢，他们是我们同胞中的大多数。我们中的许多人为那些没有能力给自己准备食物的人做饭。很多人一生都做花匠，为了一两个人的快乐。我们中的许多人为豪宅的地板打上光亮可鉴的蜡。我们为那些懒得自己开车的富人们当司机。我们把一生浪费在各种各样毫无意义的工作上。我们劳作，我们所有的劳作都是浪费。这是服务吗？不，这是奴役。

"我们劳作，我们所有的劳作都是浪费。我们没有服务的机会。今天上午站在这里的学生，你们代表了我们种族幸运的少数。我们同胞的大多数根本没有上学的机会。几十个年轻人中几乎只有一个会写自己的名字，就像你们这些幸运的少数。我们被剥夺了学习和智慧的尊严。

"'各尽所能，按需分配。'我们大家都体验过饥寒交迫的痛苦。这是极大的不公正。但是还有一种比它还要大的不公正——那就是被剥夺了各尽所能的工作权利。一辈子无用地劳作。被剥夺了服务的机会。被富人们夺去我们的头脑和灵魂，远远比从我们的钱包里抢钱更糟糕。

"今天上午站在这里的一些年轻人可能想当老师、护士或你们种族的领袖。但是你们中的大多数都被剥夺了机会。你们将不得不为了一个无用的目的而出卖自己，仅仅是为了活下去。你们将遭遇挫折和失败。本应成为年轻的化学家，却在摘棉花；本应成为年轻的作家，却没有机会识字；本应成为教师，却成为拴在熨衣板上的奴隶。我们在政府里没有自己的代表。我们没有选举权。在这个伟大的国家里，我们是最受压迫的人。我们不能大声说话。因为没有机会使用舌头，它在我们的嘴里腐烂。我们的内心变得空洞，失去了为使命奋斗的力量。

"黑人同胞们！我们身上具有人类精神和灵魂的所有财富。我们献出了最珍贵的礼物。我们的付出却被报以嘲笑和蔑视。我们的礼物被践踏在泥浆里，变成垃圾。我们不得不无用地劳作，比动物还要不值钱。黑人们！我们必须站起来，重新团结一致！我们必须获得自由！"

房间里一阵低语。歇斯底里的情绪在高涨。考普兰德医生说不出话来，握紧了拳头。他感到自己膨胀成巨人那么大。他心中的爱使胸膛变成了发电机，他想喊叫，让他的声音能够传遍小镇。他想跪在地上，用惊人的声音叫喊。房间里充满了悲叹和叫喊。

"救救我们！"

"伟大的主！引导我们走出死亡的旷野吧！"

"哈利路亚！救救我们，主！"

他努力控制自己。他努力，最终找回了自制。他压住了内心深处的叫喊，找到了真正而有力的声音。

"请注意！"他喊道，"我们必须自己救自己。但不是通过悲痛的祷告。不是通过无所事事和烈酒，不是通过肉体享乐或浑浑噩噩，不是通过服从和谦卑。而是通过自尊，通过尊严，通过成为强健的人。我们必须为了我们真正的使命而积聚力量。"

他突然停下来，将身体挺得非常直。"每年的这个时候，我们会用自己小小的方式来展示卡尔·马克思的第一个戒条。今天聚会的每一个人都事先带来了某种礼物。为了减轻他人的贫困，你们中的许多人都放弃了自己的舒适。你们中的每一个人都各尽所能，却不曾考虑你们得到的回报。我们很自然地和别人分享一切。我们一直明白给予的人比得到的人更有福。卡尔·马克思的话永远铭记在我们心中：'各尽所能，按需分配。'"

考普兰德医生沉默了许久，好像说完了。然后他又说道：

"我们的使命是充满力量和尊严地走过蒙受耻辱的日子。我们要有强大的自尊，因为我们知道人类精神和灵魂的价值。我们必须教导我们的孩子。我们必须牺牲，他们才能获得学习和智慧的尊严。为了未来，总有一天我们身上的财富不会再被投以嘲笑和蔑视。总有一天我们会被允许服务。总有一天，我们的劳作不再是浪费。我们的使命就是用力量和信仰等待这一天的到来。"

他说完了。有人鼓掌，有人在地板上冬天坚硬的地面上跺脚。滚热的浓咖啡的香气从厨房飘了过来。约翰·罗伯茨负责发放礼物，叫着卡片上的名字。鲍蒂娅把咖啡用长柄勺从洗碗盆里舀出来，马歇尔·尼可斯负责分发蛋糕块。考普兰德医生在客人中转来转去，身边总围着一小群人。

有人碰了碰他的胳膊肘说："你的巴迪就是随了他的名字吧?"他说是的。兰斯·戴维斯跟着他问问题。他对所有的问题都回答是。快乐让他感觉像喝醉了一样。向他的同胞传道授业解惑 —— 让他们明白。这是最好的事。说出真理，被倾听。

"今天的派对，我们真的很高兴。"

他站在门厅里与客人道别。一遍遍地握手。他重重地靠在墙上，只有眼睛在动，因为他很累。

"我感激不尽。"

辛格先生是最后一个走的。他真是一个好人。他是一个有智慧和真正知识的白人。他身上没有一丝卑鄙的傲慢。所有的人都走了，他是唯一留下来的。他等着，似乎在等他最后说一句什么。

考普兰德医生用手捏住喉咙，他的嗓子很痛。"教师，"他沙哑地说，"这是我们最迫切的需求。领袖。团结和引导我们的人。"

庆祝活动过后，房间现出赤裸和破败的面目。房子是冷的。鲍蒂娅在厨房里洗杯子。圣诞树上银色的雪花在地板上留下了被踩的痕迹，两个装饰物已经破了。

他很累，但是快乐和兴奋令他无法安静。从卧室开始一间间收拾屋子。档案柜最上面有一张快要掉出的卡片——兰斯·戴维斯的病历。他想对他说的话开始有了眉目，他很难受，因为无法现在就把它们说出来。这个男孩阴郁的脸充满了情感，他无法把它从脑子里赶走。他打开档案柜上面的抽屉，重新放好那张卡片，A，B，C——他的大拇指紧张地翻过这些字母。他的视线停在了他自己的名字上：考普兰德·班尼迪克特·马迪。

在文件夹里有几张肺部的 X 光片和简短的病历。他把 X 光片举到光下。左上部的肺有一处明显的像星星一样的钙化点。向下有一大块阴影，它沿着右肺向上伸展成两倍。考普兰德医生很快将 X 光片放回到文件夹。他为自己写的简短病历还在手中。字迹大而缭乱，几乎无法辨认。"1920——钙化。淋巴腺——淋巴管门有明显的加厚。病灶得到了控制——功能恢复。1937——病灶再次活跃——X 光片显示——"他认不清字迹。一开始根本无法辨认，后来他清楚地辨认出了，却不明白是什么意思。最底下写着："预后不定。"

熟悉的黑色的狂野情感又回到了他身上。他弯下身，用力打开档案柜最下面的抽屉。一堆杂乱的信。来自黑人进步协会的信函。一封来自戴茜的发黄的信。汉密尔顿找他要一块五角钱的便条。他在找什么呢？他的双手在抽屉里翻找，最后僵硬地站起身。

时间浪费了。一个小时没有了。

鲍蒂娅在厨桌边削土豆。她颓然地坐着，表情悲伤。

"抬头挺胸，"考普兰德医生生气地说，"别闷闷不乐。你不是闷闷不乐就是兴高采烈，真让我受不了。"

"我只是在想威利，"她说，"信还有三天就要到了。但他没理由让我这么担心。他不是那种男孩。我感觉很奇怪。"

"耐心点，女儿。"

"我想我也只能这样吧。"

"我得出去看几个病人了，一会儿就回来。"

"好的。"

"一切都会好的。"他说。

在正午明亮而寒冷的阳光下，他的大部分快乐都无影无踪了。病人的疾病时不时地占据着他的脑海。脓肿的肾。脊髓脑膜炎。卜德氏病。他抬起汽车后座上的曲柄。通常他会喊路过的黑人帮他用曲柄发动引擎。他的同胞总是很高兴地提供帮助和服务。但今天他自己调整了曲柄，让它有力地转了起来。他用外套袖口擦了擦脸上的汗，匆忙坐到方向盘下上路了。

他今天的话有多少能被理解呢？有多少是有价值的呢？他回忆自己的用词，它们仿佛褪色了，失去了力量。剩下没有说出的话压在他的心口，越来越重。它们飘浮到他的嘴唇上，令人烦躁不安。受难同胞不断膨胀的面孔在他眼前打转。他沿着马路缓慢地开车，心脏因为愤怒和焦虑的爱而眩晕。

七

小镇多年以来从没遇到过这样寒冷的冬天。窗玻璃结了霜，屋顶一片银白。冬天的下午发出灰蒙蒙的柠檬色的光，影子是微蓝的。街道上的小水坑结了一层薄冰，据说圣诞节的第二天，离小镇北部仅十英里处下了小雪。

辛格变了。他经常出去散很长时间的步，安东尼帕罗斯走后的最初几个月内他常常这样。他的散步绵延数里路，小镇的四面八方他都走遍了。他穿过河边稠密的住宅区，自从今年冬天工厂进入萧条期后，这里比过去更肮脏了。很多人的眼中现出阴郁的孤独。现在人们不得不闲待着，你能感觉到他们身上有某种焦虑。新的信仰突然热烈地蔓延开来。有一个染布工忽然声称一种伟大神圣的力量支配了他。他说传播主的一套新戒条是他的职责。这位年轻人设了一个临时神堂，很多人每天晚上都来这里，在地板上打滚，互相摇晃身体，因为他们相信他们与某种超人的力量在一起。还有谋杀。一个吃不饱饭的女人认为工头克扣了她的工分，她把刀扎进那个工头的喉头。在最阴沉的街道之一，有一家黑人搬到了它的尽头，引起了极度的抗议，房子被烧，这个黑人被邻居们殴打。但这些都只是插曲。真正的变化不大。挂在嘴上的罢工从来也没能实施，因为他们不能团结起来。一切都和从前一样。即使在最冷的夜晚，阳光南部游乐场依然开放。人们做梦、打架、睡觉，都和以前一样。出于习惯，他们不去多想，省得陷入明天未知的黑暗中。

辛格走过黑人聚集的街区，它们分散在小镇四处，散发出难闻的气味。这里有更多的乐子和暴力。巷子里往往飘荡着杜松子酒强烈的香气。温暖、催人欲睡的炉火染红了窗子。几乎每天晚上教堂都有堂会。褐色的草坪上点缀着舒适的小屋——辛格也走过这里。这里的孩子更健康，对生人更友好。他走过富人区，雄伟老式的房屋，有白色的圆柱和锻铁编的繁复的篱笆。他走过高大的砖房，汽车停在车道上，喇叭被揿得很响，烟囱里慷慨地冒出一缕缕浓烟。他走向从小镇通向杂货铺的马路尽头，农民们星期六晚上聚在杂货铺，围坐在火炉边。他经常漫步在四个主要商业区，那里灯火通明，然后穿过商业区后面荒芜黑暗的巷子。小镇的每一个角落，辛格都清清楚楚。他看过几千扇被灯火照亮的窗户。冬天的夜晚是美丽的。天空是清冷的蔚蓝色，星星十分明亮。

散步时，他经常被人叫住聊天。各式各样的人都认识了他。如果和他说话的是陌生人，他就掏出卡片，说明他为什么沉默。整个小镇都知道了他。他散步时肩膀挺得很直，双手总是插在口袋里。他灰色的眼睛仿佛把周围的一切尽收眼底，他的脸上永远是那种在非常智慧或悲哀的人脸上才能看到的平静表情。任何人想和他说话，他都会愉快地停下脚步。因为他只是漫无目的地散步。

现在镇上开始流传关于哑巴的各种谣言。过去和安东尼帕罗斯一起时，他们经常走在上下班的路上，除此之外的时间两个人总是关在房间里。没人注意过他们——即使有人多看他们几眼，也是因为那个胖希腊人。过去的那个辛格是被人遗忘的。

关于哑巴的谣言多种多样。犹太人说他是犹太人。主街上的商人说他继承过一大笔遗产,是个有钱人。在一个被打压的纺织协会里,人们交头接耳说哑巴是工联大会的组织者。一个孤独的土耳其人,多年前流浪到小镇,软弱无力地和家人缩在卖亚麻的小店里,他对妻子充满激情地声称哑巴是土耳其人。他说哑巴听得懂他的土耳其语。他说这话时,声音变得很热烈,也忘了和孩子们斗嘴。他脑子里全是计划和行动。一个农村的老人说哑巴来自离他家不远的地方,哑巴的父亲经营全郡最好的烟草园。关于他,有这些流言。

安东尼帕罗斯!辛格的心里永远有伙伴的记忆。晚上他闭上眼睛,希腊人的脸就在黑暗中 —— 圆圆油油的,带着智慧和温柔的笑意。在梦中,他们总是在一起。

他的伙伴已经走了一年多了。这一年感觉既不长也不短。它只是脱离了正常的时间感 —— 就像一个人喝醉了或是半梦半醒。每一个小时的背后,都有他的伙伴。他的周围在发生变化,他和安东尼帕罗斯一起隐秘的生活也在变,在延续。一开始的几个月,他总想着安东尼帕罗斯被带走前那几个可怕的星期 —— 他生病后的麻烦,他被抓走,他艰难地阻止伙伴的怪念头。他想到过去他和安东尼帕罗斯不开心的时刻。他多次想到很久以前的一个场景。

他们并不是没有其他朋友。有时他们会和别的哑巴见面 —— 十年中他们和三个哑巴很熟悉。但总有变故发生。其中一个在相识一星期后就搬到了另一个州。另一个结婚了,生了六个孩子,不再用手交谈。伙伴走后,辛格经常想起的是他们和第三个人的关系。

这个哑巴叫卡尔。他是一个肤色菜黄的年轻工人。他的眼珠是淡黄色,他的牙齿脆薄透明,看上去也是淡黄色。蓝色的工装裤无精打采地悬在他骨瘦如柴的小身子上,看起来像蓝黄碎布拼的洋娃娃。

176

他们请他吃晚饭，让他先去安东尼帕罗斯的店铺等着。他们俩到时，希腊人还在忙着。他正在店后的厨房制牛奶焦糖。金黄的牛奶糖在长长的大理石桌面上泛着光泽。空气里洋溢着香甜浓厚的气味。安东尼帕罗斯很喜欢卡尔看他——他用刀滑过温热的糖果，把它们切成小块。他递给新朋友沾在油腻的刀刃上的一小块牛奶糖。他想取悦于人时，总是表演一个小把戏。他指了指炉子上沸腾的糖浆缸，扇了扇脸，斜眯着眼睛表明它有多烫。然后他把手浸入冷水，再猛插到沸腾的糖浆里，迅速地把手放回到冷水。他的眼珠鼓出来，舌头翻卷，好像承受了很大的痛苦。他扭紧自己的手，单腿在地上跳着，房子被他震得直抖。突然他笑了，伸出手表明这是一个玩笑，又用手拍拍卡尔的肩膀。

这是一个暗淡的冬夜。他们挽着胳膊走在路上，呼吸在冷空气中结成哈气。辛格走在中间，有两次他把他们扔在人行道上，自己进商店买东西。卡尔和安东尼帕罗斯拎着大包小包，辛格紧紧地挽着他们的胳膊，回家的一路上他都在笑。他们的屋子很舒适，他一边在房间快活地走动，一边和卡尔聊天。吃过晚饭后，他们两个人说话，安东尼帕罗斯在边上看，露出缓慢的笑容。胖希腊人经常蹒跚到储藏室旁，倒上杜松子酒。卡尔坐在窗边，安东尼帕罗斯把酒杯推搡到他面前时，他才肯喝，一小口一小口庄重地咽下去。辛格不记得伙伴以前对陌生人这么热情过，他高兴地设想卡尔以后经常来看他们的情形。

午夜过后，发生了一件事，把过节一样的派对毁了。安东尼帕罗斯有一次从储藏室回来，脸上带着愤怒的神情。他坐在床上，开始不停地瞪着他们的新朋友，眼神里有被冒犯的强烈的厌恶。辛格拼命说话，想掩饰这奇怪的举止，但希腊人不肯放弃。卡尔蜷缩在椅子里，摸索着瘦骨嶙峋的膝盖，被胖希腊人的鬼脸弄懵了。他脸红了，胆怯地咽着酒。辛格再也不能视而不见了，他终于问安东尼帕罗斯是不是胃痛或者心情不好，问他想不想去睡觉。安东尼帕罗斯摇头。他指着卡尔，做他知道的所有下流动作。他脸上的憎恶之情十分可怕，让人看不下去。卡尔吓得缩成一团。胖希腊人咬牙切齿地从椅子上站起来。卡尔慌忙拿起他的帽子，跑了。辛格跟着他下楼。他不知道如何对这个陌生人解释伙伴的行为。卡尔站在楼下的门廊上，像霜打的茄子，尖尖的帽子遮住了脸。他们最后握了握手，卡尔离开了。

安东尼帕罗斯告诉他，趁他们不注意时，他们的客人跑进储藏室，喝光了所有的杜松子酒。辛格怎么也无法说服安东尼帕罗斯是他自己把酒喝光了。胖希腊人坐在床上，他的圆脸乌云密布，一副责怪的表情。大滴的泪珠慢慢地流到内衣领上，辛格无法安慰他。他终于睡着了，辛格却在黑暗中久久不能入睡。他们再也没有见过卡尔。

几年以后，安东尼帕罗斯开始从壁炉架上的花瓶里拿走房租，把钱都花在了老虎机上。夏天的午后，安东尼帕罗斯光着身子下楼拿报纸。暑气把他折磨坏了。他们分期付款买了一台冰箱，安东尼帕罗斯会一直吸着冰块，睡觉时甚至让冰块化在床上。安东尼帕罗斯喝醉时，把一碗通心粉泼在他脸上。

最初的几个星期，这些不快的记忆穿过他的思绪，就像地毯里的烂线。后来这些记忆消失了。所有不愉快的时刻都被遗忘了。一年的时光在流逝，他对伙伴的怀念不断加深，一个只有他一个人了解的安东尼帕罗斯在他心中扎下了根。

这就是他的伙伴，他可以对他说出内心的一切。这就是那个安东尼帕罗斯，没有人知道他有多聪明，除了他。一年过去了，他的伙伴在他脑子里占据得更满了，他的脸从夜晚的黑暗中显现，沉重而微妙。他对伙伴的记忆变了，他想不起任何错误和愚蠢的事 —— 只有聪明的和好的。

他看见安东尼帕罗斯坐在他面前的大椅子里。他平静地坐着，一动不动。他疯狂的面容令人费解。他的嘴角狡黠地微笑。他的眼睛深不可测。他注视着对他说的话。他聪明地领会了。

这就是总在他脑海里的安东尼帕罗斯。这就是他的伙伴，他想告诉他发生的一切。这一年中发生的事。他被留在了陌生的国度。一个人。他睁开了眼睛，周围有许多事他不能理解。他感到困惑。

他观察他们的口形。

我们黑人需要一个机会最终得到自由。而自由只是奉献的权利。我们想服务，想分享，想工作，消费我们应得的回报。但你是我遇到的唯一的白人，能意识到我的同胞们迫切的需要。

你知道吗，辛格先生？我心里每时每刻都有这个音乐。我会成为一个真正的音乐家。也许现在我什么也不懂，但等我二十岁时我会懂。知道吗，辛格先生？到时候我想去有雪的国家旅行。

我们把这瓶酒喝完吧。我要一小瓶。因为我们在考虑自由的问题。这个词像蠕虫一样钻在我脑子里。是？不是？多大程度？多小程度？这个词召唤的是强盗、偷窃和狡诈。我们会自由的，然后最聪明的人会奴役他人。但是！但是这个词还有另一个含义。所有的词中它是最危险的。我们知道的人必须警惕。这个词让我们感觉良好——事实上它是一个伟大的幻想。正是利用了这个幻想，骗子们为我们编织了最丑陋的网。

最后的一个人揉揉鼻子。他并不常来，话也不多。他提问。

七个多月以来，这四个人常来他的房间。他们从不一起来——总是单独。他永远都是在门口亲切地笑着欢迎他们。对安东尼帕罗斯的渴望一直如影随形——像伙伴走后的前几个月一样——和谁在一起都比一个人长期独处要强。这就像多年前他向安东尼帕罗斯保证（甚至写下了保证书，把它贴在床头的墙上）——他保证要戒一个月的烟、酒和肉。开始的几天，非常难受。他静不下来。他老去果品店找安东尼帕罗斯，查尔斯·帕克见到他就很不耐烦。他完成手上的雕刻活后，跑到店铺的前面，与表匠和售货小姐待在一起，或者逛到冷饮机那儿喝上一杯可口可乐。那些日子和任何陌生人在一起，都比一个人总想着渴望的烟、酒和肉强。

起初他一点儿不理解这四个人。他们说，他们说 —— 时光在走，他们也越说越多。他熟悉了他们的口形，他们说的每个字都能明白了。又过了一阵子，不用他们开口他就知道他们会说什么，因为永远是同样的意思。

他的手折磨着他。它们不肯休息。它们在梦中抽搐，有时他醒来发现它们正在眼前打着梦话的手语。他不想看他的手，也不愿去想它们。褐色的双手修长强健。过去他细心地护理它们。冬天他抹上油防止皲裂，他随时磨掉角质层，齐着手指头锉平指甲。他喜欢洗手和护理它们。现在他只是一天用刷子粗粗刷两次，重新把手插回到口袋里。

他在房间里走来走去，会把指关节捏得咔咔响，猛地拽疼手指。他会用一只拳头击打另一只手掌。有时他一个人时想到安东尼帕罗斯，不知不觉他的手就打出了手语。等他明白过来，他就像一个大声自言自语的人忽然发现边上有人一样，感觉自己就像做了什么坏事。羞愧和悲伤混杂在一起，他将双手并到身后。但它们仍然不让他安宁。

辛格站在他和安东尼帕罗斯住所前的马路上。傍晚灰蒙蒙的。西边的天空上有一道道淡黄色和淡玫瑰色条纹。在灰蒙蒙的天空下，一只乱蓬蓬的冬雀"表演"着它的飞行动作，最后落在了人字屋顶上。街道是荒凉的。

他的目光落到了二楼右边的一个窗户上。这是他们的前屋，后面是安东尼帕罗斯用来做一日三餐的大厨房。透过窗内的灯光，他看见一个女人在房间里来来回回穿行。她在灯光下显得大而模糊，她系着围裙。一个男人坐着，手里拿着晚报。一个孩子手拿面包，走到窗子旁，把鼻子压在玻璃上。辛格看见房间布置仍和以前一样——安东尼帕罗斯睡的大床和他自己睡的折叠床，鼓鼓囊囊的大沙发和折叠椅。被打破的糖钵用来做烟灰缸，漏雨在天花板上的湿印，墙角放洗衣物的箱子。像这样的傍晚，厨房里往往不会有灯光，只有大煤油炉的几个灶眼发出的火光。安东尼帕罗斯总是把油芯调小，探到灶里才能看见参差不齐的金黄和蓝色的火苗。房间是温暖的，充满晚饭的香气。安东尼帕罗斯用他的木勺品尝每道菜，他们一起喝红酒。炉火照在炉前的亚麻油毡上，闪着明亮的映像——五个小金灯笼。乳白的黄昏，光线越来越暗，这些小灯笼越来越清楚，当夜晚终于来临时，它们鲜明地燃烧了。那时晚饭已经好了，他们打开灯，把椅子拉近饭桌。

　　辛格低头看黑乎乎的大门。他想到他们清晨一起出门，晚上一起回家。有一块路面坏了，安东尼帕罗斯绊了一跤，伤了肘部。有一个邮箱，供电公司的账单每个月都寄到那里。伙伴胳膊温暖的感觉还停留在他的手指上。

　　现在街道很黑了。他又一次抬头看那扇窗，他看见陌生的女人、男人和孩子围坐在一起。空虚感席卷了他的全身。一切都失去了。安东尼帕罗斯走了。他不在这里了，这里不是回忆他的地方。安东尼帕罗斯的记忆在别处。他闭上眼睛，尽量去回想疯人院和安东尼帕罗斯今晚睡的房间。他记起了狭窄的白床，角落里玩纸牌游戏的老人。他紧闭双眼，但是房间的样子没有变得清晰。他内心感到深深的空虚，过了一会儿，他再次抬头看那扇窗，然后沿着他们无数次一起走过的人行道踱去。

这是星期六的晚上。主街上有很多人。冷得发抖的黑人穿着工装裤,在一角钱店窗前徘徊。有一家人在电影院售票处前排队,年轻男孩和女孩盯着外面贴的海报。车流很危险,他等了很久才过了马路。

他路过那家果品店。能看见窗内漂亮的水果——香蕉、橘子、鳄梨、鲜艳的小金橘,甚至还有一些菠萝。查尔斯·帕克在里面招呼一位顾客。他觉得查尔斯·帕克的脸很丑陋。有几次查尔斯·帕克不在时,他进过店铺,逗留了好一会儿。他还走到后面安东尼帕罗斯制糖的厨房。查尔斯·帕克在时,他从来不会进去。自从安东尼帕罗斯坐车离开的那天,他们两人都小心地回避对方。他们在路上碰到时,总是掉过头,不点头示意。他想送伙伴他最爱的土波罗蜜时,会通过邮件从查尔斯·帕克那里订购,省得见到他。

辛格站在窗前,注视伙伴的表兄接待一群顾客。星期六晚上生意总是不错的。安东尼帕罗斯有时要干到晚上十点。巨大的自动爆米花机离门口很近。一个店员把一份玉米粒倒进机器,玉米粒像巨大的雪花一样在里面翻腾。店铺的气味温暖而熟悉。地板上有踩烂的花生壳。

辛格沿着街道向前走。为了不被撞到,他小心地穿过拥挤的人流。因为过节,街上挂着红红绿绿的电灯。人们三五成群地站着,爆发出大笑,互相拥抱。年轻的父亲照料肩膀上冻坏了的哭闹的婴儿。街角有一个救世军的女孩,头戴红蓝色的童帽,叮叮地摇晃铃铛,她看看辛格,让他感觉非得投一个硬币在她身旁的小罐里。还有黑人和白人乞丐,伸出帽子或粗糙的双手。霓虹灯广告在行人脸上投下橘黄的光。

他走到一个角落,八月的一个下午,他和安东尼帕罗斯曾在这里遇到一条疯狗。他经过陆海军店,安东尼帕罗斯每个发薪日都来这里

182

拍照。他现在口袋里就带着不少照片。他转向西边，向河走去。他们有一次野餐，去了桥的对面，在对岸的田野上用餐。

辛格沿着主街走了大约一个小时。在人群中他看起来是唯一形单影只的人。他掏出手表，转向自己的住处。也许今晚有人会来看他。他希望如此。

他给安东尼帕罗斯寄了一大箱子圣诞礼物。他送了四个人每人一份礼物，还送了礼物给凯利太太。他为大家买了一台收音机，放在窗前的桌上。考普兰德医生没注意到它。比夫·布瑞农一眼就看到了它，疑惑地扬扬眉头。杰克·布朗特在时总开着收音机，调在同一个台上。他说话时，扯着嗓子像是要盖过音乐，额头的血管鼓出来。米克·凯利看到收音机时，有点儿不知所措。她的脸红了，一个劲地问是不是真是他的，她是不是可以听。她调了好几分钟，终于找到了她想听的台。她身子前倾坐在椅子里，双手搭在膝盖上，张大嘴巴，太阳穴上的脉搏激烈地跳动。她把她听到的一切都照单全收。她坐了一个下午，对他微笑时，她的眼眶湿润了，她用拳头擦了擦眼睛。她问他，她能不能偶尔在他上班时过来听收音机，他点头同意。接下来的几天，他一开门就会看见她守在收音机旁。她的手掠过弄乱了的短发，脸上有他从未见过的表情。

圣诞后不久的一个晚上，这四个人碰巧同时来找他。以前没有过。辛格在屋子里忙个不停，用饮料款待他们，一边微笑着，他殷勤有加，想让客人们感到自在。但是不对劲。

考普兰德医生不肯坐下来。他站在门道上，帽子拿在手中，对其他人冷淡地点点头。他们看着他，似乎奇怪他为什么会在这里。杰克·布朗特打开带来的啤酒，衬衫的前胸溅上了泡沫。米克·凯利在听收音机放的音乐。比夫·布瑞农坐在床上，跷着二郎腿，目光扫过眼前的几个人，然后眯上了眼睛，定住了。

辛格有些困惑。他们每个人过去总有那么多话要说。而现在他们碰到一起，却都沉默了。他们进来时，他预感到会发生什么。他模模糊糊地预感到这会是某种终结。但屋子里只有紧张的气氛。他紧张地打着手语，好像要把空气中看不见的东西拽出来，再绑到一起。

杰克·布朗特站在考普兰德医生旁边。"我见过你。我们以前撞见过一次 —— 在外面的台阶上。"

考普兰德医生一字一顿地回答，仿佛他的话是用剪刀精确地剪出来的。"我不记得我们见过。"他说。他僵硬的身体看起来在缩小。他向后一直退到门槛外。

比夫·布瑞农镇定地抽烟。屋子里漫过薄薄的烟雾。他转向米克，他看她时，他的脸红了。他半闭上眼睛，一瞬间他的脸又变得毫无血色了。"你现在生意如何？"

"什么生意？"米克警觉地问。

"就是生活中的事啊，"他说，"功课 —— 等等。"

"过得去，我想。"米克说。

每个人都有些期待地看着辛格。他很迷茫。他递给他们饮料，一边微笑。

杰克用手掌擦嘴。他放弃了与考普兰德医生交谈的努力，坐到床上，挨着比夫。"你知道在工厂附近的墙和篱笆上写字的那个人吗？用红粉笔写下血淋淋的警告。"

"不知道，"比夫说，"什么血淋淋的警告？"

"主要是抄《旧约》的。我好奇很长时间了。"

每个人基本上都只对哑巴说话。他们的想法在他身上交汇，就像车轮的辐条指向轴心。

"天冷得不正常，"比夫最终说道，"有一天我查看记载，发现一九一九年气温降到华氏十度。今天早晨只有十六度，是自那年寒冬以来最冷的一年。"

"今天早晨储煤室屋檐挂了冰柱了。"米克说。

"上星期我们收入很少，发不出工资了。"杰克说。

他们又议论了一会儿天气。每个人都盼着别人离开。他们情不自禁地同时站起身，离开了房间。考普兰德医生走在最前面，其他人立刻尾随他走出去。他们离开后，辛格独自站在房间里，因为他无法理解，所以不如忘记。那天晚上，他决定给安东尼帕罗斯写信。

安东尼帕罗斯不识字，但这并不妨碍辛格给他写信。他一直清楚伙伴看不懂白纸黑字，但随着时间的流逝，他开始想象也许他错了，也许安东尼帕罗斯识字，却对所有的人都隐瞒了这一点。再说，也许疯人院有识字的聋哑人，可以把信读给他听。他想了好几个写信的理由，每当他困惑或悲伤时，就非常想写信给伙伴。但写完以后，他从没寄出过。他每个星期都剪下晨报和晚报上的连环漫画，寄给伙伴。每月寄一张邮政汇票。他写给安东尼帕罗斯的长信在衣服口袋里越积越多，直到他把它们毁掉。

四个人走后，辛格套上暖和的灰外套，戴上灰毛毡帽，走出家门。他习惯在店铺写信。而且，他答应明天一早要交货，他想马上完成，省得耽误。夜晚是凛冽的，有霜冻。一轮满月挂在天空，周围镶着金边。在星光闪闪的天空下有黑色的屋顶。他边走边想信的开头，等他到了店铺门口，第一句话还没想清楚。他用钥匙打开门，走进黑暗的店铺，打开前面的灯。

他的工作地点在店铺的最后面。一块布帘将他与店铺其他部分隔开，像是一个小小的私人空间。他的工作台和椅子边有：角落上一个沉重的保险柜；一个洗手间——带着一面微微发绿的镜子；放满箱子和旧钟的货架。辛格升高工作台，从毛毡盒里取出明天要交给顾客的银唱片。尽管店铺很冷，他脱掉了外套，卷起衬衫带蓝条的袖口，以便利索地干活。

他在唱片中间的花押字母上花了很长时间。他小心专注地用刻刀在银上走笔。干活时，他的目光里透出难以理解的灼人的饥渴表情。他在想着给伙伴安东尼帕罗斯的信。手上的活完成时已经过了午夜。他收起唱片，额头上激动地渗出汗来。他清理了工作台，开始写信。他喜欢笔在纸上写字的感觉。他小心翼翼地写字，好像这张纸是银器：

我唯一的朋友：

　　我从我们的杂志上看到社团今年要在梅岗开会。到时会有人发言，还有四道菜的盛宴。我在想象它。记得吧，我们一直计划要参加一次会议，但从没去过。我现在多希望我们去过。我希望我们能参加这次大会，我想象过它会是什么样子。当然没有你，我是不会去的。他们来自很多州，他们带着一肚子真心话和长久的梦想。教堂里还会有专门的礼拜仪式。有竞赛活动，胜者能得到金牌。我写信告诉你，我想象这一切。我既想，又没有想。我的手静止的时间太长了，想不起它究竟是什么样。我想象这次大会时，就觉得所有的来宾都像你，我的朋友。

　　有一天我站在我们的家门前。现在它住着别人。你还记得前面的大橡树吗？树枝被剪短了，为了不影响电话线，树死了。树枝烂了，树干中间有一个空洞。我店里的猫（你过去常常抚摸的那只）吃了有毒的东西，死了。很让人伤心。

辛格把笔支在纸上。他紧张地直挺挺地坐了良久，没有接着写下去。他站起来，点了一支烟。房间很冷，空气里有一股酸臭的味道——煤油、擦银剂和烟草混合的气味。他穿上外套，戴上围巾，犹豫地写下去：

你记得我去看你时对你说过的那四个人吧。我为你画过像：那个黑人，年轻女孩，长小胡子的人，纽约咖啡馆的老板。我想告诉你一些关于他们的事，但我不知道怎么说。

他们都是忙人。他们太忙了，你很难想象他们。我不是说他们没日没夜地工作，而是说他们脑子里装着很多事，让他们无法休息。他们来我的房间，和我说话，我简直不能理解一个人可以这样不知疲倦地说话。（但纽约咖啡馆的老板不同——他不像其他人。他长着浓黑的络腮胡，每天要刮两次。他有一把电动剃须刀。他观察。其他人都有憎恨的东西。他们也都有除了吃喝睡和交友以外更喜欢的东西。这就是他们总是这么忙的原因。）

长小胡子的人，我想，不太正常。有时他说话非常清楚，像我多年前学校的老师。有时，他说话古怪，我听不懂。有时他穿着正常的西装，下次见他时，他身上黑黑臭臭的，全是污垢，穿着干活时的工装裤。他挥舞拳头，说一些不堪入耳的醉话，我不想说给你听。他觉得我和他拥有一个共同的秘密，我却不知道它是什么。让我告诉你一些难以置信的事。他能喝掉三品脱的幸福日子威士忌，然后立在那里说啊说，不肯上床。你不会相信，但这是真的。

我从女孩母亲那租了房间，一个月十六元。这女孩过去喜欢穿男孩的短裤，但现在她穿蓝色的裙子和一件罩衫。她还不算是年轻女士呢。我喜欢她来找我。我为他们买了收音机，她现在老来我这里。她喜欢音乐。我希望知道她听的是什么。她知道我是聋子，却认为我懂音乐。

黑人有肺结核，但这里没有他能去的好医院，因为他是黑人。他是医生，他比我认识的任何人都勤奋。他说话一点儿都不像黑人。我觉得别的黑人的话不太容易懂，舌头总是不到位。这个黑人有时让我害怕。他的眼睛又热又亮。他请我去一个派对，我去了。他有很多书。但他没有一本侦探书。他不喝酒，不吃肉，不看电影。

唷，自由和掠夺者。唷，资本和民主党，长着小胡子的丑男人说。他接着自相矛盾地说，自由是最伟大的理想。我要有一个机会，写下我心中的曲子，我要成为音乐家。我要有一个机会，这个女孩说。我们没有服务的机会，这个黑人医生说。这是我的同胞们神圣的需要。啊哈，纽约咖啡馆的老板说。他是一个喜欢思考的人。

这就是他们来我房间时说话的方式。他们心里的那些话让他们不得安宁，所以他们总是很忙。你可能会认为他们在一起时，会像这周参加梅岗大会的社团的人。但不是这样的。今天他们同时到我房间里来了。他们坐在那里，就像来自不同城市的人。他们甚至很无礼，你知道我总说，无礼，不顾及别人的感受是不对的。就是这样的。我不明白，所以给你写信，因为我觉得你会明白。我有奇怪的感觉。我想关于他们我写得已经够多了，我知道你烦了。我也是。

已经过去五个月二十一天了。这些日子我一直过着没有你的孤单生活。我唯一能想象的是，我可以再和你在一起的时刻。如果我不能很快去看你，我不知如何是好。

辛格趴到工作台上休息。木板的气息和抵在脸上的光滑感觉让他回到了学校的日子。他的眼睛闭上了，感到不舒服。他脑子里只有安东尼帕罗斯的脸，对伙伴的渴望是如此尖锐，他屏住了呼吸。过了一会儿，辛格坐直身子，伸手去拿笔：

> 我为你订的圣诞礼物没有及时寄到。我希望它马上就能到。我相信你会喜欢它，会很开心。我老想到我们一起的时候，我记得一切。我怀念你过去常做的食物。纽约咖啡馆比过去糟糕多了。前不久我发现汤里有一只煮熟的苍蝇。它混在蔬菜和面条里，像黑字一样。但这不算什么。我是这样需要你，我孤独得受不了。很快我会再去看你。离我的假期还有六个多月呢，但我可以提前一点儿准备。我想我只能这样。我不应该孤单，不应该没有你——我的知音。

> 永远的，
>
> 约翰·辛格

他回到家已经是早晨两点多了。大而拥挤的房子一片漆黑，他小心摸索着上了三段楼梯，没有摔倒。他掏出口袋里随身携带的卡片、手表和圆珠笔。他细心地叠好衣服，放在椅背上。灰色的法兰绒睡衣暖和柔软。他把被单拉到下巴，马上就睡着了。

黑暗的睡眠中，梦开始了。暗黄色的灯笼点亮了一段石阶。安东尼帕罗斯跪在石阶的最上面。他光着身子，笨拙地摸着举在头顶的一个东西，凝视它，好像在做祷告。他自己跪在台阶的中间。他光着身子，感到冷，他无法把视线从安东尼帕罗斯和他头上的东西移走。在他身后的地面上，他感觉到他们：长小胡子的人，那个女孩，黑人和剩下的那个人。他们赤裸地跪在地上，他感觉到他们在看他。在他们身后，是无数黑暗中跪着的人。他的手像巨大的风车，他心醉神迷地盯着安东尼帕罗斯举着的无名之物。黄色的灯笼在黑暗中晃来晃去，除此之外，一切都静止不动。突然间一阵骚动。骚乱中，台阶塌了，他感到自己在坠落。他惊醒了。清晨的光线染白了窗户。他感到恐慌。

过去这么久了，他的伙伴可能发生了什么事。因为安东尼帕罗斯不写信，所以他不知道。也许伙伴摔伤了。他急于再见到他，不管付出什么代价 —— 马上。

那天早晨，他在邮局信箱里发现一张通知说包裹到了。这是他订的迟到的圣诞礼物。这件礼物很棒。他用两年多的分期付款买的。礼物是一个私人用的电影放映机，里面有半打安东尼帕罗斯喜欢的《米老鼠》和《大鼓眼》等喜剧片。

那天早晨，辛格最后一个到了店铺。他交给珠宝商老板一封正式的请假信 —— 请星期五和星期六两天假。虽然那星期手头有四个婚礼，珠宝商还是点头同意了。

事先他没告诉任何人这次旅行。离开那天，他在门上钉了一张纸条，说他要出差几天。他是晚上出发的。冬天的黎明露出微红的端倪，火车到站了。

下午，离探视时间还有一会儿，他出发向疯人院走去。他双手拎着电影放映机的部件和为伙伴买的一篮水果。他直接走向上次探视过的安东尼帕罗斯的病房。

走廊、大门、一排排床，都还像他记忆中的那样。他站在门口，焦急地寻找他的伙伴。但他一眼看到：所有的椅子都坐着人，却没有安东尼帕罗斯。

辛格放下行李，在他的卡片底部写下："斯皮诺斯·安东尼帕罗斯在哪?"一个护士走进房间，他把卡片递给她。她没看明白。她摇摇头，耸了耸肩。他走到外面的走廊上，把卡片递给遇到的每一个人。没人知道。他陷入巨大的恐惧中，居然开始打手语。最后他遇到一位穿白衣的实习医生。他扯了扯他的胳膊肘，给他卡片。实习医生仔细地看了一遍，领他走过几个大厅。他们来到了一个小房间，一个年轻女人坐在桌子边，前面是一堆文件。她读了卡片，随后在抽屉里查找档案。

紧张和恐惧的泪水涌上了辛格的眼睛。年轻女人在便笺簿上认真地写着，他忍不住转过身，想马上看看写了什么：

安东尼帕罗斯先生被转到医务室了。他得了肾炎。我会
叫人给你带路。

经过走廊时，他停了一下，拾起放在病房门口的行李。水果篮被偷走了，其他的箱子没动。他跟着实习医生走出大楼，穿过一片草地到了医务室。

安东尼帕罗斯! 他们到达病房时，他一眼就看到了他。他的床在屋子中间，他靠着枕头坐在床上。他穿着大红晨衣和绿绸睡裤，戴着绿松石戒指。他的皮肤是暗黄色的，目光迷离，眼睛乌黑。太阳穴处的黑头发上蘸了银粉。他在编织，他的胖手指慢慢地摆弄着长长的象牙针。一开始他没有看见他的伙伴。辛格站到他面前时，他安详地笑了，没有丝毫的惊讶，伸出戴着宝石的手。

以前从未体验过的羞涩和拘谨的感觉占据了辛格。他在床边坐下，十指交叉放在床罩边缘。他的视线不肯离开伙伴的脸半步，他死一样的苍白。伙伴衣服的鲜丽令他吃惊。这些衣服是他陆陆续续寄给

他的，他没想过把它们一起穿上时是什么样。安东尼帕罗斯比他记忆中胖了。丝绸睡裤下能看出肚子上肉乎乎的褶皱。白色枕头上，他的脑袋巨大无比。脸上平静的表情是这样深不可测，好像并没意识到辛格在他身边。

辛格胆怯地抬起手，开始说话。熟练有力的手指用饱含爱意的精确打出手语。他说起一个人度过的寒冷漫长的岁月。他谈起旧事、死去的猫、店铺、他住的地方。每个停顿处，安东尼帕罗斯都宽厚地点点头。他说到那四个人以及他们长久的逗留。伙伴的眼睛湿润乌黑，他在里面看见了自己小小的长方形影子，这影子他已经看过上千次。他的脸又有了温暖的血色，他的手加快了速度。他详细地描绘那个黑人、长着一抖一抖的小胡子的人和那个女孩。他的手语越打越快。安东尼帕罗斯慢吞吞、庄重地点头。辛格急切地靠近他，深长地呼吸，眼睛里是闪亮的泪水。

突然安东尼帕罗斯用肥肥的食指在空气中缓慢地画了个圈。他向辛格划过来，戳戳伙伴的肚子。胖希腊人笑容满面，伸出粉红的胖舌头。辛格大笑，用疯狂的速度打着手语。他的肩膀笑得颤抖，脑袋向后仰着。他为什么大笑，他不知道。安东尼帕罗斯转动眼珠。辛格继续狂暴地笑着，直到笑岔了气，手也在抖。他抓住伙伴的胳膊，拼命想让自己平静下来。他的笑声渐渐变得低而痛苦，像是打嗝。

安东尼帕罗斯先镇定下来。他的小胖脚弄散了床脚的罩单。他的笑容消失了，他不屑地踢着毯子。辛格赶紧去整理，但安东尼帕罗斯皱了皱眉，向走过病房的护士庄严地竖起食指。她把床铺成他喜欢的样子后，胖希腊人刻意地低着头，他的姿势更像做礼拜时的祝福，而不只是简单的点头表示谢意。然后他把脑袋庄重地转向他的伙伴。

辛格说话时，感觉不到时间的流逝。护士给安东尼帕罗斯拿来放在托盘上的晚饭，他才意识到天已晚了。病房里的灯亮了，窗外几乎已经全黑了。别的病人面前也有晚饭的托盘。他们放下了手中的活（有的人编篮子，有的人做皮匠活或编织），他们都在无精打采地吃饭。除了安东尼帕罗斯，所有的人看上去都病恹恹的，面无血色。他们中的大多数人都需要理理发，他们穿着破破烂烂的灰睡衣，背部裂开了细长的口子。他们惊讶地望着这两个哑巴。

安东尼帕罗斯揭开盖子，仔细地检查饭菜。有鱼和蔬菜。他用手拿起鱼，把它举到灯光下，仔仔细细地检查了个遍。他有滋有味地吃了起来。他边吃边用手指着房间里各式各样的人。他指着角落上的一个男人，做了一个要呕吐的鬼脸。那个男人向他咆哮。他指着一个年轻男孩，向他微笑点头，挥挥他的胖手。辛格太高兴了，来不及有尴尬的感觉。他从地上拾起行李，把它们放在床上，想转移伙伴的注意力。安东尼帕罗斯拆掉包装，但那台机器一点儿也没引起他的兴趣。他接着吃晚饭。

辛格递给护士一张纸条，解释这个电影机。她叫来了一名实习医生，他们又叫来了一名医生。他们三个一边商量，一边好奇地看着辛格。病人们知道了电影机这件事，都兴奋地用胳膊肘支着下巴。只有安东尼帕罗斯无动于衷。

辛格事先已经演练过这台机器。他把屏幕升高，这样其他的病人也能看到。他开始摆弄放映机和胶片。护士把晚饭托盘端出去，病房里的灯关上了。喜剧《米老鼠》在屏幕上闪现。

辛格看着他的伙伴。起初安东尼帕罗斯很吃惊。为了看清楚些，他把身子用力地挺高，如果不是护士制止了他，他几乎要从床上跃起来。他的脸上放出灿烂的笑容。辛格看见其他病人互相喊叫和大笑。护士和护工也从大厅进来，病房一片喧闹。《米老鼠》放完后，辛格换了《大鼓眼》。这个片子放完后，他觉得第一次的娱乐足够长了。他打开灯，病房重新安静下来。实习医生把机器放到安东尼帕罗斯的床下时，他看见伙伴的目光狡猾地扫过病房，他要确信每个人都明白机器是他的。

辛格又开始打手语了。他知道他很快就得离开了，但他脑子里积蓄的想法实在太多，没法在短时间内说完。他用极快的速度说着。病房里有一个老人，头因为中风在抖，颤颤巍巍地拨弄眉毛。他妒忌这个老人，因为他能天天和安东尼帕罗斯在一起。如果有机会，辛格会开心地和他互换位置。

他的伙伴在胸前摸索找东西。那是他总戴着的小小的铜十字架。脏兮兮的绳子换成了红丝带。辛格想到那个梦，他把它告诉了伙伴。匆忙中他的手势有时含糊不清，他不得不摆摆手，从头再来。安东尼帕罗斯乌黑、懒洋洋的眼睛在注视他。身着鲜艳华贵的服装，他一动不动，像传说中某个智慧的国王。

负责病房的实习医生准许辛格多待一个小时。最后他伸出毛茸茸的细手腕，给辛格看手表。病人们准备睡了。辛格的手"结巴"了。他抓住伙伴的胳膊，专注地望进他的眼睛，正像过去每天早晨上班前分手时的目光。最终辛格后退着走出房间。站在门口，他打了一个伤心的再见手语，然后攥紧拳头。

在每一个有月光的一月的夜晚，只要有时间，辛格继续在小镇街道上散步。关于他的流言越来越离奇。一个黑人老妇告诉无数的人说他知道死魂回到人世的方式。一个计件工声称他曾和哑巴在州里别处的一个工厂工作过 —— 他讲的故事很神奇。富人们觉得他是富人，穷人们觉得他是和他们一样的穷人。因为没有办法证明这些谣言是假的，它们变得精彩绝伦而且非常真实。每个人都根据自己对辛格的愿望来描述这个哑巴。

八

为什么?

这个问题总是不知不觉地流过比夫的身体,像血管里的血。每当他想到人、物体与思想,问号就产生了。午夜,漆黑的早晨,中午。希特勒和关于战争的谣言。猪里脊肉的价格和啤酒税。他尤其沉迷于哑巴之谜。比如,为什么辛格坐火车离开,而当被问及去了哪里时,却假装听不懂这个问题。为什么每个人都坚持认为哑巴正是他们心中希望的那个人——而极有可能它完全是一个奇怪的误会。辛格每天来这里三次,坐在中间的桌子边。放在他前面的是什么,他就吃什么——除了卷心菜和牡蛎。在喧闹嘈杂的声音中,只有他是沉默的。他最喜欢吃一种烂烂的绿色小扁豆,他把它们整齐地堆在叉子尖上。然后将饼干浸在它们的卤汁里。

比夫也想到了死亡。一件奇怪的事发生了。一天他在卫生间的储藏室翻找东西时,发现了一瓶佛罗里达花露水,他给露茜娅送去艾莉斯的化妆品时,把它遗漏了。他沉思着把香水瓶握在手中。她已经死了四个月了——每个月都是这么漫长和无所事事,度日如年。他极少想到她。

比夫拔掉瓶塞。他光着上身站在镜子前，在乌黑多毛的腋窝处洒了一点儿香水。气味让他僵硬了。他用一种非常隐晦的目光注视镜中的自己，一动不动。他被香水唤起的记忆击中了，不是因为记忆的清晰，而是因为它们汇总了漫长的岁月，是一个完全的整体。比夫搓搓鼻子，斜眼看自己。死亡的边界。他能感觉到和她在一起的每时每刻。现在他们在一起的生活是完整的，只要过去的岁月可以完整。比夫突然转过脸去。

卧室都收拾干净了。现在完全是他的了。此前它是黏糊糊、乱糟糟、毫无生气的。总有袜子和有洞的粉红色人造纤维灯笼裤挂在横穿房间的晾衣绳上。铁床已经剥落，生了锈，配着肮脏的蕾丝枕头。从楼下蹿上一只骨瘦如柴的猫，弓着背，哀怨地蹭着污水桶。

他把这一切都改变了。他用铁床换了一张多用沙发。地板上有一块厚厚的红地毯，他买了一块漂亮的中国蓝布，挂在一面墙上，盖住裂缝越来越大的墙面。他将壁炉拆了，用松木铺在上面。壁炉架上是贝贝的一张小照片和一个身着天鹅绒、手握球的小男孩的彩画。角落上的玻璃柜里放着他收藏的珍奇 —— 蝴蝶标本、一支古箭头、一块人形奇石。多用沙发上有蓝丝绸垫子。他借了露茜娅的缝纫机，缝制深红色的窗帘。他爱这个房间。它既奢侈又稳重。桌上有日本小宝塔，一阵穿堂风吹过，塔上的玻璃垂饰发出奇怪的音乐般的声音。

这间屋里没有什么能让他想起她。但他经常拔掉佛罗里达花露水的瓶塞，用瓶塞碰触耳垂或是手腕。气味渗入他缓慢的沉思。过去的时间感附着在他身上了。记忆几乎以建筑的秩序自我构造。在他存放纪念物的盒子里，他偶然看见了他们婚前的老照片。艾莉斯坐在雏菊地里。与他在河上泛舟的艾莉斯。纪念物里还有一支他母亲的骨制大发卡。他小时候喜欢看母亲梳头和盘起长长的黑发。他常想发卡弧度模仿的是女人的体形，他有时会把它们当成洋娃娃一样来玩。那时他有一个雪茄盒，里面放着各种零碎。他热爱漂亮棉布的手感和颜色，他会坐在餐桌底下，和他的零碎玩上几小时。但他六岁时母亲把零碎拿走了。她是一个高大强壮的女人，有男人一样的责任感。她最爱的是他。即使是现在他有时还会梦见她。她的磨旧了的金婚戒一直戴在他的手指上。

和佛罗里达花露水一起，他在储藏室里还发现了一瓶艾莉斯过去常用的柠檬洗发水。有一天他自己也用了用。柠檬令他夹杂白发的深黑色头发变得蓬松和厚密。他喜欢。他扔掉了以前用的防秃油，定期使用柠檬水。他嘲笑过的艾莉斯的某些怪念头现在变成他自己的了。为什么？

每天早晨，楼下的那个黑男孩路易斯会给他端来一杯咖啡，让他在床上喝。他经常靠着枕头坐一个小时才下床穿衣。他点上一支雪茄，观察阳光射在墙上的图案。他陷入了沉思，食指在长而歪的脚指头间游走。他回忆。

从中午到清晨五点，他一直在楼下工作。星期日一整天。生意在亏损。有很多时候生意萧条。但吃饭时间，这个地方通常坐满了人，他每天守在收银台后面，能看见上百张熟悉的面孔。

"你总站着，都在想什么？"杰克·布朗特问他，"你像德国的犹太人。"

"我有八分之一的犹太血统，"比夫说，"我母亲的祖父是阿姆斯特丹的犹太人。但我其他的亲戚都是苏格兰人和爱尔兰人混合的后裔。"

这是星期日的早晨。顾客懒洋洋地坐在桌旁，有烟味和翻报纸的哗哗声。一些男人坐在角落的隔间里掷骰子，但这种玩乐很安静。

"辛格去哪了？"比夫问，"早晨你打算去找他吗？"

布朗特的脸色变得灰暗而阴郁。他把头向前探了探。他们吵架啦？—— 可一个哑巴怎么吵架？不，以前发生过这样的事。布朗特有时在这里待上一会儿，他的举止像是在和自己争论什么。但很快他会离开 —— 他总是这样 —— 他们两个会一起进来，布朗特在说话。

"你小日子过得真舒服。只要站在收银台后面。只要两手摊开站在那里。"

比夫没介意他的话。他用胳膊肘支着身子，眯缝着眼睛。"我们好好谈谈吧。你到底想要什么？"

布朗特把手砸向柜台。他的手温暖、多肉、粗糙。"啤酒。一小袋花生酱夹心奶酪饼干。"

"我不是这个意思，"比夫说，"但我们回头再说吧。"

这个男人是个谜。他总在变。他仍然狂饮，但他并没像其他男人那样被酒精摧垮。他的眼圈总是红的，他有一个紧张的习惯：惊讶地扭头向后看。他的脑袋在细长的脖子上巨大而沉重。他是那种家伙：小孩子喜欢取笑他，狗也要咬上两口。当他被人笑话时，他就像被戳到了痛处 —— 声调变得粗鲁和高亢，像个小丑。而且他时刻都怀疑别人在笑他。

比夫慎重地摇摇头。"嗨，"他说，"你为什么死死地待在那个游乐场？你可以找到更好的工作。我可以让你在这里做兼职。"

"伟大的基督！即使你把这该死的整个地方给我，我也不愿守在那个收银箱后面。"

他就是这样。令人不快。他从来交不到朋友，甚至无法和人相处。

"别胡说八道了，"比夫说，"严肃点。"

一个顾客交了张支票，比夫找给他零钱。这地方依然很安静。布朗特骚动不安。比夫感觉到他要走。他想留住他。他从柜台后的架子上取下两支 A–I 雪茄，递给布朗特一支。他小心翼翼地放弃了一个又一个问题，最终问道：

"如果你能选择你想生活的时代，你会选哪一个？"

布朗特用宽大潮湿的舌头舔舔胡子。"如果你必须在做一个呆板的人和不再发问的人之间选择，你会选哪个？"

"这很清楚啊，"比夫坚持说，"你好好想想。"

他把脑袋歪向一边，视线越过长鼻子向下看去。他喜欢听人聊这个话题。他选的是古希腊。脚穿凉鞋在蓝色爱琴海边散步。宽松的袍子环绕在腰间。孩子。大理石浴室和神庙里的冥思苦想。

"也许和印卡人在一起。秘鲁。"

比夫审视着他，像是要剥光他的衣服。他看见布朗特被太阳晒成了深深的红褐色，他的脸光滑无毛，前臂上戴着一只镶宝石的金手镯。他闭上眼睛时，这个男人是一个英俊的印卡人。但他睁眼看他时，这个画面消失了。是因为和他脸不相配的紧张的胡须、他抽动肩膀的姿势、细脖子上的喉结、口袋一样的裤子。不仅仅是因为这些。

"也许一七七五年左右吧。"

"那是一个生活的好时代。"比夫表示认同。

布朗特不自在地蹭着脚。他的脸阴沉，很不开心的样子。他要走了。比夫迅速留住他。"告诉我 —— 你到底为什么来到这个镇？"他马上意识到这个问题不太有技巧，对自己感到失望。可这个男人是如何降落到这个地方的，真是非常奇怪。

"这是我所不知道的上帝的真理。"

他们静静地站了一会儿，两个人都倚在柜台上。角落的骰子游戏已经结束了。第一份晚餐 —— 特价菜长岛鸭，送到了 A&P 店经理的桌上。收音机被调到教堂布道和摇摆乐的频道之间。

布朗特突然凑近了身子，嗅比夫的脸。

"香水？"

"剃须液。"比夫镇定地说。

他没法再留住布朗特了。这家伙要走了。晚些时候他会和辛格一起出现。总是如此。他想引布朗特说出一切，这样他就能弄清某些关于他的疑问。但布朗特几乎从不真正地说什么——除了对哑巴。这是最奇怪的一件事。

"多谢你的雪茄，"布朗特说，"再见。"

"回见。"

比夫看着布朗特向大门走去，迈着摇晃的水手步。然后他开始了眼前的工作。他检查了橱窗里的展品。一天的菜单贴在玻璃上，附有花色配菜的特价晚餐摆在那里用来吸引客人。看上去真糟糕。真肮脏。鸭子上的卤汁流进了酸果调味汁里，一只苍蝇叮在甜点上。

"嗨，路易斯！"他嚷道，"把这东西从窗子里拿走。把那个红瓷碗和水果拿来。"

他以对色彩和图案敏感之眼摆放了水果。最后的造型让他很高兴。他去了厨房，和厨师谈了谈。他揭开罐子的盖，嗅了嗅里面的食物，却又心不在焉。艾莉斯过去总是这样做。他不喜欢。他一看见油腻的洗涤槽底下泛着剩饭菜的残渣，嗅觉就变得更灵敏。他写下第二天的菜单和订餐。他很高兴能离开厨房，重新站到收银台后。

露茜娅和贝贝过来吃礼拜日午餐。这小孩过去那么漂亮了。头上还戴着绷带，医生说要到下个月才能拆掉。纱布占据了原来黄卷发的位置，使她的脑袋看上去光秃秃的。

"向比夫姨父问好，甜心。"露茜娅提醒她。

贝贝烦躁地昂头表示不以为然。"向比夫姨父问好。"贝贝顶嘴道。

露茜娅想替她脱掉礼拜日外套时，贝贝开始闹了。"你给我听话，"露茜娅不停地说，"你要脱掉它，要不我们出门后你该得肺炎了。

你给我听话。”

比夫控制了局面。他用一只软糖球来安抚贝贝，把她的外套从肩膀上松了下来。在和露茜娅的搏斗中，她的裙子已经走样了。他整理她的衣服，使过肩在胸部对齐。他重新系好她的腰带，用手指将蝴蝶结捏成最合适的形状。随后他拍了拍贝贝娇小的后背。

“我们今天有草莓冰淇淋。”他说。

“巴托罗谬，你会是很好的母亲。”

“谢谢，”比夫说，“这是表扬我。”

“我们刚才去了主日学校和教堂。贝贝，给比夫姨父念念刚学的《圣经》上的句子。”

这孩子畏缩不前，噘着嘴。“耶稣哭了。”她终于开口道。这两个词里带着她嘲弄的语气，听起来挺可怕。

“想去找路易斯吗?”比夫问，“他在后面的厨房里。”

“我想找威利。我想听威利吹口琴。”

“嗨，贝贝，你就较劲吧，”露茜娅不耐烦地说，“你很清楚威利不在。威利被关进监狱了。”

“而路易斯呢，”比夫说，“他也会吹口琴。叫他帮你准备好冰淇淋，再给你吹首曲子。”

贝贝向厨房走去，拖着一只脚。露茜娅把帽子放在柜台上。她的眼睛里有泪水。“你知道我总这样说：如果一个小孩总是被弄得干干净净和漂漂亮亮，被照顾得很好，这孩子就会很可人，很聪明。如果一个孩子又脏又丑，你就不能指望太多了。我想说的是，贝贝对自己没了头发，对自己头上的绷带，感到很羞耻，这就让她自暴自弃了。她不练习说话的措辞——她什么也不干了。她感觉糟透了，我简直管不了她。”

“如果你对她不是这么大惊小怪，她会一切正常。”

他终于把她们安顿到靠窗的一个隔间里。露茜娅面前是特价菜，而贝贝的则是切得很细的鸡胸脯、小麦糊和胡萝卜。她玩着自己的食物，把牛奶溅到了童衣上。他一直陪她们坐着，直到生意高峰开始了。他不得不走来走去，才能应付过来。

人们在吃。嘴巴大张，食物塞进去。它是什么？不久前他读到过一句话："生活只不过是吸纳、补养和再生产。"这地方很挤。收音机里放的是摇摆乐。

然后，他等的两个人来了。辛格先进了门，穿着考究的礼拜日西服，挺拔而优雅。布朗特紧跟着他。他们走路的样子给他很深的印象。他们坐在桌子边，布朗特说话，兴致勃勃地吃东西，而辛格礼貌地看着。吃完饭后，他们在收银台前停了几分钟。他们出门时，他又一次注意到：他们走在一起的样子让他停下来向自己发问。它会是什么呢？埋藏在深处的记忆突然打开了，这让他吃惊。那个聋哑的胖痴呆儿，以前辛格有时和他一起走在上班的路上。那个帮查尔斯·帕克做糖果的邋遢的希腊人。那个总走在前面的希腊人，辛格跟在他后面。他们从来不来这里，所以他很少注意过他们。但为什么他以前没有想到呢？他一直琢磨哑巴，却忽略了这一点。看见了风景的全部，却漏掉了三只跳华尔兹的大象。但它到底重不重要呢？

比夫眯缝着眼睛。辛格的过去并不重要。重要的是布朗特和米克尊他为"自产"的上帝的方式。因为他是一个哑巴，他们能把希望他具有的品质都强加在他身上。是的。但这样奇怪的事是如何发生的呢？为什么？

一个独臂人进来了，比夫请他喝了一杯威士忌。但他不想和任何人说话。礼拜日午餐是家庭聚会。平时晚上独自饮酒的男人，星期日带着他们的妻子和孩子来了。放在后面的高脚椅常常不够用。现在是两点半，桌子虽然都坐满了，午饭却差不多结束了。比夫已经站了四个小时，累了。他过去常常站上十四或十六个小时也毫无感觉。而如今他在变老。很大程度上。不用怀疑。也许成熟这个词更合适。不是变老——当然不是——还没有呢。声浪在他的耳边涨起又退下。成熟。他的眼睛刺痛，仿佛体内的高度兴奋让每样东西都显得过分的明亮刺眼。

他对一个女招待喊道："你来替我一下，好吗？我要出门。"

因为是星期日，街上空荡荡的。太阳清澈耀眼，却没有热度。比夫收紧衣领。一个人站在街道上，他感到有些不合时宜。河边吹来了冷风。他应该回去，待在他应该待的餐馆里。他没理由去他正要去的地方。过去的四个星期日，他都这样。他在可能看见米克的街区散步。而这件事总归有些不对头。是的。不对。

他在她家对面的人行道上慢慢地走。上个星期日，她坐在前面的台阶上读连环漫画。今天他迅速地向那所房子扫了一眼，却发现她不在。比夫将毡帽边向下歪了歪，盖住眼睛。她过一会儿可能会来。星期日她经常在晚饭后来咖啡馆喝上一杯热可可，然后在辛格的桌边停留片刻。星期日她的穿着和平时不一样，平时她总穿着蓝裙子和毛衣。她的礼拜日服装是酒红色的绸裙，配有暗黑的蕾丝衣领。有一次她穿上了长袜——上面有些脱丝了。他总想为她准备些什么，给她。不仅仅是圣代或甜点——而是一种真正的东西。这就是他自己想要的——给她什么。比夫的嘴发麻。他没做错什么，但内心深处却有奇怪的罪恶感。为什么？所有男人身上黑暗的罪恶感，说不清道不明，无法命名。

回家的路上，比夫发现一枚分币躺在街沟的垃圾里，隐约可见。他敏捷地拾起它，用手帕擦干净，放进他随身携带的黑钱包。他回到餐馆时，已经四点了。生意萧条。餐馆里一个顾客的影子都没有。

五点左右，生意开始恢复了。最近他雇的一个做兼职的男孩早早地来了。他叫哈里·米诺维兹。他和米克及贝贝住在同一个街区。十一个应聘人回复了报纸上的广告，但哈里看来是最合适的人选。对他的年纪来说，他很成熟，而且整洁。比夫在面试交谈时，注意到了他的牙齿。牙齿永远是很好的标志。他的牙齿大，非常干净和洁白。哈里戴眼镜，不过这不妨碍工作。他的母亲为街上的一家裁缝店打工，每星期挣十块钱，哈里是独生子。

"嗯，"比夫说，"你和我在一起有一个星期了，哈里。你感觉会喜欢这工作吗？"

"当然，先生。我当然喜欢。"

比夫转动手上的戒指。"让我想想。你放学是什么时候？"

"三点，先生。"

"好的，你有几个小时学习和娱乐的时间。这儿是从六点到十点。这样你有足够的睡眠时间吗？"

"足够。我不需要那么多睡觉时间。"

"孩子，你的年纪需要九个半小时的睡眠。纯粹的有益健康的睡眠。"

他突然感到不好意思。也许哈里会觉得这不关他的事。无论如何都不是他的事。他转过脸，想到了另外一件事。

"你上职业学校？"

哈里点头，用衬衫袖子擦眼镜。

"让我想想。我认识不少那儿的男孩和女孩。埃尔瓦·理查德——我认识他父亲。麦琪·亨利。还有一个叫米克·凯利的孩子……"他感到耳朵着了火。他知道自己是一个傻瓜。他想转身走掉，但他只是站在那里，微笑，用大拇指按自己的鼻子。"你认识她？"他怯声问道。

"当然，我是她的邻居。但我是三年级，她是新生。"

比夫将这可怜的信息牢牢地存在脑子里，以便独自一人时再尽情地回想。"这会儿顾客不会很多，"他仓促地说，"我把餐馆交给你。你现在已经知道如何做了。你只要观察客人喝酒，记住他们喝了多少，这样你不必问他们和依赖于他们自己报的数。找零时慢点来，随时看看周围的情况。"

比夫把自己关在楼下的房间里。这是他放文件的地方。房间只有一个小窗户，窗外是一条小路。冷空气散发着霉味。厚厚的一沓沓报纸堆到了天花板上。自制的文件柜遮住了一面墙。靠近门的地方有一把老式摇椅、一张小桌子，桌子上面放着一把大剪刀、一本字典和一把曼陀林。因为堆满了报纸，无论向哪个方向都跨不出两步。比夫坐在椅子里摇着，懒洋洋地拨弄曼陀林的琴弦。他闭上眼睛，开始用悲哀的声音唱歌了：

> 我去了动物园。
> 那里有鸟和野兽，
> 月光下一只老狒狒
> 正在梳金棕色的毛。

他用和弦结束，最后的声音在冷空气中颤抖着归于沉默了。

收养几个小孩。一个男孩，一个女孩。三四岁左右，这样他们就会感觉他是真正的父亲。他们的爸爸。我们的父亲。小女孩，像米克小时候（或者贝贝？）。圆脸颊，灰眼珠，亚麻色的头发。他想为她做的衣服——粉红的双绉童衣，过肩和袖口上有精致的刺绣。短丝袜和白色的鹿皮鞋。冬天时，是一件小小的红天鹅绒外套、帽子和皮手笼。男孩皮肤黝黑，黑头发。小男孩走在他身后，模仿他的动作。夏天，他们三个人去海湾边的小屋，他给孩子们穿上防晒装，小心地带着他们走入碧绿的浅波浪里。等他老了，他们则像鲜花一样盛开。我们的父亲。他们带着问题来找他，他回答。

为什么不呢？

比夫拾起曼陀林。"塔姆 —— 踢 —— 踢姆 —— 踢 —— 踢，踢 —— 踢，彩妆洋娃娃的婚 —— 礼。"曼陀林模拟着叠句。他从头到尾把歌词唱了一遍，一边用脚打拍子。然后他弹了"凯 —— 凯 —— 凯 —— 凯蒂"和"爱的甜蜜旧曲"。这些曲子就像佛罗里达花露水一样勾起了他的回忆。每一件事。第一年他很幸福，她好像也很幸福。然后，三个月内床塌了两次，他们跟着掉在地上。他不知道她的脑子里总在想着如何攒下五分或一角钱。他和芮欧或其他女孩，在她的床上。基普、玛德琳和罗。然后突然没有了。他不能和任何女人躺在一起。圣母马利亚！所以从一开始一切似乎都消失了。

露茜娅总能理解这一切。她知道艾莉斯这样的女人。也许她也了解他。露茜娅劝他们离婚。她尽了所有努力帮他们平息纠纷。

比夫疼得缩了缩。他的手从曼陀林琴弦上松开，乐声戛然而止。他僵直地坐在椅子里。然后他突然轻轻地对自己笑了。是什么使他想到这些？啊，神圣神圣的主！那是他二十九岁的生日，露茜娅叫他看完牙后去她的公寓。他期待着一个小小的纪念品 —— 一盘草莓馅饼或一件漂亮衬衣。她在门口迎接他，还没等他进门就蒙住了他的眼睛。她说她马上就来。在无声的房间里，他倾听她的脚步声，等她到了厨房后，他放了一个屁。他站在房间里，眼睛蒙着，放屁。然后他立刻恐慌地意识到房间里还有别人。传来一阵窃笑，接着笑声震耳欲聋。露茜娅回来了，把蒙眼布松开。她手中的浅盘上是焦糖蛋糕。房间里全是人。勒瑞奥，一群人，当然还有艾莉斯。他真想钻到地缝里去。他站在那儿，无处藏身，满面通红。他们拿他开心，下面的那个小时，他就像母亲去世时那样痛苦 —— 那种感觉。那天晚上，他喝了一夸脱的威士忌。后来又连喝了几星期 —— 圣母马利亚！

比夫冷笑。在曼陀林上拨了几个弦，开始唱一曲欢快的牛仔歌。他的声音是圆润的男高音，边唱边闭上眼睛。房间几乎全黑了。潮湿的空气刺骨地冷，他的腿因为风湿而疼痛。

最后他放下曼陀林，在黑暗中慢慢地摇。死亡。有时他甚至能感觉到它就在屋子里，就在身边。他在椅子里来回地摇。他明白什么？什么也不明白。他往哪里去？哪里也不。他想要什么？求知？什么？一个意义。为什么？一个谜。

破碎的画面像弄乱的拼板玩具一样躺在他脑子里。艾莉斯在浴室里打肥皂。墨索里尼的面部。米克拖着童车。橱窗里的烤火鸡。布朗特的嘴。辛格的脸。他感觉自己在等待。房间完全黑了。他能听见路易斯在厨房里唱歌。

比夫站起身，按住椅子的扶手，让它停止摇动。他打开门，外面的大厅温暖明亮。他想到米克也许会来。他正了正衣服，把头发向后抹平。暖意和活力重新回到他体内。餐厅一片喧闹。一巡酒和礼拜日晚餐开始了。他对年轻的哈里亲切地微笑，站到收银台后。他的目光像套索一样扫视屋子。这地方很拥挤，嗡嗡作响。橱窗里的水果盘显得艺术而高雅。他注视着门口，继续用训练有素的目光扫视房间。他警觉和专注地等待。辛格最终来了，用银铅笔写下他只想要汤和威士忌，因为他感冒了。但米克没有来。

九

她手头几乎连五分零花钱都没有。他们就是这么穷。钱是最主
要的。每时每分，都是钱，钱，钱。他们为贝贝·威尔森的单人
间和私人护理付了很多钱。但这仅仅是其中的一项。付完一项另一项
就接踵而来。他们欠了两百块钱的账，要马上还。他们失去了房子。
在这笔交易中，他们的爸爸只拿到一百块钱，银行收回了房子。然后
他又从银行借了五十块，辛格先生也在借条上签了担保。后来他们不
得不为每个月的房租发愁，而不是税。他们和工厂的伙计一样穷了。
只是没人能看不起他们。

比尔在一个装瓶厂上班，一个星期挣十块钱。海泽尔在美容厅
当帮手，一星期挣八块钱。埃塔在电影院卖票，一星期挣五块钱。每
人交出工资的一半做伙食费。房子有六个房客，每人五块钱的租金。
还有辛格先生，他总是非常准时地交房租。加上他们的父亲筹到的，
一个月差不多能有二百块 —— 用这些钱他们必须喂好六个房客和整
个家，付整个房子的房租，支付家具的分期付款。

乔治和她不再有午饭钱了。她不得不停了音乐课。鲍蒂娅留下中
午的剩饭，让她和乔治放学后回家吃。他们总在厨房里吃饭。比尔、

海泽尔或埃塔和房客一起吃还是在厨房吃，取决于有多少食物。厨房里的早餐有粗燕麦粉、黄油、咸肉和咖啡。晚餐是同样的，加上餐厅里能剩下的任何食物。不得不在厨房里吃饭时，大孩子们就满肚子不高兴。有时她和乔治会整整饿上两三天。

但这都发生在"外屋"。和音乐、外国以及她的计划无关。冬天是冷的。窗玻璃结了霜。晚上起居室的火噼噼啪啪作响，暖洋洋的。全家和房客都坐在火边，这样她可以独自待在中间的卧室里。她穿两件毛衣和比尔穿小了的灯芯绒裤。兴奋让她温暖。她拿出床底下的秘盒，坐在地上工作。

大盒子里有她在政府免费艺术课上画的画。她把它们从比尔房间里拿出来了。盒子里还有她爸爸送给她的三本侦探书、一个带镜子的小粉盒、一盒手表零件、一条水晶项链、一把锤子，以及几本笔记本。一个本子顶部用红蜡笔标着——私密。请勿入内。私密——用线拴着。

整个冬天她在这个本子上作曲。她晚上不再做功课，这样她就有更多的时间花在音乐上。她通常只是写一些短的旋律——没有歌词的歌，甚至连低音符都没有。它们很短。即使曲子只有半页长，她也给它们取了名，在下面写上她名字的缩写。这本子里没有一首是真正的乐曲或是真正的作品。它们只是她想记下来的脑子里的歌。她根据它们带给她的联想而命名这些歌——"非洲""狂殴"和"暴风雪"。

她不能完全把脑子里的曲子记下来。她只能把它缩成一些音符；否则她就乱了，进行不下去。关于谱曲，她所知太少。但也许等她很快学会如何记下这些简单的旋律，她就能完全谱出脑子里的乐曲。

一月时，她开始写一首非常精彩的曲子，叫《我要什么，我不知道》。它是一首美妙绝伦的歌——舒缓而温柔。起初她着手写一首相配的诗，却想不出能配上音乐的主题。第三行中她也想不出与

"什么"押韵的词。这首新歌让她既悲伤又幸福和激动。像这样美妙的乐曲是很难谱出来的。任何曲子都难写。她在两分钟内哼出的歌，需要整整一个星期的工作才能在笔记本上成形——在她琢磨出音阶、节拍和每个音符之后。

她必须使劲集中注意力，反反复复地唱它。她的声音总是嘶哑的。她爸爸说这是因为她小时候哭得太狠。她还是拉尔夫这个年纪时，她爸爸每天夜里都得起来抱着她走啊走。他老是说，唯一能让她闭嘴的是，用棍子去捅煤篓，唱《颂南方》。

她趴在冰冷的地上思考。以后——当她二十岁时——她会成为世界著名的伟大作曲家。她会有一支完整的交响乐队，亲自指挥所有自己的作品。她会站在舞台上，面对一大群听众。指挥乐队时，她要穿真正的男式晚礼服或者饰有水晶的红裙子。舞台的幕布是红色的天鹅绒，上面烫着 M.K. 的金字。辛格先生会在那儿，之后他们一起到外面吃炸鸡。他会崇拜她，把她当成最好的朋友。乔治将去舞台献上大花环。它会在纽约或是国外的某个城市。名人会对她指指点点——卡罗尔·隆巴德、阿尔图罗·托斯卡尼尼和海军上将伯德。

她可以随时演奏贝多芬的交响乐。她秋天听到的这首曲子里有奇怪的东西。这曲交响乐存了她身体里，而且慢慢地生长。原因是这样：整个交响乐在她头脑里。不可能不这样。她听见了每个音符，而且在她的记忆深处，整个曲子完好无损地存留着，和最初听到时的曲子一模一样。但她无法把它完全哼出来。只能等待，等待新的部分突然涌现。等着它像春天的橡树叶在枝头上慢慢成长。

在"里屋"里，除了音乐，还有辛格先生。每天下午她在体育馆一弹完钢琴，就会沿着主街走到他工作的店铺。从前面的窗户她看不见辛格先生。他在店铺的后面工作，被帘子遮住。但她望着他每天工作的地方，看看他认识的人。然后每天晚上她待在前廊等他回家。有时她跟着他上楼。她坐在床上,看着他放好帽子,解开领扣,梳头。出于某种原因,他们似乎共同守护着一个秘密。又好像他们等待着告诉对方从未被说出的话。

他是"里屋"里唯一的人。很久以前还有别人。她回想在他来之前的情形。她想起了六年级时一个叫塞莱斯特的女孩。这女孩长着金色的直发,翘鼻子和雀斑。她穿一件红色羊毛连衫裤,外加白色的罩衫。走路是内八字。她每天带一个橘子课间休息时吃,一个蓝色的锡盒装着午餐。其他孩子会在课间休息时把食物狼吞虎咽地吃掉,回头他们就饿了,而塞莱斯特从不。她把三明治的硬皮剥掉,只吃中间柔软的部分。她总带一只煮得很老的塞了馅的鸡蛋,把它捧在手中,用大拇指压蛋黄,留下她的指印。

塞莱斯特从不和她说话,她从不和塞莱斯特说话。尽管这是她最想做的。晚上她躺在床上睡不着,想到塞莱斯特。她会设想她们是最好的朋友,设想塞莱斯特和她一起回家,吃晚饭,过夜。但这从未发生过。她对塞莱斯特的感觉让她无法鼓足勇气走上前和她交朋友,她对她无法像对别人那样。一年后塞莱斯特搬到了小镇的另一个区,也转了学。

后来就是一个叫巴克的男孩。他强壮,脸上长着粉刺。八点半列队行军时,她站在他旁边,他身上的气味很难闻 —— 像是他的裤子需要晾一晾。巴克有一次"俯冲"着用头撞向校长,被勒令停学。他大笑时会抬起上嘴唇,全身颤抖。她对他的感觉和对塞莱斯特是一样的。随后是为感恩节火鸡抽彩会卖票的一个女人。还有爱格琳小姐,她七年级的老师。还有电影中的卡罗尔·隆巴德。所有这些人。

辛格先生却不一样。她对他的感觉是慢慢产生的,她回想不起它是如何发生的。别人都很平庸,但辛格先生不是。见到他的第一天,他按响门铃询问房间,她深深地看了他很久。她打开门,看了他递给她的卡片。然后她去叫妈妈，她走进后面的厨房，告诉鲍蒂娅和巴伯尔他的事。她跟着他和妈妈上了楼，看他把垫子放到床上，看他卷起窗帘，检查它是不是坏的。他搬来的那天，她坐在前廊的扶手上，看他从一角钱出租车里走出来，拎着手提箱和棋盘。后来她听他重重地在屋里走来走去，她想象他。其他的感觉渐渐地来了。所以现在他们之间有了这种秘密的情感。她对他说过的话比过去对任何人说的都多。如果他也能说话，他会告诉她很多事。他就像是某种伟大的老师，只不过他是哑巴，不能上课。晚上睡觉时她设想自己是孤儿，和辛格先生住在一起——只有他们两个，住在国外的一所房子里，那里冬天会下雪。也许在瑞士的一个小镇，四周是高大的冰川和山峦。所有的屋顶都有岩石，陡峭尖耸。也许是在法国，人们从商店里买了面包，不包上就直接带回家。也许是在灰色的冰洋边的挪威。

早晨她第一个想到的就是他。还有音乐。穿衣服时，她想着今天能在哪里见到他。她洒上埃塔的香水或一滴香草精，如果她在大厅遇见他，她会闻起来香喷喷的。她故意很晚才去学校，为了能看到他下楼去上班。下午和晚上如果他在，她从不离开家。

每一件她新了解到的关于他的事情都是重要的。他将牙刷和牙膏放在桌上的玻璃杯里。原来她是把牙刷放在卫生间的架子上，现在她也把牙刷放在玻璃杯里了。他不喜欢卷心菜，这是为布瑞农先生打工的哈里告诉她的。现在她也不吃卷心菜了。了解到一些新东西时，或者当她对他说话他用银铅笔写了几个词时，她会走到一边，一个人长久地琢磨。和他在一起时，她主要的念头是存下一切，为了以后可以重新回味，永远记住。

但"里屋"里的音乐和辛格先生并不是一切。很多事情发生在"外屋"。她从楼梯上摔下来，摔破了一只门牙。米娜小姐的英语课给了她两次很低的分。她在空地上丢失了二角五分钱，她和乔治找了三天也没找到。

这件事发生了。

一天下午她正在后面的台阶上复习英语考试。哈里则在篱笆的那边砍柴，她向他叫喊。他过来了，用图解法和她讲了几个句子。牛角框眼镜后面，哈里的眼珠转得很快。他对她讲解了英语过后，站起身，手在短夹克衫口袋里伸进伸出。哈里总是充满活力，有点儿神经质，他每分钟都必须要说点儿什么或者做点儿什么。

"你看，如今世界上只有两件事。"他说。

他喜欢让人吃惊，有时她不知如何回答他。

"这是真理，如今我们眼前只有两件事。"

"什么？"

"好战的民主党或法西斯主义。"

"你不喜欢共和党吗？"

"呸，"哈里说，"我说的可不是这意思。"

一个下午，他详细地解释了什么是法西斯分子。他说纳粹如何让犹太小男孩趴在地上啃草。他说他是如何计划暗杀希特勒的。他有一个周密的计划。他说在法西斯主义里没有任何正义和自由可言。他说报纸上是蓄意的谎言，人们不知道世界上正在发生的事。纳粹很可怕——每个人都知道。她和他一起研究如何杀死希特勒。如果有四五个人合谋会更好，一个人一旦失手，剩下的人依然可以把他干掉。即使他们都死了，也会成为英雄。做一个英雄和做一个伟大的音乐家是一回事。

"非此即彼。尽管我不相信战争，但我愿意为我眼中的正义而战。"

"我也是，"她说，"我愿意和法西斯分子作战。我可以穿成男孩那样，没人能看出来。剪短头发，等等。"

那是冬天一个明亮的下午。天空蓝得发绿，天空之下，后院的橡树枝显得黝黑而光秃。太阳是温暖的。天气让她精力充沛。音乐在她的头脑里。为了干点儿什么，她捡起一枚三英寸的钉子，几下重重地敲进台阶里。他们的爸爸听到锤子的声音，穿着浴袍跑出来，站了一会儿。树下有两支锯木架，小拉尔夫忙着把石头放在一个架子上，又挪到另一个上面，来来回回。他张着双手，保持平衡。他弓着腿，尿布拖到了膝盖。乔治在打弹子。他该剪头了，脸显得瘦长。他已经长出了一些小小的恒齿——但它们又小又蓝，像刚吃了黑莓。他为弹子画了一条基线，趴在地上，向第一个洞瞄准。他们的爸爸抱着拉尔夫回到了自己的工作台边。过了一会儿，乔治一个人跑进了那条小路。自从他射中了贝贝，他就不和任何人玩了。

"我得走了，"哈里说，"我六点前要工作。"

"你在那个咖啡馆感觉还好吗？有没有免费吃的好东西？"

"当然。各种各样的家伙来那里。比我以前所有的工作都好。薪水多。"

"我恨布瑞农先生。"米克说。真的，尽管他从没对她说过难听的话，但他总是用一种粗鲁可笑的方式说话。他肯定早就知道她和乔治偷过一盒口香糖。为什么他会问她的生意怎么样——上次他在楼上辛格的房间这样问过她。也许他以为他们经常偷东西。他们没有。他们当然没有。他们只从一角钱店偷过一小套水彩，还有一只五分钱的铅笔刀。

"我受不了布瑞农先生。"

"他挺好，"哈里说，"有时他是一个很奇怪的人，但他脾气不坏，当你了解他的时候。"

"我想过一件事，"米克说，"男孩在那方面比女孩有优势。我指男孩通常可以找到不需要退学的兼职工作，还有时间干别的。女孩就不成。如果女孩想工作，她就得退学做全职。我当然希望像你一样找到每星期挣几块的工作，但根本不可能。"

哈里坐在台阶上，松开鞋带。他拽断了一根。"一个咖啡馆的客人叫布朗特先生。杰克·布朗特先生。我喜欢听他说话。他喝啤酒时说的话让我学到很多。他给了我一些新思想。"

"我很熟悉他。他每星期日都来我家。"

哈里松开鞋带，把断了的鞋带拽成一样长，重新打了个结。"听着，"他在短夹克上紧张地擦了擦眼镜，"你不必对他说起我刚才的话。我是说他可能不记得我。他不和我说话。他只对辛格先生说话。他会觉得可笑，如果你 —— 你知道我的意思。"

"好。"她明白他的言外之意，他被布朗特先生迷住了，她知道他的感觉，"我不会说。"

黑暗来了。乳白的月亮挂在蓝色的天空，空气是冷的。她能听见拉尔夫、乔治和鲍蒂娅在厨房里。炉火给厨房的窗子染上了温暖的橘黄。传来烟和晚餐的气味。

"你知道有一件事我从没告诉过任何人，"他说，"我自己都不愿意面对它。"

"什么？"

"你记得你第一次看报纸和思考文章时的情况吗？"

"当然。"

"我过去是一个法西斯分子。我过去认为我是。是这样。你知道那些图片，在欧洲我们这么大的人行军、唱歌，步调一致。我过去以为这很棒。所有的人都互相宣誓忠诚，向一个领袖效忠。他们都有同样的理想，步调一致地行军。我没怎么想过发生在犹太少数民族身上的事，我不愿意去想。因为那时我不愿意像犹太人那样想。你看，我不知道。我只是看到照片，读了照片下面的话，我不理解。我从不知道它是一件多么可怕的事。我觉得我是法西斯分子。当然后来我发现不是那样的。"

自我批评时，他的声音很痛苦，不断地从男人变成男孩的嗓音。

"嗯，那时你没意识到……"她说。

"它是可怕的犯罪。道德错误。"

这就是他的方式。每件事都非白即黑——没有中间道路。二十岁以下的年轻人不能碰啤酒或白酒，不能抽烟。考试作弊是可怕的罪，抄作业却不是。女孩涂口红或穿露背装是道德错误。购买带有德国或日本商标的商品是可怕的罪，即使它只值五分钱。

她回想起小时候的哈里。有一回，他的眼睛斗起来了，斗眼持续了一年。他坐在前面的台阶上，双手放在膝盖中间，观察一切。非常安静，目光相斗。在语法学校他跳了两级，十一岁时就准备上职业学校了。但在职业学校时，他们读到《艾凡赫》里的犹太人时，其他的孩子都转过去看他。他跑回家，哭了。他母亲让他退学了。他停了整整一年学。他长高了，变得很胖。每次她爬上篱笆，都会看见他在厨房给自己弄东西吃。他们俩都在街区玩耍，有时他们摔跤。她小时候喜欢和男孩打架——真正的战斗，但却是在游戏。她使用了柔道和拳击的混合术。有时他把她摞倒，有时是她。哈里对任何人都不会很粗鲁。小孩子弄坏玩具后会来找他，他总是耐心地修理。他能修任何东西。街区的女士们请他修坏了的电灯或缝纫机。十三岁时，他回到了职业学校，开始努力学习。他送报纸，星期六工作、阅读。很长时间她极少看见他，直到那次她举行的派对之后。他变化很大。

"像这样，"哈里说，"过去我一直雄心勃勃。一个伟大的工程师、伟大的医生或律师。但现在我不那样想了。我想的全是现在世界上发生的事。法西斯主义和发生在欧洲的可怕的事——另一方面是民主党。我的意思是我无法把精力花在我理想的生活上，因为我对别的东西想得太多。每天晚上我都梦想杀掉希特勒。我在夜里醒来，口干舌燥，对什么感到很害怕 —— 我不知道是什么。"

她看着哈里的脸，一种深沉严肃的情感让她悲伤。他的头发搭在额头。他的上嘴唇又薄又紧，但下嘴唇是厚的，颤抖着。哈里看上去不到十五岁。冷风伴随黑暗而来。风在街区的橡树丛里放声歌唱，将百叶窗掀到墙面。马路一头威尔斯太太在叫撒克回家。天色已晚，这加重了她内心深处的悲哀。我想有一架钢琴 —— 我想上音乐课，她对自己说。她看着哈里，他把细指头绞成各种形状。他身上有男孩子温暖的气息。

是什么让她突然有了那样的举动？也许是因为孩童时代的回忆。也许是因为悲伤让她感觉异样。总之突然间她推了一下哈里，几乎把他撞下台阶。"你奶奶是婊子养的。"她对他大叫。然后她跑了。这是街区孩子们想挑起战争时常说的话。哈里站直身子，露出惊讶的表情。他扶了扶鼻子上的眼镜，看了她一下，就跑到后面的小路上了。

冷空气使她像力士参孙一样强壮。她笑时产生了短而急促的回音。她用肩膀撞哈里，他捉住了她。他们狠狠地扭打在一起，欢快地笑。她是最高的，但他的双手很有劲。他不够用劲，被她弄翻在地上。他突然停止了动作，她也停止了。他的呼吸温热地停留在她的脖子上，他静静的。坐在他身上，她感觉到他的肋骨抵着自己的膝盖，他的呼吸很重。他们同时站起来，不再笑了。小路异常安静。他们穿过黑暗的后院里，不知为什么她觉得好笑。没有什么可笑的，但突然间就这样了。她轻轻地推了他一下，他也回敬了一下。她又笑了，感觉正常了。

"再见。"哈里说。他长大了，不能再去爬篱笆了，他跑过旁边的小路，到了他家的门口。

"天哪，这么热！"她说，"我要闷死了。"

鲍蒂娅在炉子上热她的晚饭。拉尔夫在他的高脚椅托盘上敲着勺子。乔治的小脏手上拿着一片面包，在搅和粗燕麦粥，他的眼睛斜睨着，有一种遥远的神情。她拿了些鸡胸肉、卤汁、粗燕麦粥和葡萄干，混在一起放到碟子上。她大口大口地吃着。粗燕麦粥全吃光了，她还觉得肚子没有填饱。

她整天都想着辛格先生，一吃完晚饭她就跑上了楼。她走到三楼时，看见他的门开着，屋子是黑的。这让她感到空虚。

她在楼下没法安心地复习英语考试。仿佛她太强壮了，没办法和别人一样安坐在椅子里。仿佛她能撞倒房子所有的墙，然后像巨人一样大踏步地走过大街。

最终她从床底下拖出她的秘盒。她趴在地上，翻看笔记本。现在大概有二十首歌了，但她并不太满意。如果她能写一首交响乐！为一个管弦乐队而写 —— 你怎么写呢？有时几个乐器奏的是同一个音符，所以这谱子得弄得很大才行。她在一张大试卷纸上画了五条钱 —— 每条线之间间隔一英寸。她在音符下写上乐器的名字，比如这是小提琴、大提琴或笛子的音符。如果它们是共同的一个音符，她就在这些乐器外面画一个圈。她在纸的上面用大字写着：交响乐。大字下又写上大写字母"米克·凯利"。她却无法继续下去了。

要是她能上音乐课！

要是她能有一架真正的钢琴！

过了很久，她才开始工作。旋律在她脑子里，但她不知如何记下它们。这简直是世界上最难的游戏。她一直在想，直到埃塔和海泽尔进屋上床。她们说，已经十一点了，关灯。

十

鲍蒂娅等威廉的信已经有六个星期了。每天晚上她都去找考普兰德医生，问同样的问题："有人收到过威利的信吗？"每天晚上他都不得不告诉她，他没有威利的任何消息。

最后她不再问这个问题了。她走进大厅，只是看着他，不说话。她喝酒。她的罩衫半扣不扣的，鞋带也松了。

二月来了。天气变暖了，随后就热了。太阳炫目地照耀大地。鸟儿在光秃秃的树上歌唱，孩子们光着脚和膀子在室外玩耍。夜晚如同盛夏里一样灼热。而后过了些天，冬天又光临了小镇。温和的天空阴沉了。寒冷的雨落着，空气变得阴湿和刺骨地冷。小镇的黑人受尽了折磨。燃料已经用光了，每个人都在为取暖而挣扎。流行性肺炎在潮湿狭窄的街道上蔓延，一个星期以来，考普兰德医生只能时不时地穿着衣服打个盹。威廉还是没有消息。鲍蒂娅写过四封信，考普兰德医生也写过两次。

一天中的大多数时间，他没有时间多想。但偶尔他会找个机会在家里休息一会儿。他会在厨房的火炉边喝一壶咖啡，极度的不安感控制了他。他的五个病人死了。其中之一就是奥古斯特斯·班尼迪克特·马迪·路易斯，那个聋哑小孩。他被邀请去这孩子的葬礼发言，但他的原则是从不参加葬礼，所以他没有接受邀请。五个病人的死亡并不是因为他的疏忽，而是因为长年的物质匮乏。玉米面包、腌猪肉和糖汁，四五个人挤在一个屋子里。死于贫困。他思考这些，喝咖啡提神。他经常用手撑住下巴，当他感到疲劳时，他脖子上轻微的神经震颤会令他不规则地点头。

二月的最后一个星期，鲍蒂娅来了。刚刚清晨六点，他正坐在厨房的炉火边，热一锅牛奶做早餐。她醉得一塌糊涂。他闻见杜松子酒刺鼻的甜味，鼻孔因为恶心而张大了。他不看她，忙着弄早餐。他把面包弄弯放进碗里，在上面倒入热牛奶。他准备咖啡，摆好饭桌。

等他在早餐前面坐下，他才严厉地看看鲍蒂娅。"吃过早饭了吗？"

"我不想吃。"她说。

"你得吃早饭。如果你今天打算上班干活。"

"我不上班。"

他感到一阵恐惧。他不再想问她什么了。他盯着牛奶碗，用勺子喝牛奶，拿勺的手在抖。吃完饭，他看着她头顶的墙。"你哑巴了？"

"我会告诉你的。你会听到的。等我能说出来时，我就告诉你。"

鲍蒂娅一动不动地坐在椅子里，眼珠缓慢地从一个墙角移到另一个。她的双臂无力地下垂，双腿松弛地绞在一起。视线避开她时，他突然有一种危险的轻松和自由感，他知道很快它就会被震碎，所以这种感觉更加强烈了。他拨弄了一下炉火，暖暖手。然后卷了一支烟。整齐的厨房一尘不染。墙上的长柄平底锅在炉火下发出亮光，每一个平底锅后都有一个圆圆的阴影。

"是威利。"

"我知道。"他小心地在手掌间搓烟卷。他心不在焉地环顾四周，

220

目光里对刚才的美味仍然恋恋不舍。

"我对你说过巴斯特·约翰逊,他和威利一起坐牢。我们以前认识他的。他昨天被送回家了。"

"是吗?"

"巴斯特终身残疾了。"

他的头在抖动。他用手压住下巴来平衡自己,但一意孤行的颤抖很难控制。

"昨天晚上,这些朋友来我家,告诉我巴斯特回家了,要和我说威利的事。我一路跑过去,他这样说。"

"嗯。"

"他们有三个人。威利、巴斯特和另一个男孩。他们是朋友。然后就出事了。"鲍蒂娅停顿了。她用舌头舔湿手指,又用手指润了润干燥的嘴唇。"和那个白人看守老欺负他们有关。一天他们在公路劳动时,巴斯特粗鲁地顶嘴,然后另一个男孩试图跑进树林里。他们带走了他们三个。他们把他们三个全带到营地,关进冰窟。"

他又说了一遍"嗯"。但他的头在抖动,这个字听起来像喉咙里发出的哮喘声。

"大约六星期以前,"鲍蒂娅说,"你记得那段时间的寒潮吧。他们把威利和男孩们关进冰窟一样的屋子。"

鲍蒂娅声音低沉,词与词之间没有停顿,脸上的悲痛也没有丝毫的减弱。它就像一首低沉的歌。她说话,他听不懂。到达他耳里的声音很清晰,却没有形状和意义。仿佛他的脑袋是船头,声音是敲打在上面的水花,又流走了。他感到要向后看,为了找到已经被说出的话。

"……他们的脚肿得老高,他们躺在那儿,在地上滚,大喊大叫。没有人来。他们喊了三天三夜,没有人来。"

"我聋了,"考普兰德医生说,"我听不明白。"

"他们把我们家威利和其他男孩扔进冰窟。天花板上垂下一根绳子。他们的鞋被脱掉，光脚绑在绳子上。威利和男孩们躺在地上，脚在空中。他们的脚肿得老高，在地上滚，大喊大叫。屋子里冰冷，他们的脚冻成了冰。他们的脚肿得老高，喊了三夜三天。没有人来。"

考普兰德医生用手抵住头，但持续的颤抖无法停下来。"我听不见你的话。"

"他们终于来接男孩们。他们马上把威利和男孩们送到病房，他们的腿肿了，冻成了冰。坏疽。他们锯掉我们家威利的双脚。巴斯特·约翰逊失去了一只脚，另一个男孩没什么事。但我们家威利——终身残疾了。两只脚都被锯掉了。"

话说完了，鲍蒂娅凑过身子，用头撞桌面。她没有哭，也没有哀号，只是一次次地将头向很用力擦过的桌面撞去。碗和勺子格格作响，他把它们拿到洗碗池。话在脑子里支离破碎，但他不想组合它们。他烫了烫碗勺，洗干净碗布。他从地板拾起一样东西，又放在了别处。

"残废？"他问，"威廉？"

鲍蒂娅用头撞桌面，撞击声有着慢鼓点的节奏，他的心跳也变成了同样的节奏。话悄悄地复活了，有了意义，他明白了。

"他们什么时候送他回家？"

鲍蒂娅把脑袋垂在胳膊上。"巴斯特不知道。他们很快就把他们分送到三个地方。他们把巴斯特送到另一个营地。威利那时起还要再待上几个月，他想威利可能也快回家了。"

他们喝咖啡，坐了很久，凝视对方的眼睛。杯子和他的牙齿打架。她把咖啡倒入浅碟，溅出的咖啡流到了大腿。

"威廉——"考普兰德医生说。他叫这名字时，牙齿深深地咬住了舌头，下巴费劲地运动。他们坐了很长时间。鲍蒂娅握着他的手。早晨微弱的光将窗子染成灰白。外面还在下雨。

"如果我要上班的话，最好现在就走。"鲍蒂娅说。

他跟着她走过大厅，在衣帽架旁停住，穿上外套和围巾。打开门，蹿进一股湿冷的风。赫保埃坐在路边石上，头顶盖着湿报纸。人行道边有一个篱笆。鲍蒂娅靠在篱笆上走路。考普兰德医生跟在她后面，有几步之遥，他也用手扶着篱笆栏板平衡身体。赫保埃则跟在后面。

他等待着黑暗的可怕的愤怒，像等待走出暗夜的野兽。但是它没有来。他的肠子像灌了铅，他走得很慢，一路靠在篱笆和房屋湿冷的墙壁上。向最深处下沉，直到下面再也没有深渊。他触到了绝望的坚实底层，在那里安心了。

在这里，他熟悉某种强烈而神圣的快乐。被压迫的笑声，在鞭子下，黑奴对着他愤怒的灵魂歌唱。现在歌就在他的体内 —— 它并不是音乐，只是一种歌唱的感觉。安宁的重量，被水浸透了的重量，压迫他的四肢，唯有强烈的真正的使命能推着他走。为什么他要前行？为什么他不在最深的耻辱尽头休憩，感到片刻的满足？

但他向前走。

"叔叔，"米克说，"你觉得喝热咖啡会让你好受点儿吗？"

考普兰德医生望着她的脸，但没有反应。他们穿过小镇，最后来到凯利家后面的小路。鲍蒂娅先走进去，他跟在后面。赫保埃待在外面的台阶上。米克和她的两个弟弟已经在厨房里了。鲍蒂娅讲了威廉的事。考普兰德医生并不在听，但她的声音有一种节奏 —— 开始、中间、结束。她说完后又从头再说一遍。别人也进来听。

考普兰德医生坐在角落里的凳子上。他的外套和围巾在火炉边的椅背上冒着热气。他把帽子放在膝盖上，长长的黑色的手指紧张地摸索破旧的帽檐。黄色的手心出了很多汗，他时不时用手帕去擦。他的

223

头在颤抖，所有的肌肉都因为想阻止颤抖而变得僵硬。

辛格先生进来了。考普兰德医生仰起脸对着他。"听说了吗?"他问。辛格先生点点头。他的眼里没有恐惧、怜悯或仇恨。在所有知道这事的人当中，只有他的眼睛没有这些表情。因为只有他理解这件事。

米克低声问鲍蒂娅："你父亲叫什么?"

"他叫班尼迪克特·马迪·考普兰德。"

米克凑到考普兰德医生身边，对着他大喊，好像他是聋子。"班尼迪克特，你不觉得喝热咖啡会让你好受点儿吗?"

考普兰德医生吓了一跳。

"别扯着嗓门叫，"鲍蒂娅说，"他的听力和你一样好。"

"哦。"米克说。她倒掉壶里的咖啡渣，把咖啡重新放到炉子上煮。

哑巴还待在门道里。考普兰德医生还盯着他的脸。"听说了吗?"

"那些监狱的看守会受到什么处罚?"米克问。

"甜心，我不知道，"鲍蒂娅说，"我不知道。"

"我要做点儿什么。我肯定要做点儿什么。"

"我们做什么都没用。我们最好闭嘴。"

"对他们就应该像他们对待威利和其他男孩一样，要更坏。我真想集合一些人，亲手杀掉那些人。"

"这不是基督徒应该说的话，"鲍蒂娅说，"我们只需要安心地等待，我们知道他们会被撒旦用草叉剁成碎片，在油锅里没完没了地煎。"

"反正威利还可以吹口琴。"

"双脚锯了，这可是他唯一能干的。"

房子里充满了噪声和骚动。厨房上面的房间有人在移动家具。餐厅里挤满了房客。凯利太太在早餐桌和厨房间来来回回地穿梭。凯利先生穿着宽大的裤子和浴袍晃来晃去。凯利家的孩子们在厨房里贪婪地吃。门砰砰响，房子处处都是说话声。

米克递给考普兰德医生一杯掺了稀牛奶的咖啡。牛奶给咖啡涂上了一层淡蓝的光泽。咖啡溅到了托盘，他先用手帕擦干托盘和杯沿。他根本就不想喝咖啡。

"真希望我能杀掉他们。"米克说。

房子静了。餐厅里的人上班去了。米克和乔治上学了，婴儿被关在前面的一个屋子里。凯利太太在头上包了一块头巾，拿着扫把上楼。

哑巴仍然站在门道。考普兰德医生抬头凝视他的脸。"你听说了？"他又问了一遍。他没能发出声音，它们窒息在喉咙里，但他的眼睛说出了这句话。然后哑巴离开了。只剩下考普兰德医生和鲍蒂娅。他在角落的凳子上坐了一会儿。最后他站起来要走。

"你坐回去，父亲。我们今天上午待在一起吧。我给你煎条鱼，做蛋糕，还有土豆，你在这吃中饭。你待在这儿，我想给你好好做一顿热饭。"

"你知道我要出诊。"

"就今天一次。求你了，父亲。我觉得自己要崩溃了。再说，我不想你一个人在街上游荡。"

他犹豫了，摸了摸衣领。很潮湿。"女儿，对不起。你知道我要出诊。"

鲍蒂娅把他的围巾放在火炉上烘烤，直到羊毛热了。她帮他系好外套扣子，将衣领翻好。他清清喉咙，把痰吐到一张纸片里，他的口袋里随时装着一些纸片。然后在炉子里烧掉纸片。他走出门停住，和台阶上的赫保埃说话。他让赫保埃陪陪鲍蒂娅，如果他能请假。

空气冷得刺骨。蒙蒙细雨从低暗的天空不慌不忙地坠落。雨渗进垃圾桶，小路上散发着潮湿的垃圾难闻的气味。他一边走，一边靠在篱笆上平衡身体，乌黑的眼睛始终盯着地面。

他去看了所有必须要看的病人。然后他回到自己的门诊，从中午十二点一直工作到下午两点。随后坐到书桌边，双拳紧握。没必要纠缠在那件事上。

他希望永远都不要再看见一张人脸。而同时他也无法一个人坐在空荡荡的房间里。他穿上外套，又走进湿冷的街道。他口袋里装着要送到药房的几张处方。但他不想和马歇尔·尼克斯说话。他走进药房，把处方放在柜台上。药剂师放下手中正在称的药粉，伸出两只手。他的厚嘴唇无声地嚅动了片刻，才镇定自若地开口。

"医生，"他郑重地说，"你知道，我和我的同事们以及我的社团和教会成员 —— 我们都深知你的悲哀，我们想向你表达最深切的同情。"

考普兰德医生仓促地转身离去，一句话也没说。这太不值一提了。需要更多的东西。强烈的真正的使命感，对正义的追求。他僵硬地走向主街，双臂紧紧地贴在身体两侧。他沉思，却一无所获。他想不出小镇上有一个既勇敢又公正的有权的白人。他想到他熟悉的每一个律师、法官、政府官员 —— 想到这些白人，令他内心感到痛苦。最终他决定去找高等法院的法官。到法院时，他毫不犹豫地走了进去，决心下午和法官谈谈。

宽大的前厅空荡荡的，只有几个闲人在通向两侧办公室的走道上晃悠。他不知道法官的办公室在哪里，他在大楼里逡巡，查看门上的牌子。他最后走到一处狭窄的通道。走廊的中间站着三个正在聊天的白人，把路挡住了。他贴着墙根想挤过去，但一个白人转身拦住他。

"你有事吗？"

"麻烦你告诉我法官的办公室在哪？"

这个白人耸了耸大拇指，指向通道的尽头。考普兰德医生认出他是副警长。他们见过几次，但副警长并不记得他。对黑人来说，所有白人长得都差不多，但黑人会费心辨认他们。另一方面，对白人来说，所有黑人长得都差不多，但白人通常不会费心记住一张黑人的脸。所以这个白人会说："你有事吗，尊敬的牧师先生？"

这个熟悉的奚落的称呼激怒了他。"我不是牧师，"他说，"我是外科医生，一名医师。我叫班尼迪克特·马迪·考普兰德，我有急事要马上见到法官。"

副警长像别的白人一样，因为他一字一顿的话让医生发狂。"是吗？"他嘲笑着问，对他的朋友眨眼，"那我就是副警长。我叫威尔森先生，我告诉你法官很忙。以后再来吧。"

"我一定要见法官，"考普兰德医生说，"我等他。"

通道的入口处有一个长凳，他坐下了。三个白人接着聊天，但他知道副警长在观察他。他决心不走。半个多小时过去了。几个白人在走廊上随意地走来走去。他知道副警长在看他，他拘谨地坐着，双手插在膝盖间。他的感觉告诉他应该离开，等警长不在时再回来。和这种人打交道时，他一直都非常谨慎，但现在内心某种力量让他不能退缩。

"过来，你！"副警长终于说话了。

他的头颤抖了一下，起身时站不太稳。"嗯？"

"你说想见法官干什么来着？"

"我没说，"考普兰德医生说，"我只说我找他有急事。"

"你都站不直。你喝酒了吧，是不是？我闻到酒气了。"

"胡说，"考普兰德医生慢慢地说，"我没有……"

副警长朝他脸上打了一拳。他向墙边跌去。两个白人抓住他的胳膊，把他拖下楼梯，一直拖到一楼。他没有反抗。

"这真是国家的麻烦，"副警长说，"像他这样该死的自负的黑鬼。"

227

他没有说话，顺从了他们的行为。他等待着那可怕的愤怒，他感觉到它在体内升起。愤怒让他虚弱，他绊倒了。他们把他推进囚车，两个看守跟着他。他们把他带到警察局，随后又送到了拘留所。他们一走进拘留所，愤怒的力量才降临。他突然挣脱了他们。他被包围在墙角。他们用棒子打他的脑袋和肩膀。光荣的力量在他体内，搏斗时他可以听见自己大笑的声音。他又哭又笑。他疯狂地踢。他挥舞拳头，甚至用头撞他们。他很快就被抓住了，不能动弹。他们沿着大厅一步步地拖着他。牢房的门开了。后面有人踢他的腹股，他跪在了地上。

逼仄的囚房里有另外五个犯人——三个黑人，两个白人。其中的一个白人上了年纪，喝醉了。他坐在地上挠痒。另一个白人是个男孩，不到十五岁。三个黑人都是年轻人。考普兰德医生躺在铺位上，看他们的脸，认出了其中的一个人。

"你怎么会在这儿？"这个年轻人问，"你不是考普兰德医生吗？"

他回答是。

"我叫戴瑞·怀特。去年你帮我姐姐割了扁桃体。"

冰冷的牢房透着一股腐烂的气味。装满尿的桶在角落里。蟑螂在墙上爬。他闭上眼睛，似乎立刻就睡过去了，等他再次抬起头，小小的铁窗黑了，大厅里明亮的火在燃烧。四个空的锡盘放在地上。晚餐——卷心菜和玉米面包放在他的身边。

他在铺位上坐起身，剧烈地打了几个喷嚏。呼吸时，痰在胸膛里呼噜噜响。过了一会儿，那个年轻的白人男孩也开始打喷嚏。考普兰德医生没有纸片了，不得不用口袋里的笔记本。白人男孩靠近角落里的尿桶，或者只是任由鼻涕流到衬衫前面。他的眼睛张大了，轮廓清晰的脸颊红了。他蜷缩在铺位边呻吟。

不久他们被带到外面的盥洗室，回来后准备睡觉。四个铺位却有六个犯人。那个老人躺在地上打呼噜。戴瑞和另一个男孩合睡一个铺位。

时间漫长。大厅里的火光灼痛他的眼睛，牢房里的气味令每一寸呼吸不畅。他冷。牙齿冷得打架，巨大的寒冷让他颤抖。他坐着，用毯子裹紧全身，来回摇摆。有两次他走过去给那个白人男孩盖被子，男孩说着梦话，胳膊伸在外面。他摇晃身子，用手捧着脑袋，从喉咙处发出唱歌般的悲鸣。他无法去想威廉。他甚至无法思考强烈的真正的使命，并从中获得力量。他只能感觉到自身的悲惨。

然后热浪回来了。暖意在体内蔓延。他躺下，似乎沉入了一个温暖的红色的地方，充满了舒适的感觉。

第二天早晨太阳出来了。南方古怪的冬天走到了尽头。考普兰德医生被释放了。一小群人等在拘留所外面。辛格先生来了。鲍蒂娅、赫保埃和马歇尔·尼克斯也来了。他们的脸庞有些模糊，他无法看清它们。太阳非常耀眼。

"父亲，你不知道这对我们家威利毫无帮助？在白人的法院那儿晃悠？我们最好是闭嘴和等待。"

她响亮的声音在他的耳边疲倦地回响。他们钻进一角钱出租车。到家后，他把脸贴在清新的白枕头上。

十一

米克整夜都不能睡觉。埃塔病了，她不得不睡在起居室。沙发太窄太短。她做了关于威利的噩梦。鲍蒂娅是一个月以前告诉她这件事的——她还忘不掉。夜里她做过两次这样的噩梦，醒来时在地上。额头上撞了一个包。早晨六点她听见比尔去厨房给自己弄早餐。天亮了，但窗帘拉着，屋子是半黑的。在起居室里醒过来，她有些不习惯。她不喜欢。被单在身上扭作一团，一半在沙发上，一半在地上。枕头在屋子的中央。她爬起来，打开对着大厅的门。楼梯上没有人。她穿着睡衣跑到后面的房间。

"挪过去点儿，乔治。"

这孩子躺在床的正中央。夜晚是温暖的，他像鸟一样赤条条的。拳头紧握，即使是在睡梦中他的眼睛也斜眯着，好像在思考一件很难弄明白的事。嘴巴张开，枕头上湿了一小块。她推他。

"等等……"他在梦中说。

"往你那边挪点儿。"

"等等……先让我做完这个梦……这个……"

她把他硬拖到他的那边，紧贴着他躺下。她睁开眼时天已大亮，阳光射进后窗。乔治不在了。她听见院子里孩子们的说话声以及水流的声音。埃塔和海泽尔在中间的屋子说话。她穿上衣服，突然有了一个主意。她贴着门仔细听，但听不清她们在说什么。她猛地把门打开，想吓她们一跳。

她们在读一本电影杂志。埃塔还在床上。她的手半捂着一个演员的照片。"从这边上面看，你不觉得他像那个男孩？那个过去和……"

"今天早晨感觉怎么样，埃塔？"米克问。她朝床底下看了看，她的秘盒好好地躺在原来的位置。

"你操心的事可真多。"埃塔说。

"你没必要挑事吧。"

埃塔的脸消瘦了。她的胃痛得可怕，她的卵巢有病变。这和她身体虚弱有关。医生说必须马上切除她的卵巢。他们的父亲说他们得等等再说。他没钱了。

"你究竟希望我怎么表现才好？"米克说，"我礼貌地问你问题，你却对我不耐烦。我觉得我应该为你难过，因为你病了，你却不允许我表现得礼貌些。我当然气坏啦。"

她把刘海向后捋，仔细地照镜子。"好家伙！看看我的大包！我打赌我的头破了。昨天晚上我摔下来两次，看来我撞到了沙发边的桌子。我没法在起居室睡觉。沙发挤死了，我没法躺在上面。"

"别大声嚷嚷，行吗？"海泽尔说。

米克跪在地上，拽出那只大盒子。她认真地检查绑在周围的绳子。"说，你们俩有没谁动过它？"

"见鬼！"埃塔说，"我们动你的垃圾做什么？"

"你最好别动。要是谁胆敢动我的私人物品，我会杀了他。"

"你听好了，"海泽尔说，"米克·凯利，我认为你是我见过的最自私的人。你对任何人都不关心，除了……"

"哼，狗屁!"她砰地关上门。她恨她们俩。这是很可怕的，但这是事实。

她爸爸和鲍蒂娅在厨房。他穿着浴袍，正在喝咖啡。他的眼里充满血丝，咖啡杯碰到托盘发出声响。他绕着餐桌走个不停。

"几点了? 辛格先生走了吗?"

"他走了，甜心，"鲍蒂娅说，"都快十点了。"

"十点! 天呐! 我从没起过这么晚。"

"你搬来搬去的那个大帽盒里装的什么?"

米克把手伸进炉子，拿出半打饼干。"你不问我，我就不会说谎。一个四处打探隐私的人会遭报应。"

"要是还有点儿牛奶的话，我想用它来泡碎面包，"她爸爸说，"万圣鬼汤。这对我的胃有好处。"

米克切开饼干，在里面夹了几块炸鸡胸。她坐到后面的台阶上吃早餐。早晨温暖明亮。斯伯尔瑞布斯和撒克正跟乔治在后院玩耍。撒克穿着他的防晒服，另外两个孩子身上只有短裤。他们用水管浇对方。水流在阳光下闪闪发亮。风吹起水花，雾一样，在雾中有彩虹的色泽。一排衣服在风中飘动——白被单、拉尔夫的蓝衣服、红罩衫和睡衣——湿漉、干净，飘扬出不同的形状。天气像夏天。毛茸茸的小黄蜂绕着小路篱笆上的忍冬嗡嗡叫。

"看我把它举到头顶!"乔治大喊，"看看水是怎么流下来的。"

她浑身都是劲，坐卧不安。乔治在面粉袋里装了些土，把它吊在树杈上当拳击沙袋。她开始击打它。砰! 砰! 她随着音乐的节奏击打它，音乐是她醒来时脑子里的歌。乔治在土里混进了一块尖利的石子，弄伤了她的指关节。

"啊! 你把水喷到我耳朵里啦。我的耳膜破了，我听不见了。"

"给我。让我射。"

水花飘到她的脸上，有一次孩子们把水管对着她的腿。她担心盒子会打湿，就抱着它穿过小路来到前廊。哈里正坐在他家台阶上读报。她打开盒子，取出笔记本，但很难集中精力思索她想写下来的歌。哈里朝她的方向看过来，她无法思考。

　　最近她和哈里聊了许多事。他们几乎每天都一起从学校走回家。他们谈论上帝。有时她半夜醒来，因为他们谈论过的话题而战栗。哈里是泛神论者。这是一种信仰，和浸礼会、天主教或犹太教一样。哈里相信人死了被埋以后会变成植物、火、土、云和水。在你最后成为世界的组成部分之前，需要上千年的时间。他说这比单单成为一个天使强。再说，它总比什么都不是强。

　　哈里把报纸扔到他家的大厅，走过来了。"热得像夏天，"他说，"现在还只是三月。"

　　"是啊，我希望我们可以去游泳。"

　　"如果有地方游，我们可以去。"

　　"哪有地方？除了乡村俱乐部的游泳池。"

　　"我真想干点儿什么——离开，去哪个地方。"

　　"我也是，"她说，"等等！我知道一个地方。它在郊区，十五英里以外。树林里有一条又深又宽的小河。夏天的时候，女童子军在这里扎营。去年威尔斯太太带我、乔治、派特和撒克去那儿游过一次泳。"

　　"如果你想去，我找两辆自行车，我们明天去。一个月中有一个星期日我放假。"

　　"我们骑车去，在那儿野餐。"米克说。

　　"好。我借自行车。"

　　他上班的时间到了。她看着他沿街走去。他甩着胳膊。街道中间有一棵月桂树，树枝低垂。他小跑着跳起来，抓住树枝引体向上。一种幸福的感觉卷过她，因为真的，他们是真正的好朋友。而且他很英俊。明天她要借海泽尔的蓝项链，穿上丝绸裙。午餐他们会带果冻三明治和奈哈苏打水。也许哈里会带去稀奇古怪的东西，因为他们家吃的是地道的犹太食品。她一直看着他，直到他拐了弯。真的，他已经出落成了一个非常好看的家伙。

野外的哈里和坐在台阶上读报、思考希特勒的哈里是两个人。他们一早就出发了。他借的自行车是男式的——前面有横梁。他们把午餐和游泳衣捆在挡泥板上，九点钟前出发了。早晨很炎热，是个大太阳天。一个小时内他们就远远地出了镇子，骑上了一条红泥路。田野色泽明亮，绿油油的，松树强烈的气息飘浮在空气中。哈里激动地说话。暖风吹到他们的脸上。她口干舌燥，肚子饿了。

"看见那边山上的房子吗？我们停下来弄点水喝吧？"

"别，最好等等。井水会让你得伤寒。"

"我已经得过伤寒了。我得过肺炎，摔断过腿，脚感染过。"

"我记得。"

"是啊，"米克说，"我和比尔得伤寒热时，待在前屋，派特·威尔斯跑过人行道，捏着鼻子向窗口看。比尔十分尴尬。我的头发掉光了，我当时是秃头。"

"我打赌我们至少走出小镇十英里了。我们骑了一个半小时，而且骑得很快。"

"我渴死了，"米克说，"也饿死了。你午餐袋里有什么吃的？"

"冷猪肝布丁、鸡肉沙拉三明治和馅饼。"

"这是很好的野餐。"她对自己带的东西感到羞愧，"我带了两只煮得很老的鸡蛋，里面塞了馅，加上两小袋盐和胡椒。三明治——黑莓果冻加黄油的那种。每样都用油纸包着。还有纸巾。"

"我没打算让你带东西的，"哈里说，"我母亲准备了两个人的午餐。是我请你出来的嘛。我们这就去商店买点儿冷饮。"

他们又骑了半个小时，才到了加油站的商店。哈里支起自行车，她先进了商店。猛地从明亮的户外走进去，商店显得很暗。货架上堆着鸡胸肉片、油桶、面粉袋。柜台上放着黏糊糊的散装大糖罐，苍蝇在上面嗡嗡飞。

"有什么饮料?"哈里问。

店员开始念名字。米克打开冰柜，看看里面。手在冰水里的感觉很不错。"我想要巧克力奈哈苏打水。你们有吗?"

"和她一样，"哈里说，"要两份。"

"不，等一下。这儿有冰啤酒。我要一瓶啤酒，如果你请得起的话。"

哈里也给自己要了一瓶。他认为二十岁以下的人喝啤酒是有罪的——也许他突然想跟着玩玩，凑个兴。喝了第一口后，他做了一个痛苦的鬼脸。他们坐在商店前面的台阶上。米克的腿累坏了，腿上的肌肉在跳。她用手擦擦瓶颈，吞下冰凉的一大口。马路对面是一块空旷的大草坪，越过草坪是一排松树林。松树有各种各样的绿色——从明亮的黄绿色到绿得发乌。天空是热烈的蓝色。

"我喜欢啤酒，"她说，"我过去常常把面包泡在爸爸喝剩的酒里。我喝酒时，喜欢舔手上的盐。这是我喝过的第二瓶属于我自己的酒。"

"第一口挺酸。后来味道就好了。"

店员说离小镇有十二英里。他们还有四英里多的路要走。哈里付了钱，他们又走到了烈日下。哈里大声说话，他一直无缘无故地大笑。

"天，啤酒和阳光让我头晕。但我感觉可真好。"他说。

"我等不及了，我想马上游泳。"

路面上有沙子，他们必须使足力气踩脚踏板，否则自行车就会停下来。哈里的衬衫被汗水打湿了，贴在后背上。他一直在说话。路面变成了红泥土，沙地被甩在后面。她心里有一首缓慢的黑人歌——一首鲍蒂娅的哥哥用口琴吹过的歌。她跟着歌的节拍踩脚板。

他们终于到了她寻找的地方。"就是它！看那个标志写着'私人领地'？我们得翻过那个倒刺铁丝网，然后走那条路——看！"

树林很安静。光滑的松针覆盖地面。只用了几分钟他们就到了小河边。湍急的河水是褐色的。凉爽。只有静静的水声和松林上空微风的长吟。仿佛幽深寂静的树林让他们胆怯了，他们轻轻地沿着河岸行走。

"很美吧？"

哈里笑了。"为什么小声说话？听我的！"他用手捂住嘴，发出长长的印第安式的呐喊，回声传到他们耳边。"来吧。跳进水里，凉快凉快。"

"你饿吗？"

"好吧。我们先吃东西。现在先吃一半，等我们上岸后再吃一半。"

她拆开果冻三明治的包装。吃完后哈里细心地把废纸卷成球，塞进树洞。然后他脱掉短裤，走到小径上。她在树丛后脱掉衣服，挣扎着套上海泽尔的泳衣。泳衣太小了，勒疼了她的大腿根。

"你好了没有？"哈里喊道。

她听到溅起的水声，走到岸边时，哈里已经在游了。"先别跳，我看看有没有树桩或水浅的地方。"他说。她愣愣地望着他的脑袋在水中一起一伏。再说啦，她从没想过要跳水。她甚至都不太会游泳呢。她从小到大只游过几次——一般都带着泳圈或者远离没过头顶的地方。但告诉哈里这个，有点儿女气。她感到尴尬。她突然编了一个谎话："我再也不跳水了。我过去总跳，从很高的地方跳。但有一次我的头撞裂了，所以我再也不能跳水了。"她想了一分钟。"我跳的是前屈体两周。我浮上来时水里全是血。但我没去管它，接着做各种花样动作。那些人朝我喊叫。我这才发现水里的血从哪里来的。后来我再也游不好了。"

哈里爬上岸。"老天！我没听说过这件事。"

她本想添油加醋，让这故事更可信些，可她只是看着哈里。他的皮肤是浅褐色的，水花让他的皮肤闪闪发亮。他的胸部和腿部可以看见毛发。身上只有一条紧绷绷的游泳裤，他看起来完全是赤条条的。除去了眼镜，他的脸显得更加宽阔和英俊了。他的眼睛又湿又蓝。他望着她，刹那间好像两人都不好意思了。

"水有十英尺深，除了河对岸，那儿水比较浅。"

"我们游吧。我打赌冷水感觉应该不错。"

她不害怕。这种感觉正像沦陷在高高的树顶，除了尽可能地爬下来，没有别的办法——一种死一般的平静。她沿着河岸蹭下去，到了冰冷的水中。她抓紧树根，直到伤了手，才开始游起来。她呛了一口水，沉下去，但她没有停止，没有丢脸。她游到了对岸，脚可以触到水底。现在她感觉好了。她用拳头啪啪地击水，大声地胡乱嚷嚷，为了发出回声。

"看这儿！"

哈里摇晃着攀上一棵细高的小树。树干柔软，他爬到顶部时，小树被他拽弯了腰。他掉进水里。

"我也来！看我的！"

"那是棵小树苗。"

她和街区别的孩子一样，是爬树的好手。她照样做了一遍他的动作，啪的一声跌进水里。她也能游泳了。现在她游得还不错。

他们玩游戏"你叫我做什么，我就做什么"，沿着河岸奔跑，跳进冰冷褐色的水里。他们叫喊、跳跃、爬树。他们玩了差不多两个小时。现在他们站在岸上，互相望着对方，看起来没什么新鲜的玩意了。她突然说："你裸泳过吗？"

树林很寂静，他一时间没有回答。他冷。他的乳头变硬变紫了。他的嘴唇发乌，牙齿打架。"我……我没有。"

她一下子兴奋了，顺口说了一句，"如果你裸泳，我也裸。你敢不敢？"

哈里把深黑潮湿的刘海顺到后面。"行。"

他们都脱掉了泳衣。哈里后背对着她。他动作笨拙，耳根发红。随后他们转过身面向对方。也许他们站了有半个小时 —— 也许不超过一分钟。

哈里从树上扯下一片树叶，揉碎了。"我们还是穿上衣服吧。"

整个野餐他们两个人都不说一句话。他们把午餐铺在地上。哈里把每样东西都分成两份。夏季的午后炎热得令人昏昏欲睡。除了潺潺的流水和鸟鸣，幽深的树林里一片寂静。哈里拿起带馅的煮鸡蛋，用大拇指压压蛋黄。这个动作让她想起了什么？她听见自己的呼吸声。

他从她的肩膀往上看。"听我说。我觉得你这么美，米克。我以前从没这样想过。我不是说我过去认为你丑……我只是想说……"

她向水中扔了一个松果。"如果想天黑前到家，我们也许该出发了。"

"不，"他说，"我们躺下吧。就一分钟。"

他拿了几捧松针、树叶和灰苔藓。她一边吮吸膝盖，一边观察他。她的拳头攥得紧紧的，好像浑身都绷紧了。

"我们睡觉吧，回程的路才有精神。"

他们躺在松软的床上，抬头望着天空下暗绿的松林。一只小鸟唱着一首清澈而哀伤的歌，是她以前从未听过的。一个像双簧管吹出的高音——接着降了五个音调，又扬了上去。这首歌是哀伤的，像无言的问题。

"我爱那只小鸟，"哈里说，"我觉得它是燕雀。"

"我希望我们是在海边。躺在海滩上，看远处水面的轮船。有一年夏天，你去过海滩……到底是怎么样的?"

他的声音粗而低。"嗯……有海浪。有时是蓝的，有时是绿的，灿烂的阳光下，波浪像镜子。沙滩上你可以捡到一些小贝壳。就像我们装在雪茄盒里带回去的那种。水面上有白色的海鸥。我们在墨西哥湾，凉爽的海风一直在吹，根本不像这儿能把人烤焦。总是……"

"雪，"米克说，"我想看雪。像电影里洁白清冷的雪堆。暴风雪。整个冬天，清冷的雪片轻柔地坠落，雪一直下啊下。像阿拉斯加的雪。"

他们同时转过身，贴得很近。她感觉到他在颤抖，她的拳头绷得要裂开了。"噢，上帝。"他重复着这一句话。她的头似乎被拧掉了，扔到了远处。她的眼睛直直地瞪着刺目的阳光，脑子里在想事情。接着就这样发生了。

就是这样。

他们沿着路边慢慢地推车。哈里低着头，佝着肩。尘土飞扬的路面映着他们长而黑的影子，天近黄昏。

"听我说。"他说。

"嗯。"

"我们得把这事搞清。我们必须。你清楚吗，哪怕一点点?"

"我不知道。我想我不知道。"

"听我说。我们得做点儿什么。我们坐下说。"

他们放下自行车，坐在路边的沟旁。他们离得很远。黄昏的太阳照在头顶，周围布满褐色易碎的蚂蚁窝。

"我们得把这事搞清。"哈里说。

他哭了。他呆呆地坐着，泪珠从白白的脸上滚落。她无法去想让他哭的那件事。一只蚂蚁叮她的脚踝，她用指头捏住它，仔细地盯着它看。

"是这样，"他说，"我还没吻过女孩呢。"

"我也是。从没吻过男孩，除了我的家人。"

"我过去一直想的是 —— 吻这个特定的女孩。过去我在学校里暗暗计划，晚上做这样的梦。然后她和我约会。我能看出她想让我吻她。在黑暗中我只是看着她，却不能吻她。这就是我的想象 —— 吻她 —— 机会来的时候我却不能。"

她用手指在地上挖了个洞，埋葬了死蚂蚁。

"全是我的错。不管你如何看待通奸，它都是罪过。而且你比我小两岁，还只是个孩子。"

"不，我不是。我不是孩子了。但现在我真希望我是。"

"听我说。如果你觉得我们应该结婚，我们就结 —— 秘密地或者用别的方式。"

米克摇摇头。"我不喜欢。我不会和任何男孩结婚。"

"我也不会。我知道怎么回事。我不是说说而已 —— 是真的。"

他的脸吓着了她。他的鼻翼在颤抖，下嘴唇咬得血迹斑斑。他的眼睛明亮、湿润、忧愁。他的脸比她印象中的任何一张脸都要苍白。她转过脸去。要是他闭上嘴，情况会好得多。她慢慢地环顾四周 —— 沟壑里红白条状的黏土，破碎的威士忌酒瓶，对面松树上有一个招聘县警的告示。她想静静地坐下去，什么也不想，什么也不说。

"我要离开小镇了。我是个好技工，可以在别的地方找到工作。如果我待在家里，母亲就能在我眼里看到这一切。"

"告诉我。你看着我，能看出有什么不同吗?"

哈里盯着她的脸看了很久，点头表示能看出不同。他接着说:

"还有最后一件事。一两个月后我会把地址寄给你，你一定要给我写信，告诉我你没事。"

"你什么意思?"她缓慢地问。

他解释说:"你只需要写两个字'没事'，我就明白了。"

他们接着推车往回走。影子在地上拖得老长，巨人般。哈里身子弯得像个老乞丐，不停地用袖子擦鼻子。太阳沉没在树后之前的一刻，每件事物都蒙上了金黄的亮光;接着身前的影子在路面上消失了。她感觉很苍老，仿佛身体里有什么东西沉甸甸的。现在她是成年人了，不以她自己的意志为转移。

他们走了十六英里，回到了家里黑暗的小路边。她能看见他们家厨房黄色的灯光。哈里家是黑的——他的母亲还没有到家。她在一条小街上的裁缝铺工作。有时星期天也上班。透过窗户，你可以看到她在后面的缝纫机边埋头干活，或者把长长的针穿进厚重的布料。你看她时，她从不抬头。晚上她做了这些地道的饭菜给哈里和她。

"听我说——"他说。

她在黑暗中等待，但他并没有继续。他们握手后，哈里沿着房子之间的漆黑小路远去。走到人行道时他拐了弯，回头望望。光打在他的脸上，苍白而严厉。然后他不见了。

"有这样一个谜语。"乔治说。

"我在听。"

"两个印第安人走在山路上。前面那个人是后面那个人的儿子，但后面那个人却不是他的父亲。他们是什么关系?"

"我想想。他的继父。"

乔治朝鲍蒂娅咧嘴乐，露出蓝色的小方牙。

"那就是他的叔叔。"

"你猜不到吧。是他的母亲。这里面的机关是，你没把印第安人往女人方向上想。"

她站在屋外，观察他们。走廊像给厨房安上了画框。里面是温馨整洁的家的图景。只有水池边的灯亮着，屋内有影子。比尔和海泽尔在桌边玩二十一点游戏，用火柴代替钱币。海泽尔胖胖的粉指头摆弄着辫子。比尔吸着脸颊，非常严肃地发纸牌。鲍蒂娅在水池边，用一块干净的格子巾擦碗。她看上去很瘦，皮肤是金黄色的，抹了发油的黑发梳得整齐光滑。拉尔夫安静地坐在地上，乔治正在试穿一件小铠甲——圣诞节用过的金银箔做的。

"再来一个谜语，鲍蒂娅。如果时钟的指针指在两点半上……"

她进了屋子。她本指望他们看见她时，会后退站成一圈，看她。但他们只是瞟了她一眼。她在桌边坐下，等待。

"总是等到大家都吃完饭后，你才野回来。我简直没有喘口气的时间。"

没人注意她。她吃了一大盘卷心菜和鲑鱼，最后吃了些乳冻甜食。她在想她妈妈。门开了，她妈妈走进来告诉鲍蒂娅，布朗小姐说她在自己房间里发现了臭虫。让她去倒点儿汽油。

"别像那样皱眉头，米克。你到了应该打扮的年纪啦，尽量弄得好看些。省省吧……我和你说话时别老那么插嘴……我让你帮拉尔夫好好用海绵擦洗身子，在他睡觉前。好好地洗洗他的鼻子和耳朵。"

拉尔夫松软的头发粘了些燕麦粥。她用洗碗布把它擦掉，在水池里洗他的脸和手。比尔和海泽尔玩完了游戏。比尔收拾火柴时，长指甲刮到了桌面。乔治把拉尔夫抱上床。厨房里只剩下她和鲍蒂娅两人。

"嘿！看看我。有没有什么不一样的地方？"

"我当然发现了，甜心。"

鲍蒂娅戴上她的红帽子，换上她的鞋。

"哦——？"

"你只要弄点儿牛油抹在脸上。你的鼻子脱皮得厉害。他们说牛油治晒伤最棒。"

她一个人站在黑暗的后院，用指甲剥掉一片片的橡树皮。这样几乎更糟。如果他们看看她，发现了什么，也许她会感觉好一些。如果他们知道。

她爸爸从后面的台阶叫她。"米克！噢，米克！"

"在，先生。"

"电话。"

乔治凑过来，想一起听，但她把他推开了。米诺维兹太太的声音很响，很激动的样子。

"我家哈里现在应该在家啊。你知道他去哪儿了？"

"不知道，夫人。"

"他说你们俩要骑自行车出去。他现在会在哪儿呢？你知道他在哪儿吗？"

"不知道，夫人。"米克又说了一遍。

十二

天又热起来了，阳光南部游乐场总是挤满了人。三月的风静止下来了。树上长出密密的褐绿色叶子。蓝色的天空万里无云，太阳的射线愈发强烈。空气是闷热的。杰克·布朗特恨这种鬼天气。他晕晕乎乎地想着近在眼前的燃烧的长夏。他感觉不舒服。最近，他经常头痛。他长胖了，鼓出一个小小的啤酒肚。他不得不松开裤子最上面的扣子。他知道这是酒精导致的发胖，但他依然酗酒。酒精能缓解他的头痛。他只要喝一小杯，头痛就会缓解一些。如今一杯酒和一夸脱对他来说都是一样的。并不是这口酒带给他快感，而是第一口酒调动了这几个月渗透在血管里的所有酒精。一勺啤酒就能缓和头部的悸动，而一夸脱的威士忌也不能让他醉倒。

他完全戒酒了。好几天他只喝水和橘子汁。头部的痛像脑里有蠕虫在爬。漫长的下午和晚上，他都在疲乏地工作。他失眠了，努力使自己看得进去书也是极大的痛苦。房间里潮湿酸臭的气味令他抓狂。他躺在床上翻来覆去，最终入睡时，天已亮了。

一个梦纠缠了他。四个月前，他第一次做这个梦。他在恐惧中醒来——但奇怪的是他从不记得梦的内容。他睁开眼睛时，只有梦的感觉。每次醒来时的恐惧感都惊人的相似，他毫不怀疑这些梦是相同的。他习惯了做梦，酒后怪诞的噩梦让他坠入疯子混乱的国度，但往往早晨的光线惊碎了噩梦的影响，他忘了它们。

这个空白、鬼祟的梦却大不一样。他惊醒，却什么也想不起来。醒来之后，被恐吓的感觉还久久地盘旋。后来有一天早晨，他带着熟悉的恐惧醒来，却模糊地记起了他身后的黑暗。他正在一群人中行走，他的怀里抱着一件东西。这是唯一他能确定的。他偷东西了？或者他正试图保住某个财产？这些人是不是在追捕他？他觉得不是。他越研究，这个简单的梦就越难以理解。再后来，这个梦有一阵子没有出现了。

他遇到了去年十一月用粉笔在墙上写字的那个人。他们见面的第一天，那个老人就像一个邪恶的天才一样，牢牢地粘上了他。他叫西姆斯，在人行道上布道。寒冷的冬天，他缩在屋里，春天来了，他整天都在外面的大街上。松软的白发乱蓬蓬地耷在脖子上，他总拎着一个女式的丝制大手袋，装满粉笔和耶稣的广告。他的眼睛亮亮的，闪着疯狂的光。西姆斯试图让他改变信仰。

"苦难的孩子，我在汝的呼吸里闻到了啤酒罪恶的臭味。你抽烟。假如主允许我们抽烟，他会在《圣经》里写上。汝的眉头上写着撒旦的印记。我看见它了。忏悔吧。让我指给你那光。"

杰克的眼珠上翻，在空中做了一个缓慢的虔诚的动作。然后他张开油迹斑斑的手。"我只让你看。"他低声地用表演式的声调说。西姆斯低头看他手掌上的伤疤。杰克凑过去，对他耳语："还有一处印记。你知道的那个印记。因为它们是天生的胎记。"

西姆斯退到篱笆边。他女里女气地拾起额头上一绺银发，把它抹到后面。他的舌头紧张地舔着嘴角。杰克大笑。

"亵渎！"西姆斯尖叫，"上帝会抓住你的。你和你的那伙人。上帝会记住渎神者。上帝眷顾我。上帝眷顾所有的人，但他最眷顾我。就像他眷顾摩西一样。上帝在夜里对我说话。上帝会抓住你的。"

他把西姆斯带到附近的便利店，要了可口可乐和花生黄油薄脆饼干。西姆斯又开始对他说教了。他出发去游乐场，西姆斯小跑着跟在他后面。

"今晚七点到这街角来。耶稣有专门给你的圣言。"

四月最初的几天，起风了，却很暖和。白云在蓝天上游曳。风里飘过河水的气味和小镇远处田野清新的气息。游乐场每天从下午四点起开始拥挤，一直到午夜。这些人很粗野。新的春天来了，他嗅到了蛰伏的麻烦。

一天晚上，他正在弄秋千的机械设备，突然被一阵愤怒的说话声打断了。他连忙挤过人群，看见旋转木马售票处旁一个白人女孩正在和一个黑人女孩打架。他使劲把她们扯开，但她们还是挣脱了，扑向对方。人群分成派别，闹哄哄的。白人女孩是罗锅。她手上紧紧攥着一个东西。

"我可看见你啦，"黑人女孩嚷道，"还有，我能打掉你背上的罗锅。"

"闭嘴，你这个黑鬼！"

"最不要脸的下等人。我付了钱，我有权骑。白人，让她把票还给我。"

"黑母狗！"

杰克看看这个，望望那个。人群围得更紧了。咕咕哝哝的各种意见都有。

"我看见露芮把票掉到地上，我看到这个白人女士把票捡起来。这是真相。"一个黑人男孩说。

"黑鬼不许碰白人女孩……"

246

"你别再推我。即使你是白皮肤，我也会还手的。"

杰克粗暴地挤进人群最密集的地方。"好啦！"他大喊道，"走吧！别吵啦！每一个该死的。"看到他的大拳头，人们无精打采地散去。杰克转向两个女孩。

"是这样的，"黑人女孩说，"这里没几个人像我这样，我保证我是他们中的一个，每周干到星期五晚上，攒下五角钱。这星期我多熨了两倍的活。我付了整整五分钱买了她手上的那张票。现在我要骑木马。"

杰克很快就解决了纠纷。他让那个罗锅留着手上有争议的票，又给了黑人女孩一张票。那天晚上没有再发生别的争吵。但杰克警惕地在人群里逡巡。他感到忧虑和不安。

除了他自己，游乐场还有另外五名雇工——两个男人负责秋千和收票，三个女孩在售票处。这不包括派特森。游乐场老板大多数时间都在拖车里，一个人玩纸牌。他的目光空洞，瞳孔萎缩，颈部的皮肤松耷耷地垂成黄褶子。过去的这几个月里，杰克加了两次薪。午夜，他要向派特森汇报工作，把晚上的营业收入交给他。有时他走进拖车好几分钟后，派特森才注意到他；他盯着扑克牌，隐入到恍惚之中。拖车里散发着食物和大麻浓重的臭味。派特森把手放在肚子上，好像在保护它。他查账总是非常细致。

杰克和另外两个技工有过一次口角。这两个人原来都是一家工厂的落纱工。一开始，他想和他们交谈，帮助他们看见真相。有一次他邀请他们去台球室喝酒。但他们太愚钝了，他没法帮助他们。不久以后，他无意中听到了他们的谈话，引发了这场麻烦。那是星期日的凌晨，大概两点钟的样子，他正和派特森对账。等他走出拖车，游乐场空了。月亮明晃晃的。他正想着辛格和这一天的假。他经过秋千时，听到有人在说他的名字。两个技工干完了活，正一起抽烟。杰克听着。

247

"如果说我有比黑鬼更讨厌的人，那就是共党。"

"他逗死我了。我才不在意他。看他大摇大摆走路的样子。我从没见过这么矮的矮冬瓜。他有多高，你估计？"

"大概五英尺吧。但他觉得他非得告诉每个人那些事。他该待在监狱里。那是他的地方。红色布尔什维克。"

"他就是逗死我了。我看他，忍不住要乐。"

"他没必要对我牛哄哄的样子。"

杰克注视着他们向韦弗斯小巷走去。他的第一反应是冲过去，挡住他们，但某种东西让他畏缩不前。他默默地生了几天气。一天晚上下班后，他跟着两个男人走过几条马路，他们转弯时，他横在他们前面。

"我听见了，"他上气不接下气地说，"我碰巧听到你们上星期六晚上说的每个字。是的，我是共党。至少我认为我是。但你们是什么？"他们站在街灯下。这两个男人向后退去。这个街区很荒凉。"你们两个脸色苍白的、直肠萎缩的、得佝偻病的小老鼠！我伸出手就能掐住你们的细脖子——一只手一个。管我是不是矮冬瓜，我能把你们放倒在人行道上，到时他们得用铁锹把你们铲起来。"

这两个男人互相看了看，被吓住了，想往前走。但杰克不让他们过去。他倒着走，跟着他们，脸上有愤怒的嘲讽。

"我要说的就是：以后只要你们想对我的身高、体重、口音、举止或意识形态做出评价时，我建议你们随时来找我。最后一项我也不会找借口回避，我奉陪到底——万一你们不知道。我们可以一起讨论。"

以后的日子杰克就用愤怒的蔑视对待这两个男人。他们在背后讥笑他。一天下午，他发现秋千器械被故意毁坏了，他不得不加班三个小时来修理它。他总觉得有人在嘲笑他。每次他听到女孩们叽叽喳喳，他都挺直身子，毫不顾忌地对着自己大笑，好像想到了某个私密的笑话。

温暖的西南风从墨西哥湾吹来，带来了浓郁的春天的气息。白天变长了，太阳是耀眼的。懒洋洋的暖意让他压抑。他又开始喝酒了。一下班，他就回家，躺倒在床上。有时他不脱衣服，死一般地在床上一躺就是十二三个小时。几个月前的不安感仿佛消失了，这种不安曾让他低泣和咬自己的指甲。但在他的沉惰下面，杰克感觉到了熟悉的紧张。在他所有去过的地方当中，小镇是最孤独的。或者说，如果没有辛格，它就是最孤独的。只有他和辛格知道真理。他知道，但不能让不知道的人看见这一点。它像是与黑暗、炎热和空气中的臭味作战。他忧郁地望向窗外。角落上被烟熏黑了的矮树长出了胆汁绿的新叶。天空总是深而坚硬的蓝色。流过小镇这一带的恶臭的河水，滋养了蚊子，它们在房间里嗡鸣。

他被叮了个包。每天早晨，他把硫黄和猪油混到一起，抹在身体上。他把自己挠疼了，看起来痒永远也止不住。一天晚上他终于爆发了。他独坐了很久。他喝了杜松子酒和威士忌，醉得厉害。差不多是清晨。他把身子探出窗口，看着漆黑沉默的街道。他想到了周围所有的人。睡眠中的以及不知道的人。突然他高声地叫喊起来："这就是真理！你们这些杂种一无所知。你们不知道。你们不知道！"

一条街愤怒地醒来。灯亮了，睡意蒙眬的诅咒扑向他。房子里的男人疯狂地摇撼他的门。对面街上窑子里的姑娘从窗口探出脑袋。

"你们这些愚蠢愚蠢愚蠢愚蠢的杂种。你们这些愚蠢愚蠢愚蠢愚蠢……"

"闭嘴！闭嘴！"

大厅里的人撞他的门："你这只醉公牛！等我们把你修理掉，你会死得很难看的。"

"外面有几个人？"杰克咆哮。他砰地将一个空酒瓶砸到窗槛上。

"上啊，所有的人。一个人上啊，所有的人上啊。我一次可以搞掂三个人。"

"没错，甜心。"一个妓女叫道。

门被撞开了。杰克从窗口跳下去，跑过小路。"咿噢！咿噢！"他醉醺醺地喊。他光着脚和上身。一个小时后，他跌跌撞撞地闯进辛格的房间。他四仰八叉地躺在地上，大笑着睡过去。

四月的一个早晨，他发现了一个被谋杀的男人尸体。一个年轻的黑人。杰克在离游乐场三十码的阴沟里发现了他。黑人的喉咙被割开了，他的脑袋向后滚动成一个古怪的角度。太阳热辣辣地照在他圆睁空洞的眼睛上，苍蝇在胸口的干血上空盘旋。死者握着一根红缨棒，像在游乐场汉堡摊里卖的那种。杰克郁闷地低头看了一会儿尸体。随后他叫了警察。没有发现线索。两天后死者的家人在陈尸所认领了尸体。

阳光南部时常有打架和争吵。有时两个朋友手挽手，笑着，喝着，来到游乐场，而他们在离开之前却气呼呼地扭打成一团。杰克总是警觉的。在游乐场炫丽的热闹、明亮的灯光和懒洋洋的笑声深处，他触到了某种阴郁和危险的气息。

在这些茫然和混乱的日子里，西姆斯不停地走。这个老人总是带着临时讲坛和一本《圣经》，站在一群人中间布道。他谈到基督的第二次降临。他说末日审判将在一九五一年十月二日。他会指着某些酒鬼，用粗哑疲惫的声音对着他们尖叫。他激动得满是口水，因此他的话发出了汩汩的水声。一旦他站在人群中，搭起他的讲坛，就没有什么争论可以动摇他。他送了杰克一本基甸国际所赠的《圣经》作为礼物，告诉他每天晚上跪着祷告一个小时，把递给他的每一杯啤酒或每支香烟都扔到远处。

他们为了墙壁或篱笆争吵。杰克也开始在口袋里装上了粉笔。他写简短的句子。他尽量修饰它们的用词，为了让路人驻足，深思它们的意义。因此一个路人会好奇。因此一个路人会思考。他也写了短的小册子，在街上散发。

如果不是因为辛格，杰克知道他会离开这个小镇。只有星期日和他的朋友在一起时，他才感到安宁。有时他们一起出去散步或者下棋，但更多的时候他们一天都静静地待在辛格的房间里。他想和辛格说话时，他总是很专心。他忧郁地坐上一天时，哑巴理解他的感受，不会吃惊。对他来说，现在似乎只有辛格可以帮助他。

一个星期日，他爬楼时看见辛格的门开着。房间是空的。他一个人坐了两个多小时。终于听到辛格上楼的脚步声。

"我正琢磨你呢。你去哪里了？"

辛格笑了。他用手帕掸掸帽子上的灰，把它放到一边。然后他小心地从口袋里掏出银铅笔，俯在壁炉架上写便条。

"你什么意思？"杰克读了哑巴的字后问，"谁的腿被锯掉了？"

辛格拿回便条，添了几句话。

"哈！"杰克说，"这不奇怪。"

他思考着这个便条，然后把它揉在手里。过去一个月的无力感消失了，他感到紧张和不安。"哈！"他又说了一遍。

辛格装了一壶咖啡，取出棋盘。杰克把便条撕成碎片，用两只汗津津的手掌搓着。

"但我们可以做点什么，"过了半晌他说，"你知道吗？"

辛格不确定地点点头。

"我想去看这个男孩，听听全部的故事。什么时候你能带我去？"

辛格思索，然后在纸上写下"今晚"。

杰克用手捂住嘴，开始在屋子里烦躁地走动。"我们可以做点儿什么。"

十三

　　杰克和辛格在前廊等着。他们按响门铃，黑暗的房子里却没有
铃声。杰克不耐烦地敲门，把鼻子抵在纱门上向里望。辛格笨拙地站
在他的身旁，笑着，脸颊上有两处红晕，因为他们刚一起喝过一瓶杜
松子酒。夜晚静悄悄的，一片漆黑。杰克望见大厅里射过一道柔和的
黄光。鲍蒂娅给他们开了门。

　　"但愿你们没有等得太久。来了好多伙计，我们觉得应该把门铃
掐掉。先生，把帽子给我——父亲病得很重。"

　　杰克跟在辛格后面，笨重地踹着脚走过寒碜狭窄的大厅。在厨房
门口他仓促地停下。屋子又热又挤。火苗在小柴炉里燃烧，窗子关得
紧紧的。烟味里混着黑人特定的气味。火焰是屋里唯一的光。刚才在
大厅里听到的低语声静了下来。

　　"两个白人先生来探望父亲的病情，"鲍蒂娅说，"我想也许他能
见你们，但我最好先进去看看，帮他准备一下。"

　　杰克摸摸厚厚的下嘴唇。鼻尖处有网状的印记，是他贴在纱门上
留下的。"不，"他说，"我是来找你哥哥的。"

　　屋里的黑人站了起来。辛格示意他们重新坐下。两个花白头发的

252

老人坐在火炉边的长凳上。四肢松弛的一个混血懒懒地靠在窗边。角上的行军床上有一个无腿的男孩，裤子卷起，别在粗短的大腿根下。

"晚上好，"杰克笨拙地说，"你叫考普兰德?"

这个男孩把手放在残肢上，缩到墙边。"我叫威利。"

"甜心，别担心，"鲍蒂娅说，"这是辛格先生，你听父亲说起过的。另一个白人先生是布朗特先生，辛格先生很好的朋友。他们是好心的，来问问我们遇到了什么麻烦。"

她转向杰克，指指屋子里另外三个人。"靠在窗边的那个男孩也是我的哥哥，叫巴迪。炉边的是我父亲的两个好友，马歇尔·尼克斯先生和约翰·罗伯茨先生。我觉得让你们知道屋子里的人都是谁，是个好主意。"

"谢谢。"杰克说。他又转向威利："我只想让你对我说说这个事，我好把它弄清楚。"

"是这样，"威利说，"我觉得脚还在疼。我脚趾疼死了。我脚上的疼在我的脚应该在的地方，如果它们还在我的腿……腿……上。不是在我的脚现在的地方。这很难理解。我的脚一直疼死了。我不知道它们在哪里。他们从来没把我的脚还给我。它们在离这儿一百英……英里的什……什么地方。"

"我想知道这事是如何发生的。"杰克说。

威利不自在地抬头看他的妹妹。"我记不太……清楚了。"

"你记得清，甜心。你和我们说过无数次了。"

"嗯……"男孩的声音胆怯而沉闷，"我们都在路上，这个巴斯特对看守说了什么。那白……白人拿出棍子对着他。另一个男孩想跑。我跟着他跑。发生得太快了，我记不清是怎么回事。他们后来就把我们带回到营地，然后……"

"我知道后来的事，"杰克说，"告诉我另外两个男孩的名字和地址。告诉我看守的名字。"

"听我说，白人。我感觉你想给我找麻烦。"

"麻烦！"杰克粗鲁地说，"以上帝的名义，你觉得自己现在是什么情况？"

"我们都冷静些，"鲍蒂娅紧张地说，"是这样的，布朗特先生。他们在威利服刑期满前把他放了。但他们也暗示他不要……我相信你明白我们的意思。威利自然吓坏了。我们自然要小心——因为我们最好这样。我们已经有太多麻烦。"

"那些看守怎么样了？"

"那些白……白人被开除了。他们告诉我的。"

"你的朋友现在在哪里？"

"什么朋友？"

"咦，另外那两个男孩。"

"他们不……不是我的朋友，"威利说，"我们三个闹翻了。"

"什么意思？"

鲍蒂娅拽着耳坠，她的耳垂像橡皮一样拉长了。"威利是说，你懂吧，那三天他们疼得要命，就开始吵架。威利再也不想见到他们。这是父亲和威利争吵过的事。这个巴斯特……"

"巴斯特装了木腿，"窗边的男孩说，"我今天在街上看见他了。"

"这个巴斯特没有亲人，父亲让他搬来和我们一起住。父亲想把这些男孩都集中在一起。我真不知道，他怎么觉得我们能养得起他们。"

"这不是好主意。再说我们从来不是非常好的朋友。"威利用他健壮的黑手抚摸残肢，"我只想知道我的脚……脚在哪里。这是我最着急的事。医生从没把它们还给我。我真希望我知道它们在哪里。"

杰克用迷茫的醉眼环顾四周。每样东西看起来都模糊不清，十分陌生。厨房里的热气让他眩晕，声音在耳朵里回响。烟雾呛得他透不过气。天花板上的灯亮着，但为了减弱亮度，灯泡被包在报纸里，所以屋子里的光主要来自热炉子缝隙里的火焰。周围所有黑面孔上都闪着红光。他感到不安和孤单。辛格离开了屋子，去看鲍蒂娅的父亲。杰克希望他回来，然后一起离开。他笨拙地走到对面，坐在了长凳上，在马歇尔·尼克斯和约翰·罗伯茨之间。

"鲍蒂娅的父亲在哪？"他问。

"考普兰德医生在前屋，先生。"罗伯茨说。

"他是医生？"

"是的，先生。他是医师。"

外面的台阶传来拖沓的脚步声，后门开了。暖和新鲜的风令滞重的空气轻快多了。一开始走进来一个穿亚麻西装和镀金鞋的高个子男孩，抱着一个纸袋。跟在后面的是一个十七岁左右的男孩。

"嗨，赫保埃。嗨，兰斯。"威利说，"你们给我带了什么？"

赫保埃夸张地对杰克鞠了个躬，把两个果酱罐装的酒放在桌上。兰斯在它们旁边摆上一只盖了干净的白餐巾的碟子。

"酒是社团送的，"赫保埃说，"兰斯的母亲还送了些桃松饼。"

"医生怎么样了，鲍蒂娅小姐？"兰斯问。

"甜心，这些日子他病得厉害。他身体很强壮，这让我担心。一个像他这样的病人变得很强壮是坏兆头。"鲍蒂娅转向杰克说，"你不觉得是坏兆头吗，布朗特先生？"

杰克迷茫地盯着她。"我不知道。"

兰斯阴郁地扫了杰克一眼，拉下穿小了的衬衫袖口。"请向医生致以我们全家的问候。"

"我们非常感谢，"鲍蒂娅说，"前几天父亲还说到你呢。他有一本书想给你。等一分钟，我拿给你，再把碟子刷干净，还给你母亲。她还送东西给我们，真是太客气了。"

马歇尔·尼克斯靠近杰克，像是想和他交谈。这个老人穿着细条纹裤子和晨礼服，扣眼处插着一朵花。他清清嗓子说："很抱歉，先生，但不可避免，我们无意听到了你和威廉谈话的一部分，关于他现在的麻烦。必然地，我们已经研究了最好的办法。"

"你是他的亲戚或他教堂的牧师吗？"

"不，我是药剂师。你左边的约翰·罗伯茨在政府的邮局工作。"

"邮差。"约翰·罗伯茨重复说。

"请允许我……"马歇尔·尼克斯从口袋里掏出黄丝绸手帕，小心翼翼地擤鼻涕，"我们自然全面地讨论了这个问题。毫无疑问，作为美国这个自由国家的黑人种族的成员，我们愿意为了发展和睦的关系而尽我们的努力。"

"我们总是希望做正确的事。"约翰·罗伯茨说。

"我们应该小心地努力，不要损害已经建立的这种和睦关系。通过循序渐进的方式，更好的状况会出现的。"

杰克望望这个，看看那个。"我不太明白你的话。"热气要将他窒息了。他想离开。仿佛有一层薄雾粘在他的眼球上，周围所有的面孔都是模糊的。

威利在屋子对面吹口琴。巴迪和赫保埃在听。曲子是阴郁而哀伤的。结束后威利在衬衫前面蹭了蹭他的口琴。"我饿极了，渴极了，口水把旋律弄湿了。我真想试试一些低音连奏的爵士。喝点儿好酒是唯一能使……使我忘记痛苦的办法。如果我能知道我的脚……脚在哪里，能每天喝上一杯杜松子，我就不会这么难受了。"

"别抱怨了，甜心。你会有的，"鲍蒂娅说，"布朗特先生，来点儿桃松饼和酒吗？"

"谢谢，"杰克说，"很乐意。"

鲍蒂娅快速地铺上桌布，放好碟和叉。她倒了满满一大杯酒。

"你请随意。如果你不介意，我要招呼别人了。"

果酱罐一口一口地传下去。赫保埃把罐子递给威利之前，借了鲍蒂娅的口红，在罐上画了一条红线，作为酒的边界。有咯咯的说话和笑声。杰克吃完了松饼，拿着酒杯回到两个老人中间。家制的酒像白兰地一样醇厚和浓烈。威利开始吹一只低而忧郁的曲子。鲍蒂娅捏得手指啪啪响，拖着脚在屋里转。

杰克转向马歇尔·尼克斯。"你说鲍蒂娅的父亲是医生?"

"是的，先生。是的，确实。一位熟练的医生。"

"他怎么了?"

这两个黑人警惕地互相对视。

"他出了事故。"约翰·罗伯茨说。

"什么事故?"

"坏事故。悲惨的事故。"

马歇尔·尼克斯叠上又展开他的丝绸手帕。"我们刚才说过，重要的是，不要损害这些和睦关系，而是要尽量真诚地用一切办法来促进它。我们作为黑人种族的一员，必须尽可能地努力来提升我们的公民。那边屋子里的医生尽了一切努力。但有时我觉得他没有完全认识到不同种族和处境的某些特点。"

杰克不耐烦地大口吞下最后一口酒。"看在基督的分上，伙计，别绕弯子啦，我压根听不懂你的话。"

马歇尔·尼克斯和约翰·罗伯茨交换了一下受伤的眼神。屋子对面的威利仍在吹曲子。他的嘴唇在口琴的方孔上蠕动，像肥胖的收拢的毛毛虫。他的肩膀宽阔强壮。大腿的残肢随着音乐晃动。赫保埃跳舞，巴迪和鲍蒂娅拍手打节奏。

杰克站起来，马上就意识到他醉了。他跟跟跄跄，为自己辩解似的扫视四周，但似乎没人注意他。"辛格在哪?"他口齿不清地问鲍蒂娅。

音乐停了。"咦，布朗特先生，我以为你知道他走了。你坐在桌边吃桃松饼时，他到了门口，伸出手上的表，示意他要走了。你直直地看着他，摇摇头。我以为你知道。"

"也许我在想别的事。"他转向威利，生气地对他说，"我甚至还没能告诉你我来这里的目的。我来这儿可不是为了要你做什么。我想的是……我想的仅仅是这个。你和别的男孩将为发生的事做证，我来说说为什么。为什么是唯一重要的事，而不是是什么。我本应推着手推车，带着你四处走，你本应说出你的故事，然后我本应说说为什么。也许这本应有点儿意义。也许它……"

他感到他们在笑他。困惑使他忘了他想说的话。屋子里全是陌生的黑面孔，空气滞重得无法呼吸。他看见对面的门，踉跄地向它走去。他到了一个黑暗的储藏室，有药的味道。他的手拧着另一只门把。

他站在了一间小小的白屋的门槛上，屋里只有一张铁床、一个橱柜和两把椅子。床上躺着那个可怕的黑人，正是他曾在辛格家楼梯上遇到的。在白色僵硬的枕头上，他的脸显得非常黑。黑眼睛因为仇恨火辣辣的，但厚厚的、发蓝的嘴唇却是镇静的。他的脸像黑面具般没有表情，除了每次呼吸时鼻翼缓慢阔大的颤动。

"滚出去。"黑人说。

"等等……"杰克无助地说，"你为什么这样说？"

"这是我的家。"

杰克的视线无法从黑人可怕的脸上挪开。"但是为什么？"

"你是白人和陌生人。"

杰克没有走。他笨重而小心地走向一把白色的直背椅，坐下。黑人的手在床罩上挪动。他的黑眼睛激烈地闪烁。杰克观察他。他们在等待着什么。房间里有一种共谋的紧张感，也像爆炸前的死寂。

午夜过后很久了。春天的早晨，黑压压的暖空气搅动了房间里层层的蓝烟。地上有皱巴巴的纸团和半空的杜松子酒瓶。床罩上有散乱的灰尘。考普兰德医生的脑袋紧紧地挤在枕头上。他脱掉了晨衣，白棉睡衣的袖口卷到了胳膊肘。杰克坐在椅子里，身子向前探。他的领带松了，衬衫领被汗水打蔫了。这几个小时，他们进行了耗人的长谈。现在暂停下来。

"所以时候到了……"杰克开口。

但考普兰德医生打断了他。"现在也许我们必须……"他沙哑地低语。他们停顿了。两个人都凝视对方，等待。

"请原谅。"考普兰德医生说。

"对不起。"杰克说，"请继续。"

"不，你接着说。"

"嗯——"杰克说，"我不想说刚才要说的话了。关于南方，我们会有一个最终的结论。被束缚的南方。被浪费的南方。被奴役的南方。"

"还有黑人。"

为了镇定自己，杰克拾起身边地上的酒瓶，长长地喝了一大口灼热的酒。过后，他慢吞吞地走向橱柜，拿起一个便宜的微型世界地球仪，它是用来做镇纸的。他把它放在手里慢慢地转动。"我能说的就是这个：这个世界充满了卑鄙和邪恶。哈！这个地球有四分之三的地方在战争或压迫中。骗子和恶魔纠集在一起，而知道的人却是孤立的，手无寸铁。但是！但是，如果你让我指出这个地球仪上最不开化的地区，我会指这里——"

"看清楚些，"考普兰德医生说，"你指到海洋了。"

杰克又转动地球仪，把钝钝的脏拇指按在精心选择的一处。"这里。这十三个州。我知道我在说什么。我读书，四处走。我去过所有这十三个该死的州。我在每个州都工作过。我为什么这样想？我们生活在世界上最富有的国家。有大量的东西，却不能匀出一口给贫困的男人、女人和小孩。除此之外，我们的国家建立在本应是伟大和真正的原则之上——自由、平等、人权。哈！可是这个开端带来了什么？有上亿资产的公司——成千上万的人却没饭吃。这里的十三个州对人类的剥削到了这种地步——你真应该亲眼去看看。我一生中看到的事会让人发疯。至少有三分之一的南方人，他们的生活绝不比欧洲任何一个法西斯国家最贫困的农民强。庄园里佃农的年平均工资只有七十三块钱。请注意，这是平均工资！用谷物交租的佃农每人从三十五块到九十块不等。而一年三十五块意味着一整天的工作只值一角钱。处处都有糙皮病、钩虫病和贫血症。还有活生生的饥荒。但是！"杰克用肮脏的拳头关节蹭嘴唇。额头上立着汗珠。"但是！"他重复道，"那些还只是你能看得见摸得着的邪恶。还有更糟的东西。我指的是向人们隐瞒真理的方式。他们获知的那些事使他们看不到真相。有毒的谎言。不允许他们知道真相。"

"还有黑人，"考普兰德医生说，"要想明白我们的情况你必须……"

杰克粗野地打断他。"谁拥有南方？北方的公司拥有整个南方的四分之三。他们说老奶牛在四处吃草——在南方、西部、北方和东部。但她只在一个地方挤奶。胀满奶时，她的老乳头却只在一个地方晃悠。她在各处吃草，在纽约挤奶。夺走我们的棉纺厂、我们的纸浆厂、我们的马具厂、我们的床垫厂。北方拥有它们。而这是怎么回事？"杰克的胡子气愤地抖动，"这有一个例子。事情发生的地点是在根据美国工业伟大的父权体系而建的一个工厂村。产权遥领制。村里有一个巨型砖厂和大约四五百个贫民窟。这些房子简直不是人住的。而且，首先这些房子就是当贫民窟来造的。这些贫民窟只有两个或三个房间加上一个厕所 —— 远远不如造牲口棚时的考虑。还不如造猪圈时花的心思多。因为在这种制度下，猪是有价值的，而人却没有。从骨瘦如柴的小工人身上，你可做不成猪排或香肠。如今，你只能卖掉人的一半。可一只猪……"

"等等！"考普兰德医生说，"你跑题了。再说，你没注意到黑人这个非常独立的问题。我都插不上嘴。这些我们都经历过，不把我们黑人考虑进去，你不可能看清整体的状况。"

"回到我们的工厂村，"杰克说，"能找到工作的时候，一个年轻的棉纺工开始一周挣八块或十块钱的体面收入。他结婚了。生了第一个小孩后，女人也必须在工厂上班。他们都有工作时，加在一起的工资是一周十八块。哈！他们拿出四分之一来租工厂提供的棚屋。他们在公司的商店买食品和衣服。每一样东西商店都多收了钱。有了四五个小孩后，他们被牵制住了，就好像套上了铁链。这就是奴隶制的全部原理。可这里，在美国，我们说自己是自由的。可笑的是，这个想法被牢牢地灌进了大家的脑袋瓜里，那些用谷物交租的佃农、棉纺工等等，他们真的相信啦。可它充斥了一大堆该死的谎言，为了不让他们知道真相。"

"只有一个出路……"考普兰德医生说。

"两条路。只有两条。曾有一段时期，这个国家在扩张。每个人都认为自己有机会。哈！但它已经过去了 —— 永远地过去了。不到一百个公司吞吃了一切，只留下点儿残羹剩饭。这些企业已经吸干了人们的血，熬干了人们的骨髓。扩张的旧时光已经过去了。资本主义民主的整套机制是 —— 烂掉的和腐败的。前面只剩下两条路。一是法西斯主义。二是最革命和最永恒的改良。"

"还有黑人。别忘了黑人。对于我和我的同胞来说，南方现在就是法西斯主义，而且一直都是。"

"是的。"

"纳粹剥夺了犹太人的法律、经济和文化生活。这里，黑人也一直被剥夺了这些。如果说在德国发生的对钱物成批和戏剧化的抢劫，并没有发生在这里，那不过是因为黑人从一开始就没有致富的机会。"

"这就是那个机制。"杰克说。

"犹太人和黑人，"考普兰德医生痛苦地说，"我们同胞的历史将和犹太人漫长的历史相提并论——只会更血腥、更野蛮。像一种海鸥，如果你捉住一只，在它的腿上缠住一根细红绳，剩下的鸟会把它啄死。"

考普兰德医生取下眼镜，在断裂的铰链处重新绑了绑金属丝。然后把镜片在睡衣上擦了擦。他的手因为焦虑而颤抖。"辛格先生是犹太人。"

"不是，这你可错了。"

"我相信他是的。这个名字，辛格。第一眼看见他，我就认出了他的种族。从他的眼睛。而且，他这样对我说过。"

"咦，他不可能说过，"杰克坚持道，"他可是纯得不能再纯的盎格鲁-撒克逊人。爱尔兰和盎格鲁-撒克森。"

"但是……"

"我确定。绝对的。"

"好吧，"考普兰德医生说，"我们别吵了。"

外面黑压压的空气凉下来了，屋里有了点凉意。几乎是黎明了。清晨的天空是丝绸般的深蓝色，月亮从银白变成了纯白。一片寂静。屋外的黑暗中，只有一只春鸟清澈孤独地鸣叫。尽管从窗外吹进了微风，屋里的空气还是难闻和闷滞的。有一种既紧张又筋疲力尽的感觉。考普兰德医生从枕头上探起身子。他的眼睛充血，双手揪住床罩。睡衣的领口滑到了瘦骨嶙峋的肩膀。杰克的脚后跟搭在椅子的横杠上，巨大的双手交叉放在膝盖间，一种等待和孩子气的姿态。他的眼下有深深的黑眼圈，头发乱七八糟。他们对视，等待。沉默拉得越长，他们之间紧张的气氛就越严重。

考普兰德医生终于清清嗓子说："我相信你来这里不会没有目的。我确信我们整个晚上讨论这些话题，不是毫无目的的。我们谈了一切，除了最关键的话题——出路。一定要做些什么。"

他们仍然看着对方，等待。两个人的脸上都露出期待的表情。考普兰德医生靠着枕头坐得笔直。杰克一只手撑着下巴，身体前倾。沉默在继续。然后他们迟疑地同时开了口。

"对不起，"杰克说，"你说。"

"不，你说。你先说的。"

"说吧。"

"哼!"考普兰德医生说，"你接着说。"

杰克用迷蒙神秘的目光盯着他。"是这样。这是我的看法。对人们来说，唯一的出路是去知道。一旦他们知道了真相，他们就不会再被压迫。只要有一半的人知道真相，整个战争就胜利了。"

"是的，只要他们明白了社会运作的机制。可是你打算如何告诉他们?"

"听我说，"杰克说，"想想连环信。如果一个人把信寄给十个人，这十个人中的每一个都再寄给十个人——明白了?"

他结巴了。"不是说我来写信，但就是这个概念。我只是四处宣讲。如果在一个小镇，我只要能把真相告诉给十个不知道的人，我就感觉做了一件好事。懂吗?"

考普兰德医生惊讶地看着杰克。然后他哼着鼻子说："别天真了!你不可能只是四处宣讲。连环信，真是的!知道的人和不知道的人!"

杰克的嘴唇颤抖了，立刻愤怒地皱着眉说："好啊。你有什么主意呢？"

"我首先要说，在这个问题上我过去多多少少像你一样。可我明白了这种态度是天大的错误。半个世纪以来我都以为耐心是明智的。"

"我没说要耐心。"

"在野蛮面前，我是谨慎的。在不公正面前，我保持平静。为了虚设的整体，我牺牲了眼前的事物。我相信舌头而不是拳头。我告诉人们，耐心和对人类灵魂的信仰是抵抗压迫的盔甲。我现在知道我错得多么离谱。我曾是我自己和我的同胞的叛徒。那一切都是胡说。现在是行动，立刻行动的时候了。以牙还牙，以眼还眼。"

"可是如何？"杰克问，"如何？"

"咦，通过出去做事情。集合群众，让他们示威。"

"哈！最后一句话出卖了你——'让他们示威。'让他们对自己不知道的事情示威，有什么用？你这是在从屁眼里给猪填东西。"

"我讨厌这么粗俗的用词。"考普兰德医生一本正经地说。

"看在基督的分上！我不在乎你讨不讨厌。"

考普兰德医生举起手。"我们都别激动，"他说，"让我们努力达成共识。"

"我同意。我不想和你打架。"

他们沉默了。考普兰德医生的目光从天花板的一角移向另一角。他润了好几次嘴唇想说话，但每次话都只成形了一半，在嘴巴里发不出来声。最后他说道："我给你的建议是这样。别试图单打独斗。"

"但是……"

"但是，别但是，"考普兰德医生教训说，"试图单打独斗，是一个人能做出的最致命的事。"

"我明白你的意思。"

考普兰德医生将睡衣领拉到皮包骨的肩膀上面，把它在喉咙处收紧。"你相信我的同胞为自己的人权所进行的斗争吗?"

医生的激动和温和沙哑的问题,突然让杰克热泪盈眶。急速膨胀的爱的冲动,令他一把抓住床罩上干瘦的黑手,迅速地握住它。"当然。"他说。

"我们极度的窘困?"

"是的。"

"公正的缺少?痛苦的不平等?"

考普兰德医生咳嗽,将痰吐到枕头下的方纸片里。"我有一个计划。非常简单和集中的计划。我只想集中在一个目标上。今年八月,我打算带领本县一千多名黑人去游行。去华盛顿游行。我们大家凝结成一个坚固的身体。你看看那边橱柜,里面有一叠我这星期写的信,我会亲自送信。"考普兰德医生的手在窄床的边上紧张地上下滑动,"你还记得我刚才说的话吗?你要记住我给你的唯一的建议是:别试图单打独斗。"

"我明白。"杰克说。

"一旦开始这个事业,你必须义无反顾。这是首要的。你的工作永无止境。你必须毫不吝惜地奉献你的全部,不要指望个人的回报,没有休息的时间,也别指望能有。"

"为了南方黑人的权利。"

"南方和我们这个县。要不一切,要不全无。不是对,就是错。"

考普兰德医生靠回到枕头上。只有他的眼睛是活的。它们在他的脸上像红木炭一样燃烧。他的颧骨因为发烧呈现出可怖的紫色。杰克沉着脸,把拳头节压在柔软、宽大和颤抖的嘴唇上。他的脸涨红了。早晨第一缕微弱的光射了进来。吊在天花板下的电灯泡在黎明时分丑陋刺目地亮着。

杰克站起来,僵硬地站在床腿边。他断然地说:"不。这绝对不是正确的方向。我百分百地肯定它不是。首先，你们根本出不了镇。他们会驱散你们，借口说游行对公共健康是威胁——或者某个莫须有的理由。他们会逮捕你，不会有任何好结果。即使奇迹发生，你们到了华盛顿，也是于事无补。哎呀，这想法整个是疯狂的。"

痰声在考普兰德医生喉咙口尖利地作响。他的声音刺耳。"既然你这么快就嘲笑和谴责，那你自己有什么好主意呢？"

"我没嘲笑，"杰克说，"我只是认为你的计划疯了。今晚我到这里来，带来了一个好得多的主意。我希望你的儿子威利和另外两个男孩，希望他们坐在手推车里，让我推着到处走。他们将告诉人们发生的事，然后我来说为什么。换句话说，我要发表关于资本主义辩证法的演讲——揭示它所有的谎言。我会解释，每个人都会明白为什么这些男孩的腿被锯掉了。使每个看见他们的人都知道。"

"呸！呸呸！"考普兰德医生暴怒地说，"我觉得你根本没脑子。它简直不值一笑。我还从没机会亲耳听到这样的胡说八道。"

在痛苦的失望和愤怒中，他们盯着对方。外面的街道传来手推车的吱嘎声。杰克咽咽口水，咬咬嘴唇。"哈！"他终于发出了声音，"你是唯一疯了的人。你做的每件事都恰恰是倒退。在资本主义制度下解决黑人问题的唯一办法是：阉割每一个黑人，这些州一千五百万的黑人。"

"这就是掩藏在你关于公正的豪言壮语下面的好主意。"

"我不是说应该这样做。我的意思仅仅是你只见树木，不见森林。"杰克艰难地字斟句酌，"工作要从根子上开始。破旧立新。为这个世界创造一整套新的模式。第一次把人变成社会动物，生活在有序和可控的社会里，不再被迫为了生存而变得不公正。在一个社会传统里……"

考普兰德医生讽刺地鼓掌。"好极了，"他说，"可织布前你总得摘棉花吧。你和你疯狂的'不作为'理论能……"

"闭嘴！你和你的一千个黑人同胞是不是流浪到那个叫华盛顿的臭阴沟里，有谁会在意？它能带来什么变化？当我们整个社会都建立在黑暗的谎言上时，这一小撮人有什么意义——一千个人，黑人、白人、好人或坏人？"

"一切！"考普兰德医生气喘吁吁地说，"一切！一切！"

"狗屁！"

"在这个地球上，在公正面前，我们中最卑鄙最邪恶的灵魂是更值钱的，相对于……"

"噢，见鬼去吧！"杰克说，"傻逼！"

"亵渎！"考普兰德医生尖叫，"可耻的亵渎！"

杰克摇动床的铁栅栏。额头上的血管快要爆裂了，他的脸气得发乌。"目光短浅的死脑筋。"

"白人……"考普兰德医生说不出话来。他挣扎，但发不出声。最终他挤出了一句噎住的低语："恶魔。"

窗外迎来了黄灿灿的早晨。考普兰德医生的头跌回到枕头上。他的脖子要拧断的样子，嘴上有带血的唾沫印。杰克又看了医生一眼，然后剧烈地哭泣，匆匆地冲出房间。

十四

　　现在她无法待在"里屋"了。任何时候，她身边必须得有一个人。每分钟都要做点什么。如果一个人的时候，她就数数。她数了起居室墙纸上的所有玫瑰。她算出了整个房子的体积。她数了后院的每株草片，灌木丛里的每片树叶。如果她的脑子不被数字占据的话，可怕的恐惧感会占据她。五月的这些下午，她从学校走回家，在路上，突然间她必须飞快地想些事情。一件好事——非常好。也许她会想到一个急促的爵士乐短句。或者是在冰箱里等着她的一碗果冻。或者躲在储煤室后面抽一支烟。也许她会遥远地设想她去北方看雪的日子，甚至去国外哪个地方旅行。但关于这些好事的想法不会持续太久。果冻五分钟后就没了，烟也抽完了。后面还有什么呢？而且她的头脑里数字自身在组合。雪、外国是很久很久以后的事。还有什么呢？

　　只有辛格先生。他走到哪里，她就想跟到哪里。早晨她注视他走下前面的台阶去上班，她跟在他后面，隔了半条马路。每天下午一放学，她在他的店铺附近的拐角徘徊。四点钟，他出门去买可口可乐。她注视他走到马路对面，走进杂货店，又走出来。她跟着他从店铺走

268

回家，有时甚至跟着他散步。她总是远远地跟在后面，他并不知道。

她会上楼去他的房间。她先擦洗干净脸和手，在裙子前面洒些香草精。现在她一星期只去看他两次，因为不想让他对她感到厌烦。她开门时，多数时候他总是坐在那个古怪漂亮的棋盘前。然后她就和他在一起了。

"辛格先生，你有没有在冬天有雪的地方住过？"

他把椅子斜靠在身后的墙边，点点头。

"在别的国家吗——国外？"

他又点头说是，用银铅笔在便笺簿上写字。他去过加拿大的安大略——与底特律隔河相望。加拿大在很北很北的地方，白雪一直堆到屋顶。那里是著名的五胞胎[1]和圣劳伦斯河的所在地。人们在街上跑来跑去，用法语和对方交谈。在非常北的地方，有纵深的密林和爱斯基摩人的圆顶冰屋，有美丽的北极光的北极地区。

"在加拿大时，你有没有到外面去弄点儿新鲜的雪，和着奶油还有糖一起吃？我曾在书上看到，这样吃很棒。"

他把头扭向一边，因为他没有听明白。她不能再重复了，因为突然间它听起来是那么愚蠢。她就看着他，等待。他的脑袋在身后的墙上映出大大的黑影。电扇令混浊的热气冷却了。静悄悄的。仿佛他们都在等着告诉对方以前从没说过的事。她要说的事非常可怕，令人害怕。而他要说的却如此真诚，它会让一切都归于圆满。也许它既不能说出来，也不能写出来。也许他要用别的方式让她明白。这是她对他的感觉。

"我只是想问你关于加拿大的事，但它没什么意思，辛格先生。"

楼下家人的房间里有太多的烦心事。埃塔仍然病得很重，不能

---

1 当时一位加拿大女子生了罕见的五胞胎，成为一大新闻。

和另外两个人挤在一起睡。窗帘拉下来，黑暗的屋子里散发着病人的怪味。埃塔的工作丢了，这意味着一个星期少了八块钱的收入，还不算上看病的钱。有一天，拉尔夫在厨房里乱转，碰到热火炉，烧伤了。手上的绷带让他发痒，整天都得有人看着他，以防他抓破水泡。乔治过生日时，他们买了一辆小小的红自行车，带着铃铛，把手上有一只小筐。家里每个人都出了资。埃塔丢了工作后他们付不起钱了。他们没能按时兑付两次分期付款后，商店派人来取走了自行车。乔治看着那家伙沿着门廊将车子推走，他经过乔治时，乔治朝后挡板踹了一脚，跑进储煤室，关上门。

永远是钱，钱，钱。他们欠着杂货店的钱，他们欠着家具最后的分期款。现在他们失去了这个房子，他们又欠着那里的钱。房子的六个房间一般都有房客，但没人按时交过房租。

有一段时间，他们的爸爸每天都出去找另一份工作。他没法再做木匠活了，只要离地超过十英尺，他就会极度紧张。他应聘了很多工作，但没人雇他。最后他想出了一个主意。

"做广告，米克，"他说，"我得出一个结论：现在我的钟表修理生意最关键的是广告。我得推销我自己。我得出去告诉人们我会修表，质优价廉。你记住我的话。我要壮大这个生意，用我的余生让这个家过上好日子。就通过广告。"

他拿回家一些锡纸和红颜料。下面的一个星期他忙得要命。在他眼里，这真是太棒的一个主意了。前屋的地上全是广告。他趴在地上，认认真真地写每个字母。他一边工作，一边晃着脑袋吹口哨。几个月以来，他从没这样开心过。时不时地，他穿上自己体面的西装，去附近喝杯啤酒，镇定自己。一开始他在广告上写下：

威尔伯·凯利

钟表修理

专业修表，收费低廉

"米克，我要它们一下子就能吸引眼球。不管在哪里看到都特别显眼。"

她帮他，他给了她三个五分币。开始的时候，这些广告还不错，后来他过于用心，结果反而弄糟了。他想添油加醋——在角上、顶部和下面。在完成之前，广告上充满了各种装饰，如"收费低廉""立马过来"和"给我任何一块表，我能让它走"。

"你在广告里写了太多话，人家反而什么也看不见了。"她告诉他。

他又拿回家一些锡纸，把设计活全交给了她。她设计得非常朴素，只有巨大的印刷字母和一只钟。很快他有了整整一堆广告。一个朋友开车将他送到野外，他把它们钉在树上和篱笆桩上。在街道的两头，他钉了一个标识：一只黑手指向他们家。在前门钉上了另一个标识。

做完广告后的那天，他坐在前屋里等待，穿上干净的衬衫，打上领带。什么也没有。那个珠宝商送来了几只钟，是他自己商店超额的活，父亲的价格是他的一半。这就是一切。他勉强接受了现实。之后，他再也没出去找过工作，但在房子里的每分钟他一定要忙上忙下。他拆下门，给铰链上油——不管需不需要。他替鲍蒂娅配人造黄油，擦楼上的地板。他设计了一个奇妙的装置，可以把冰箱里的水通过厨房的窗子排出去。他为拉尔夫雕了一些美丽的字母方块玩具，还发明了一个小小的穿针器。他精耕细作地修理那些有限的手表。

米克仍然跟着辛格先生。其实她不想。在他不知情的情况下，跟踪他的行为似乎哪里不对。有两三天她逃学了。在他上班的路上，她跟在他后面，然后在他工作的店铺附近的拐角晃上一整天。他去布瑞

271

农那吃午饭时，她也跟着去了咖啡馆，花五分钱买一袋花生米。晚上，她跟着他进行漆黑漫长的散步。她走在街道的另一边，离他一条马路那么远。他停下来，她也停下来——他走得很快时，她小跑着跟住他。只要她能看见他，在他附近，她就非常幸福。但有时那种奇怪的感觉会来，她知道自己正在做一件错事。所以她尽量在家里忙个不停。

在这方面，她和她爸爸很相似，他们手头总得有事才行。房子里和街区发生的事，她全都不会落下。斯伯尔瑞布斯的姐姐在电影院夜晚的抽彩活动中赢了五十块钱。贝贝·威尔森取下了头上的绷带，她的头发剪得像男孩一样短。她不能在今年的晚会上跳舞，她母亲带她去看，一支舞曲中间，贝贝开始叫喊、胡闹起来，他们不得不把她拖出歌剧院。在人行道上，威尔森太太不得不揍她，让她听话。威尔森太太也哭了。乔治恨贝贝。她经过房子时，他会捏着鼻子，塞住耳朵。派特·威尔斯从家里跑了，失踪了三个星期。他回来时，打着赤脚，饥肠辘辘。他吹牛说他是如何一路走到了新奥尔良。

因为埃塔，米克依然睡在起居室。短沙发太挤了，以至于她要在学校的自习室补觉。每隔一个晚上，比尔和她换位置，她和乔治睡在一起。后来，他们终于可以幸运地喘口气了。楼上一个房客搬走了。一个星期过去了，没人理会报纸上的招租广告。他们的妈妈告诉比尔他可以搬到楼上的空房间。比尔很高兴有一个远离家人完全属于自己的地方。她搬进去和乔治住在一起。他睡觉时像一只暖乎乎的小猫，轻轻地呼吸。

晚上的时光又回来了，却和去年夏天有所不同。那时她独自走在黑暗里，听音乐，想计划。现在的夜晚不一样。她清醒地躺在床上。奇怪的恐惧感来了。就像是天花板正在缓慢地向她脸上压下来。如果房子倒了，会怎么样？有一次他们的爸爸说整个房子都应被列为危房。

他是不是说也许某个晚上他们睡着时，墙壁会裂开，房子会坍塌？他们被埋在水泥、碎玻璃和稀巴烂的家具里？他们不能动，也不能呼吸？她清醒地躺着，肌肉僵硬。夜里传来吱吱嘎嘎的声响。是有人在走路吗？除了她，还有个人醒着，辛格先生？

她从没想到过哈里。她已经下决心忘记他，她也真把他忘了。他写信说他在伯明翰找了一份汽车修理铺的工作。她回了一封明信片说"没事"，正如他们原来计划的。他每星期给他母亲寄三块钱。他们一起去树林的日子，好像已经是十分遥远的回忆了。

白天，她在"外屋"忙着。但是晚上，她一个人在黑暗中，数数不够用了。她需要某个人。她奋力让乔治保持清醒。"我们别睡，在夜里说话，多有趣啊。我们说一会儿话吧。"

他睡意蒙眬地答了一句。

"看窗外的星星。很难想象每一颗小星星都像地球这么大。"

"他们是怎么知道的？"

"他们就是知道。他们有测量办法。那是科学。"

"我才不信。"

她想怂恿他进行一场辩论，这样他就会兴奋，会一直清醒。他只是由着她说，好像没什么反应。过了一会他说：

"看，米克！你看见那树枝了吗？它像不像最早移民到美国的清教徒，躺在地上，手上握着枪？"

"真像。一模一样。看看那边的写字台上。那只瓶子像不像戴着帽子的可笑的人？"

"不，"乔治说，"我觉得一点儿都不像。"

她从地上的水杯里喝了一口水。"我们玩个游戏吧——名字游戏。你可以当'捉人者'，如果你愿意。你愿意当什么就当什么。你可以任选。"

273

他把小小的拳头放到脸上，安静均匀地呼吸，他睡着了。

"等等，乔治!"她说，"会很好玩的。我是一个以 M 字母开头的人，猜猜我是谁。"

乔治叹气，他的声音很累。"你是哈波·马克思?"

"不，我没演过电影。"

"我猜不出。"

"你肯定知道。我以 M 字母开头，住在意大利。你应该能猜到。"

乔治向自己那边翻了个身，缩成一个球。他没有回答。

"我的名字以 M 开头，但有时别人叫我另一个名字，以 D 开头。在意大利。你能猜到的。"

房间安静漆黑，乔治睡着了。她拧他，揪他的耳朵。他呻吟，却没有醒。她贴近他，把脸贴在他热乎乎的赤裸的小肩膀上。他会睡上一整夜，而她在旁边做十进位算数。

楼上的辛格先生是不是也醒着呢? 天花板的吱嘎声，是不是因为他在悄悄地走动，喝着冰橘子汁，研究摆在桌上的象棋子? 他有没有过她这样的恐惧感呢? 不。他从不会做一件错事。他从不做坏事，他的心在夜晚时分是安宁的。但同时他也会理解。

如果她能告诉他这些，会好多了。她想过如何开口。辛格先生，我认识一个女孩，和我年纪差不多……辛格先生，我不知道你能不能理解这样一件事……辛格先生。辛格先生。她一遍遍念他的名字。她爱他，胜过爱家中的任何人，甚至胜过爱乔治和她爸爸。这是一种不同的爱。她过去从未有过这种情感。

早晨，她和乔治一起穿衣和说话。有时她非常想靠近乔治。他长高了，苍白，消瘦。他柔软发红的头发参差不齐地趴在小耳朵上。他锐利的眼睛总是斜睨，因此脸上有一种扭曲的表情。他的恒齿长出来了，蓝色的，稀稀拉拉的，他长乳牙时也是这样。他的下巴是歪的，因为他养成了舔疼痛的新牙的习惯。

"听着，乔治，"她说，"你爱我吗？"

"当然。我挺爱你的啊。"

这是放假前最后一星期的早晨，天气炎热，阳光灿烂。乔治穿好衣服，坐在地上做算术题。他的小脏手紧紧地攥着铅笔，不停地弄断铅笔头。他做完功课后，她抱住他的肩膀，深深地望进他的眼睛。"我指的是很多爱。很多很多。"

"饶了我吧。我当然爱你。你不是我姐姐吗？"

"我知道。但假设我不是你的姐姐。你还会爱我吗？"

乔治向后退，躲开她。他没有衬衫穿了，身上是一件脏脏的毛线套头衫。他的手腕很细，能看见青色的血管。毛线衫的袖子拽得很长，松垮地垂着，这使他的手看起来非常小。

"如果你不是我姐姐，那我可能不认识你。所以我也不可能爱你。"

"但如果你认识我，而我不是你姐姐。"

"但你怎么知道我会认识你呢？你无法证明它。"

"好吧，只是想当然一下，假装这样。"

"我想我会喜欢你吧。但我要说你不能证明……"

"证明！你脑子里全是这个词。证明或骗术。每样事不是骗术，就是需要被证明的。我真受不了你，乔治·凯利。我恨你。"

"好吧。那我也不喜欢你了。"

他爬到床底下，摸索什么。

"你在那儿找什么？你最好别碰我的东西。如果我发现你瞎弄我的秘盒，我会揪着你的脑袋往墙上撞，撞开瓢儿。我会的。我会把你的脑浆踩烂。"

乔治从床底下爬出来，拿着一本拼写课本。他小小的脏爪子伸到床垫的破洞里，那里藏着他的弹子球。没什么能惊动这孩子。他不慌不忙地挑了三颗褐色的玛瑙球，放到身边。"啊哦，呸，米克。"他回敬她说。乔治太小，太难对付。没道理去爱他。他对事物的了解比她要少得多。

学校放假了，她通过了每门课——有的是 A+，有的是勉强及格。白天长而炎热。她终于又能努力研究音乐了。她开始写几首小提琴和钢琴曲。她写歌。音乐永远在她脑子里。她听辛格先生的收音机，在房子里游荡，想着刚才听过的节目。

"米克哪里不舒服？"鲍蒂娅问，"哪只猫把她的舌头叼走了？她变得这么不爱说话，到底为什么？她转来转去，不说一句话。她甚至不像过去那么贪吃了。最近她变成正常的女士了。"

似乎她在以某种方式等待，但她并不知道自己在等什么。太阳耀眼地灼烧街面，白花花的热。白天她研究音乐或者和孩子们混在一起。还有等待。有时她快快地扫视周围，那种恐慌又来了。六月下旬，发生了一件突然的事，它如此重要，以至于改变了一切。

那天晚上，他们都跑到外面的门廊上。黄昏的光线模糊、柔和。晚饭差不多好了，卷心菜的气味从大厅飘到他们鼻子里。所有的人都在，除了海泽尔和埃塔，海泽尔还没有下班，埃塔病在床上。他们的爸爸靠在椅子里，他只穿着短裤的脚搭在扶手上。比尔坐在台阶上，和孩子们一起。他们的妈妈坐在秋千上，用报纸扇风。街对面，有一个街区新来的女孩沿着人行道溜冰，脚上是四轮冰鞋。路灯正亮起来，远处一个男人在喊谁的名字。

然后海泽尔到家了。她的高跟鞋在台阶上发出嘟嘟声，她懒洋洋地靠在扶栏上。在半黑的暮色中，她用手摸着后面的辫子，胖胖松软的手显得非常苍白。"我真希望埃塔能工作，"她说，"今天我发现了这样一份工作。"

"什么工作?"他们的爸爸问,"是我能做的吗,或者只是女孩的工作?"

"只是女孩。乌尔沃斯的一个员工下星期结婚。"

"一角钱店……"米克说。

"你感兴趣?"

这个问题让她吃了一惊。她正想着前天在那里买的一袋冬青糖。她感到燥热和紧张。她把刘海捋到上面,数起了天上刚亮起来的几颗星星。

他们的爸爸把香烟扔到人行道。"不,"他说,"我们不希望米克在她这样的年纪负担太多。让她自如地成长吧。不管怎么说,让她完好地成长。"

"我同意,"海泽尔说,"我确实觉得让米克专职工作是错误的。我认为不对。"

比尔把拉尔夫从他大腿上放下来,在台阶上蹭着脚。"任何人在十六岁前都不应该工作。米克还有两年,应该读完职业学校,如果我们能应付的话。"

"即使我们不得不放弃这所房子,搬到工厂区,"他们的妈妈说,"我宁愿让米克留在家里一段时间。"

一瞬间她害怕他们会逼她做这份工作。她会说她要离家出走。但他们的态度让她很感动。她感到兴奋。他们都在谈论她,而且用一种善意的方式。她为起初的恐惧而羞耻。突然间,她爱所有的家人,她的喉咙感到紧涩。

"工资是多少?"她问。

"十块。"

"十块一星期?"

"自然,"海泽尔说,"你不会以为是一个月十块吧?"

"鲍蒂娅还没挣这么多呢。"

"哦，黑人……"海泽尔说。

米克用拳头摩擦头顶。"这是一大笔钱。很合算。"

"没必要咧着嘴乐，"比尔说，"我也挣这么多。"

米克的舌头发干。她把舌头在嘴里润了润，弄点儿唾液才能说话。"一星期十块意味着可以买十五只炸鸡。或者五双鞋或五件裙子。或者分期付款买收音机。"她想到了钢琴，但没大声说出来。

"它能帮我们渡过难关，"他们的妈妈说，"但同时我宁愿让米克留在家里一段时间。唉，当埃塔……"

"等等！"她有一种刺激和不顾一切的感觉，"我想要这份工作。我能干好它。我知道我能。"

"听听小米克的。"比尔说。

他们的爸爸用火柴棍剔牙，从扶栏上抽下他的脚。"现在，我们别急着决定。我希望米克好好想一想。她不工作的话，无论如何我们也能应付。我打算把修表的数量增加百分之六十……"

"我忘了一点，"海泽尔说，"我想那儿每年还有圣诞节的红包。"

米克皱眉。"但我不想那时还工作。我想上学。我只想在假期上班，然后回到学校。"

"自然。"海泽尔马上说。

"但明天我和你一起去，如果他们要我，我就上班。"

巨大的忧虑和紧张似乎远离了一家人。黑暗中他们开始大笑，聊天。他们的爸爸用火柴棍和手帕给乔治变了一个魔术。他又给了这孩子五角钱，让他去附近的便利店买晚饭后喝的可口可乐。大厅里传来的卷心菜的味道越发浓重，猪排正煎着。鲍蒂娅叫了。房客已经等在桌前了。米克在餐厅吃饭。她盘子里的卷心菜叶蔫答答地发黄，她不想吃。她伸手拿面包，碰翻了桌上的一大水罐冰茶。

后来她一个人留在前廊，等辛格先生回家。她绝望地想见到他。一个小时前的兴奋退潮了，她厌恶到极点。她就要去一角钱商店工作，她不想去。她好像掉进了某个陷阱里。这个工作不会仅仅是暑期的事，而是很长时间，长到她可以预见。一旦他们习惯了这笔收入，就无法再回到原来的状态。事情往往是这样的。她站在黑暗中，紧紧地握着扶栏。过去了很久，辛格先生还没有回来。十一点钟，她走到外面去找他。但是，突然她在黑夜里有些害怕，她跑回了家。

早晨，她非常仔细地洗漱和穿衣。海泽尔和埃塔借给她衣服穿，讲究地打扮她。她穿上了海泽尔的绿丝绸裙，绿色的帽子，高跟鞋和长丝袜。她们给她的脸打上胭脂，抹了口红，拔了眉毛。她们打扮完毕后，她看起来至少有十六岁了。

现在已经没有退路了。她真的长大了，是挣自己口粮的时候了。但如果她去找她爸爸，告诉爸爸她的感受，他会让她再等一年的。而海泽尔、埃塔、比尔和他们的妈妈，就是现在也还是会说她可以不去。可她不能这样做。她不能丢这样的脸。她上楼去找辛格先生。她脱口而出：

"听我说——我想我得到了这份工作。你觉得怎么样？你觉得它是好主意吗？你觉得现在退学工作可以吗？你觉得它好吗？"

他起初没听明白。他的灰眼睛半闭着，站在那里，双手深深地插入口袋。依然是那种熟悉的感觉——他们在等待对方说出过去从未说过的话。现在她要说的事并不重要。而他要告诉她的将是对的——如果他说这个工作听起来不错，她会感觉好一点儿。她慢慢地重复了一遍，等待。

"你觉得它好吗？"

辛格先生考虑着。然后他点头说是。

她得到了工作。经理把她和海泽尔带到后面一个小办公室交谈。

后来她却想不起来经理的样子或者说过的话。但她被雇用了，离开后她在路上买了一角钱的巧克力，为乔治买了一小套橡皮泥。六月五日，她就要开始上班了。她在辛格先生的珠宝店窗前站了很久，然后她就在街角徘徊。

十五

又到了辛格去看安东尼帕罗斯的时间了。这是一次漫长的旅行。尽管两地相距不到两百英里，但火车路线蜿蜒曲折，绕了很大的弯，而且夜里在某些车站要停好几个小时。辛格在下午离开小镇，火车上整整一夜，第二天早晨才能到。和以前一样，他提前很久就做好了准备。他计划这次要和他的伙伴一起度过满满一星期。他把衣服送到洗衣店，帽子用模具定型，行李袋也收拾好了。他带去的礼物包在彩色薄纱纸里，还有一个用玻璃纸包装的奢华的水果篮，一篓刚运来的草莓。早晨出发之前辛格打扫了房间。他在冰箱里发现了一点儿剩鹅肝，把它拿到小路上喂街区的猫。他在门上贴了和上次一样的便条，说他要出差几天。他悠闲地干着这些准备工作，颧骨上有两块明显的红晕。他的脸很庄严。

终于，出发的时间近在眼前。他立在站台上，拎着大包小包和礼物，他注视着火车驶进车站的铁轨。他在硬座车厢找了一个座位，把行李放在头顶的行李架上。车厢很挤，多数是母亲和孩子。绿色的绒座散发着污浊的气味。车窗脏得很，扔到一对新婚夫妇头上的米粒散落在地上。辛格对同伴礼貌地微笑，靠在座位上。他闭上眼睛。睫毛在他深陷的脸颊上形成了黑色弧形的流苏。他的右手在口袋里紧张地移动。

有那么一会儿，他的思绪停留在渐行渐远的小镇上。他看见米克、考普兰德医生、杰克·布朗特和比夫·布瑞农。他们的面孔从黑暗中跳出来，涌进他的脑海，他感到透不过气。他想到了布朗特和那个黑人之间的争吵。他对这次争吵的实质实在弄不清楚——他们两个有好几次都在背后激烈尖刻地谴责另一个人。他轮流同意两个人的看法。虽然他并不知道他们想要他同意什么。还有米克——她的脸热切，她说了很多他丝毫不能理解的话。此外是纽约咖啡馆的比夫·布瑞农。布瑞农，有发乌的铁一样的下巴和警惕的目光。还有在街上跟着他的陌生人，出于无法解释的原因，非要拉着他说话。亚麻织品店的土耳其人，在他眼前猛然地挥手，絮絮叨叨，舌头发音的形状是辛格过去想象不到的。某个工头和一个黑人老太太。主街上的一个商人和一个小流氓——引诱士兵，为河边的妓院拉皮条。辛格不安地扭动肩膀。火车平稳从容地震颤前行。他的头耷拉在肩上，他睡了一小会儿。

重新睁开眼睛时，小镇已经远远地抛在了身后。小镇被遗忘了。肮脏的窗子外面，是一块灿烂的盛夏的田野。强烈的古铜色的光线斜射在长着新棉的绿田上。有大块大块的烟草地，这些绿色植物密密麻麻，像恐怖的丛林杂草。桃园里繁茂的果实压弯了树枝。有绵延的牧场和大片大片疲软的荒地——只有生命力更顽强的野草可以生长。火车穿过深绿的松林，地面铺着光滑的褐色松针，树顶向上伸展到天空，圣洁高大。再向前，到了小镇以南很远的地方，是一处柏树沼泽地，多节的树根蜿蜒进恶臭的水里，水里有从树枝蔓生的烂糟糟的灰苔藓，热带荷花盛开在黑暗和阴郁中。火车钻出了黑暗，回到了太阳和深蓝天空下的旷野中。

辛格严肃而胆怯地坐着，他的脸完全扭向了窗外。绵延的视野和鲜亮的自然色令他眼花缭乱。多姿多彩的风景。这种丰富的生机和色彩，在某种程度上和他的伙伴联系在一起了。他时刻想着安东尼帕罗斯。团聚的狂喜几乎窒息了他。他的鼻子塞住了，他微微张嘴，呼吸短而急促。

安东尼帕罗斯见到他会很高兴。他会喜欢新鲜的水果和礼物。他现在应该离开病房了，可以出去看电影，然后去第一次吃晚餐的那家酒店。辛格给安东尼帕罗斯写了许多信，但没有寄出。他脑子里全是他的伙伴。

自从他上次见到他，有半年的时间了，既不是太长，也不是太短。每一个醒着的时刻背后，总有伙伴的存在。这种和安东尼帕罗斯隐秘的交流，在长大，在变化，好像他们已经血肉相连。有时他带着敬畏和谦卑想着安东尼帕罗斯，有时带着骄傲——永远怀着不挑剔的爱，不受意志所控制。他做梦时，伙伴的脸总在眼前，粗大而温柔。他醒着的时候，他们永远都在一起。

夏天的晚上来得很迟。太阳落在参差不齐的树丛后，天空变白了。黄昏的光线慵懒而柔和。一轮银白的满月，紫色的低云匍匐在地平线上。大地、树木、朴素的乡村住所，全都慢慢暗下去。夏天温和的闪电不时地划过天空。辛格贪婪地注视着这一切，直到夜幕降临。这时他可以看见车窗里自己的脸。

孩子们在车厢过道上蹒跚，手里拿着湿淋淋的水杯。穿工装裤的一个老人，坐在辛格的对面，时不时地喝几口装在可口可乐瓶里的威士忌。喝酒间歇，他小心地用纸卷塞住瓶口。右手的小女孩用一只粘手的红棒棒糖梳头。长条车厢的门打开了，餐车开始送晚餐了。辛格没有吃。他靠在座位上，随意地观察周围的人与事。车厢终于平静下来。孩子们躺在宽大的绒座里睡觉，男人和女人靠着枕头蜷缩身子，以尽可能舒服的方式休息。

辛格没有睡。他把脸紧紧地贴在窗玻璃上，尽力观察夜色。浓重的黑暗有天鹅绒般的柔滑。有时现出一小块月光，有时路边房屋窗子里摇曳着灯笼光。从月亮的方向他判断火车从向南的轨道转到了向东。他的渴望如此强烈，他的鼻子塞得无法呼吸，他的脸颊绯红。漫长的夜行中，多数时间他都坐着，脸紧紧地贴在冰凉漆黑的窗玻璃上。

火车晚点一个多小时，他们到达时，夏天灿烂的早晨已经生机勃勃地启动了。辛格立刻去了他提前订过房的一家酒店，非常好的酒店。他打开行李，把要带给安东尼帕罗斯的礼物放在床上。他在侍应生给他的菜单上挑了一顿豪华早餐——烤蓝鳕鱼、玉米粥、法式吐司和热黑咖啡。吃完早餐后，他只穿着内衣在电扇前休息。中午时，他开始穿衣梳洗。他洗了个澡，刮了胡子，摆开崭新的亚麻衬衫和他最好的绉纹薄西装。医院的探视时间是三点钟。这是星期二，七月十八日。

他先去疯人院的病房里找安东尼帕罗斯，也就是他上次生病时住的地方。但一到房间门口，他就发现伙伴并不在那里。他沿着走廊摸到上次被带去的办公室。他事先已经在随身带的卡片上写好了问题。桌子后面的人也不是上次见到的同一个人。他是一个年轻人，几乎还是个孩子，有一张没有发育成熟的稚嫩的脸和蓬松的直发。辛格递给他那张卡片，静静地站着，胳膊上大包小包的，全身的重量落在了脚跟。

年轻人摇摇头。他趴在桌子上，在纸簿上潦草地写了几个字。辛格读完以后，立刻面无血色。他盯着纸条看了很久，眼睛斜视，垂着头。纸上说安东尼帕罗斯死了。

回酒店的路上，他小心翼翼地怕把带去的水果压坏了。他把行李拿到楼上的房间，然后晃悠到楼下的大堂。在盆栽的棕榈树后有一个老虎机。他塞了一个五分币，他想拉动摇杆却发现机器堵塞了。他在这件事上小题大做。他为难侍应生，怒气冲冲地演示发生的事。他脸死一样的苍白，他发狂到这样的程度，泪珠顺着鼻梁滚落。他疯狂地挥舞双手，甚至用细长优雅的鞋跺了一次绒地毯。他的分币被还回来后，他还是不满意，他坚持要立刻退房。他把东西装进行李袋，不得不使很大的力气才把它合上。因为除了他带来的东西外，他还拿走了三块毛巾、两块肥皂、一支笔、一瓶墨水、一卷卫生纸和一本《圣经》。他付了账，走到火车站，把行李存在寄存处。火车晚上九点才出发，他有一下午的空闲时间。

这个镇比他住的小镇要小。商业街交叉成十字。商店乡里乡气的，橱窗有一半是马具和饲料袋。辛格无精打采地走在人行道上。他的喉咙发肿，不能吞咽。为了减轻窒闷的感觉，他去一家杂货店买了杯饮料。他在理发店待了一会儿，又去一角钱店买了点儿零碎。他不正眼看人，脑袋向一边耷拉着，像一只生病的动物。

下午快过去时，一件奇怪的事发生了。辛格正沿着马路牙子有一搭无一搭地慢慢走着。天上乌云密布，空气潮湿。辛格没有抬头，但他经过小镇的台球室时，眼角瞥见了一景，令他心里一乱。他走过台球室，然后在路的中间停住。他无精打采地掉头顺原路走回，站到台球室敞开的门口。里面有三个哑巴，他们正打着手语聊天。他们三个都没穿外套。他们戴着圆顶硬礼帽和鲜艳的领带。每个人的左手都拿着一杯啤酒。他们三个有点儿像亲兄弟。

辛格走进去。一时间他难以把手从口袋里抽出来。随后他笨拙地做了一个打招呼的手势。有人拍了拍他的肩膀。他要了一杯冷饮。他们围在周围，问他话时，手指就像手枪射击一样。

他告诉他们自己的名字和居住的小镇名以后，再也想不出关于自己还有什么可说的。他问他们是否认识斯皮诺斯·安东尼帕罗斯。他们不认识他。辛格站着，双手松松地下垂。他的脑袋依然歪向一边，目光斜视。他毫无力气，全身发冷，三个戴圆顶硬礼帽的哑巴都用奇怪的眼光看他。过了一会儿，他们自顾自地聊天，不理会他了。他们付完几巡酒钱准备离开时，没有请他加入到他们中间的意思。

尽管辛格时间充裕地在街上晃了半天，却几乎错过了火车。他不清楚这是怎么回事，也不知道他是如何把时间打发掉的。火车开走两分钟前，他才赶到车站。他勉强来得及把行李拖上车，找了个座位。他选的这个车厢几乎是空的。他安顿好以后，打开草莓篓，极其小心地挑拣它们。草莓个头巨大，有胡桃那么大，熟透了。鲜艳的水果枝头顶部的绿叶，像一簇簇小小的花束。辛格把一颗草莓放进嘴里，果汁有怡人和自然的香甜，但隐隐地能尝到一丝腐败的气味。他吃到味觉麻木才停嘴，把果篓重新包起来，放到头上的行李架上。午夜到了，他放下窗帘，躺在座位里。他缩成一个球，用外套蒙住脸和头。他一直这样躺了十二个小时，半睡不睡地陷入恍惚之中。车到站时，列车员不得不把他摇醒。

辛格把行李放在车站大厅中间。然后他向工作的店铺走去。他无力地扭了下头，和他的珠宝店老板打招呼。他走出店铺，口袋里多了件沉甸甸的家伙。他低着头，在大街上闲荡了一小会儿。阳光耀眼的直射、潮湿的闷热，都令他感到压抑。他肿着眼泡，头很痛，回到了自己的房间。休息过后，他喝了一杯冰咖啡，抽了支烟。洗完烟灰缸和杯子，他从口袋里掏出一把手枪，向胸膛开了一枪。

第三章

一

一九三九年八月二十一日　早晨

"别催我，"考普兰德医生说，"随便我吧。行行好，让我安静地坐一会儿。"

"父亲，我们不想催你。但我们该走了。"

考普兰德医生固执地坐在椅子里摇着，他的灰披巾紧紧地裹在肩上。早晨温暖而清新，但炉子里仍燃着小小的柴火。厨房里几乎什么家具也没有了，只剩下他坐的椅子。其他房间也空了。大多数家具都被搬到了鲍蒂娅家，剩下的也被绑在了外面的汽车上。一切都准备好了，除了他的心。他怎么能这样离开？在这样的时刻离开？——他的头脑里，既没有开始也没有结束，既没有真理也没有使命。他用手撑住正在颤抖的脑袋，继续缓慢地摇晃着吱嘎作响的椅子。

紧闭的门外，他听见他们的声音：

"我使了浑身解数。可他决心一直坐在那儿，直到他自己情愿离开。"

"巴迪和我包好了瓷碟子和……"

289

"我们应该在露水蒸发以前出发，"老人说，"要不然，天黑时我们可能还在路上。"

他们的声音小了下来，脚步声在空荡的大厅回响，他听不见他们的声音了。他身边的地上有一只杯子和托盘。他拿下炉子上的咖啡壶，倒满杯子。他一边摇，一边喝咖啡，同时用热气暖手。这绝不可能是结束。他的内心响起另一些沉默的声音。耶稣和约翰·布朗的声音，伟大的斯宾诺莎的声音，卡尔·马克思的声音。所有那些斗争过的人们的召唤，向那些被赋予继承他们事业的使命的人们的召唤。还有死者的声音。哑巴辛格的声音，一个正直的有同情心的白人。弱者和强者的声音。他的同胞绵长的叫喊，在力量和能力方面，他的同胞始终在成长。强烈的真正的使命的声音。他的回答在嘴唇上震颤，这些话绝对是人类一切痛苦的根源，所以他几乎大声地叫了出来："万能的主！宇宙最大的力量！我做了那些我本不应该做的事，而应该做的却没有做。因此这绝不可能是结束。"

他最初是和他的爱人一起搬进这房子的。戴茜穿着婚纱，戴着白色蕾丝头纱。她的皮肤是美丽的深蜜色，她的笑声是甜美的。晚上他把自己关在明亮的房间里，独自读书。他曾试图沉思，强迫自己读书。但有戴茜在身边，他体内强烈的欲望不会随着读书而消逝。有时他不得不向这些情感屈服，随后又咬紧嘴唇，一整夜读书思考。然后有了汉密尔顿、卡尔·马克思、威廉和鲍蒂娅。都失去了。一个也不剩。

还有马迪本和班尼·迈。还有班尼迪恩·迈戴恩和马迪·考普兰德。那些随他名字的人。还有那些他曾诚勉过的人。但在许许多多的他们当中，哪一个可以让自己放心地把使命交给他？

他始终强烈地明白自己的使命。他知道他工作的目的，他的内心深处非常确信，因为他知道每一天等着他的是什么。他会拎着包走家串户，和他们谈论一切，耐心地解释。晚上到了，他会高兴，因为他知道这一天没有白过。即使没有戴茜、汉密尔顿、卡尔·马克思、威廉和鲍蒂娅在身边，他也可以一个人坐在火炉边，享受这种喜悦。他会喝上一罐芜菁叶汁，吃一块烤玉米面包。因为这天过得好，他有一种深深的满足感。

这样满足的时刻有无数次。可是它们的意义何在？所有的这些岁月里，他想不出一样工作有永恒的价值。

过了一会儿，大厅的门开了，鲍蒂娅走了进来。"我想，我得像孩子一样帮你穿衣服，"她说，"这是你的鞋子和袜子。让我脱掉你的拖鞋，换上它们。我们得马上离开。"

"你为什么要这样对我？"他痛苦地问。

"哦，我怎么对你了？"

"你很清楚我不想走。你在我身体不好、不能做决定时，强迫我同意。我想待在我一直待的地方，你知道的。"

"听听你愚蠢的胡闹吧！"鲍蒂娅生气地说，"你发了这么多牢骚，我烦透了。你发火，你抱怨，我真为你害臊。"

"哼！想说什么就说吧。你飞到我的面前，就像一只蚊子。我知道我想要什么，我不想被你缠着做错事。"

鲍蒂娅脱掉他的拖鞋，展开一卷干净黑棉袜。"父亲，我们别争了。我们做了我们知道是最好的事。离开这里，搬去和外祖父、汉密尔顿和巴迪住在一起，绝对是最好的计划。他们会好好照顾你的，你会好起来的。"

"不，我不，"考普兰德医生说，"我在这里也能好。我知道。"

"你指望谁来付房费？你觉得我们能养活你？你觉得谁能在这儿照顾你？"

"我一直能应付，现在也能。"

"你只是想抬杠。"

"哼！你飞到我的面前，就像一只蚊子。我才不睬你。"

"我忙着帮你穿鞋子和袜子，你却这样和我说话，你可真好啊。"

"对不起。原谅我吧，女儿。"

"当然，你是对不起，"她说，"当然，我们都对不起。我们受不了争吵。再说，只要你在庄园安顿下来，你会喜欢它的。他们有我见过的最漂亮的蔬菜园。想到它我就要流口水。还有鸡、两只种母猪和十八棵桃树。你会爱死那里的。我真希望我自己能有机会去那里。"

"我也希望你能。"

"你为什么这么难过？"

"我只是觉得自己失败了。"他说。

"失败？怎么说？"

"我不知道。别管我了，女儿。就让我安静地坐一会儿。"

"好吧。但我们马上就得离开了。"

他不想说话。他想静静地坐在椅子里摇，直到秩序感重新回到身上。他的头颤抖，后背很痛。

"我真希望，"鲍蒂娅说，"我真希望我死的时候，有很多人为我悲伤，就像辛格先生那样。我真想知道我会不会有像他那样悲伤的葬礼，会不会有很多人……"

"别说啦！"考普兰德医生粗暴地说，"你话可真多。"

但是那白人之死的确在他的内心投下了悲伤的阴影。除了他，他还没有对其他白人那样谈过话，他信任他。而他的自杀之谜让他困惑和无助。这种悲哀既没有开始也没有终结，也不能理解。他的思绪总是回到那个白人身上 —— 他不傲慢或者轻蔑，他是公正的。当逝者依然活在生者的心中时，这死去的人难道真的死了吗？但他不能再思考这一切了。他现在必须把这想法狠狠地推开。

因为他需要的是自律。过去一个月里，那种黑暗的可怕的情绪又出现了，来和他的灵魂搏斗。有一种仇恨，让他很多天都沉入死亡之域。在和布朗特先生——午夜的来访者——吵架后，他心里聚集了杀气腾腾的黑暗。但他现在已经无法清楚地回忆起争吵的那些起因。而当他看到威利的残肢时，另一种愤怒又升起了。爱恨的交织——对同胞的爱和对同胞的压迫者的恨——让他筋疲力尽，心烦意乱。

"女儿，"他说，"把手表和外套给我。我要走了。"

他撑着椅子扶手站起身。地板距离他的脸似乎很远很远，长期卧床后他的双腿软绵绵的。有一刻他觉得自己要摔倒了。他晕眩地穿过光秃秃的房间，靠在门道的一侧。他咳嗽，从口袋里掏出一张纸片，捂住嘴。

"给你外套，"鲍蒂娅说，"可是外面热得要死，你不需要它。"

他最后一次走过这空荡荡的房子。百叶窗合上了，黑暗的房间里有灰尘的气味。他靠在门厅的墙上休息，然后走到外面。早晨明亮暖和。前一天晚上和这天清晨很多朋友来道别过，而此时只有家人聚在前廊。马车和汽车都在外面的街道上停着。

"噢，班尼迪克特·马迪，"老人说，"我猜开始几天你会有点想家的。但不会太久。"

"我没有家了。所以我想什么家？"

鲍蒂娅紧张地润润嘴唇，说："只要他身体好了，随时都可以回来。巴迪很乐意开车带他进城。巴迪就喜欢开车。"

汽车装了东西。一箱箱书被绑在踏脚板上。后座塞了两把椅子和档案柜。他的办公桌四脚朝天地绑在最上面。汽车沉甸甸的，而马车几乎是空的。骡子耐心地站立，一块砖头拴在缰绳处。

"卡尔·马克思，"考普兰德医生说，"睁大眼睛检查一下房子，看看有没落下什么东西。把放在地上的杯子和摇椅给我拿来。"

"我们上路吧。晚饭前我着急赶到家。"汉密尔顿说。

他们终于要出发了。赫保埃用曲柄发动汽车，卡尔·马克思坐在方向盘前，鲍蒂娅、赫保埃和威廉挤在后座上。

"父亲，你不如坐在赫保埃的腿上。我想总比和我们还有家具挤在一起要舒服些。"

"不，太挤了。我宁愿坐马车。"

"你不习惯坐马车啊，"卡尔·马克思说，"一路颠得不得了，路上要整整一天呢。"

"没关系。我坐过很多次马车。"

"告诉汉密尔顿坐过来。我打赌他愿意坐汽车。"

外祖父前一天就驾车进城了。他们带了一车农产品——桃子、卷心菜和萝卜，让汉密尔顿拿到城里卖。除了一袋桃子，别的全卖掉了。

"好吧，班尼迪克特·马迪，我愿意你和我一起回家。"老人说。

考普兰德医生爬到马车后面。他很疲倦，骨头像是灌了铅。他的头在颤抖，他感到一阵突然的恶心，平躺在简陋的车仓板上。

"真高兴你来，"外祖父说，"你知道我一直深深地尊敬学者。深深地尊敬。如果一个人是学者，我就能忽视和忘记他的很多事。你这样的学者能再次回到我们家，我高兴极了。"

马车的车轮发出吱嘎声。他们在路上。"我很快就会回来，"考普兰德医生说，"一两个月后我就会回来。"

"汉密尔顿真是个好学者。我觉得他有点儿像你。他帮我记账，他看报。威特曼，我想也会是个学者。现在他能读《圣经》给我听了。还会做算术。虽然他还是个小孩子。我一直深深地尊敬学者。"

他的后背随着行进的马车颠簸。他抬头看头上的树枝。看不见树荫时，他用手帕遮住脸，让眼睛躲过阳光。这不可能是结束。他总能感觉到内心强烈的真正的使命。四十年来，他的使命是他的生活，而他的生活也是他的使命。但是一切都等着去做，一切都没有完成。

"是的，班尼迪克特·马迪，我真高兴你又和我们在一起了。我一直等着问你，我的右脚感觉很奇怪，这是怎么回事。我的右脚感觉怪怪的，像是睡着了。我服了'六六六'，抹了些药膏。但愿你能帮我找到一个好方子。"

"我尽力而为。"

"是的，真高兴身边有你。亲戚们都应该住在一起——有血缘关系的和有婚姻关系的亲人。我们大家应该一起努力，互相帮助。有一天我们能在来世得到回报。"

"哼!"考普兰德医生嘲讽地说，"我相信现世的公正。"

"你说你相信什么？你嗓子太哑了，我听不清。"

"相信对我们的公正。对我们黑人的公正。"

"有道理。"

他感觉到内心的火焰，他无法平静。他想坐起来，大声说话——他努力想抬起身子，却浑身无力。心里的话越长越大，不肯沉默。但老人不再听了，没有人听他说话。

"驾，李·杰克逊。驾，甜心。收起你的腿，别东戳西刨的。我们有很长的路咧。"

下午

杰克笨拙而疯狂地奔跑。他穿过韦弗斯小巷，插到一条小路上，翻过篱笆，继续向前跑。他的胃感到恶心，嗓子口有要呕吐的感觉。一只狂吠的狗一直跟着他，他终于和它拉开足够的距离，用一块石子威胁它。他的眼睛因为恐惧睁得老大，用手捂住张大的嘴。

上帝！这就是结局。骚动。暴乱。为了自己和每个人打架。被碎瓶子割伤的血红的头颅和眼睛。上帝！喧嚣声之上还有木马的呼哧呼哧的音乐声。掉在地上的汉堡、棉花糖和尖叫的小孩子们。这里面全都有他。与灰尘和阳光盲目地作战。关节处明显的咬痕。还有笑声。上帝！还有这种感觉：他的体内释放出不肯停息的疯狂、强烈的节奏。随后是死死地盯住死去的黑色面孔，一无所知。甚至不知道他是否杀了人。但是等一下。上帝！没人能阻止它。

杰克慢了下来，紧张地扭头向后看。小巷空无一人。他吐了，用衬衫袖口擦擦嘴和额头。他休息了一分钟，感觉稍好一点儿。他已经跑了八条街，尽管他挑了捷径，还是跑了大约半英里。晕眩散去了，在所有那些狂野的感觉里，他可以记起一些事情了。他又跑了起来，这次却是平稳的慢跑。

没人能阻止它。整个夏天，他像灭火一样扑灭了它们。除了他，没人能阻止这场战斗。他像是从虚无中产生，熊熊燃烧。他一直在弄秋千的机械，中间停下来倒了杯水。他经过场地时，发现一个白人男孩和一个黑人正在绕着对方走。他们都醉了。那天下午，人群中有一半都喝醉了，因为这是星期六，而一星期工厂都是全天候运转。高温和阳光令人恶心，空气中有浓重的臭味。

他看见这两个"战斗者"正在逼近对方。他知道这不是开始。长久以来，他已预感到一场大的战斗要来了。可笑的是，他居然有时间想到这些。他站在那里，观看了五秒左右，然后挤进人群。在如此之短的时间内，他想到了很多事。他想到了辛格。他想到了那些闷热的夏日午后，那些黑色的炎热的夜晚，那些被他化解的斗殴，那些被他压制的争吵。

接着，他看见阳光下小刀的闪光。他用肩挤开人群，跳上拿刀的黑人的后背。这个男人和他一起倒下，同时跌到地上。黑人的汗味混合着重重的灰尘，扑进他的肺。有人踩他的腿，踢他的脑袋。等到他重新站起来时，这场战斗已经发展成集体斗殴。黑人们在打白人们，白人们在打黑人们。他看得很清楚，每分每秒。挑起战争的白人男孩像是头儿。他是一帮经常来游乐场的小混混的头儿。他们十六岁上下，穿着白帆布裤子和时髦的人造丝 T 恤衫。黑人们拼命反击。有些人用上了剃刀。

他开始大叫：秩序！救命！警察！但这就像面对决堤的水坝喊叫。他听见了耳朵里一个可怕的声音——可怕是因为它是人发出的，却不是语言。这个声音涨成了震耳欲聋的咆哮。他的脑袋被击中了。他看不清周围发生的一切。他只能看见眼睛、嘴巴和拳头——疯狂的眼睛、半闭的眼睛，湿润松弛的嘴巴，握紧的拳头——黑色的和白色的。他从一只手里夺过刀，抓住了一只高举的拳头。灰尘和阳光蒙住了他的眼睛，他脑子里的念头就是离开这里，找到电话求助。

但他身陷其中。他不知道自己是何时加入战斗的。他用拳头出击，感觉到了潮湿的嘴上黏糊糊的柔软。他闭着眼睛低着头打架。一阵疯狂的声音从他的喉咙发出。他使出了吃奶的劲打斗，头向前冲锋，像一头公牛。他的脑子里响着一些无意义的话，他在大笑。他看不见到底打了谁，也不知道谁在打他。但他知道殴斗的阵容变了，现在每个人都在为自己打架。

突然间，结束了。他跌了一跤，向后倒去。他被打昏了，也许过了一分钟或者远远更长的时间后，他才睁开眼睛。一些醉鬼们还在打，但两个警察正在迅速地驱散他们。他看见了绊倒他的东西。他半躺在一个黑人男孩的身上。他只扫了一眼，就知道他已经死了。他脖子的一侧有一条刀口，但看不清为什么死得如此之快。他知道这张脸，却想不起来是谁。男孩的嘴大张着，眼睛也惊讶地睁着。地上乱丢着废纸、碎瓶子和踩得稀烂的汉堡包。一只旋转木马的头折断了，一个售货亭也被毁了。他坐了起来。他看见了警察，在惊恐中，他开始狂奔。现在他们肯定追不上他了。

前面只剩下四条街，他就要安全了。恐惧让他难以呼吸，他气喘吁吁。他握紧拳头，低下头。接着他突然放慢脚步，停了下来。主街附近的小巷里只有他一个人。一边是房子的墙壁，他颓然地靠在上面喘气，额头上紧张的血管火烧火燎的。在混乱中，他穿过小镇一路狂奔，目标是他朋友的房间。而辛格已经死了。他放声大哭。他哭得很响，鼻涕流下来，打湿了胡子。

一面墙，一段楼梯，前面的一条路。灼烧的太阳重重地压在身上。他掉头沿着原路折回，但这次走得很慢，边走边用油腻的袖口擦拭汗湿的脸。他无法抑制嘴唇的颤抖,咬紧嘴唇,直到咬出了血腥味。

下一个街的拐角处,他碰到了西姆斯。这个怪老头正坐在箱子上,他的《圣经》放在膝盖上。他身后是高高的木篱笆,上面用紫色的粉笔写着:

他为了救你而死
请听关于爱和仁慈的故事
每天晚上 7:15

街道无人。杰克想走到对面的人行道上,西姆斯抓住了他的胳膊。

"都来吧,汝等忧郁痛苦之人。跪在他的圣足之下,摒弃汝之罪孽和困惑。他为了救你而死。你何故要走,布朗特兄弟?"

"回家大便,"杰克说,"我要大便。我们的救世主对此有意见吗?"

"罪人!主会记住你所有的罪行。就在今晚,主有话要对你说。"

"主有没有记住我上星期给你的一元钱呢?"

"耶稣今晚七点一刻有话要对你说。你要准时到场,聆听他的圣言。"

杰克舔舔胡子。"每天晚上你都有一大堆听众,我没法挤到跟前听清楚。"

"亵慢的人自有他的去处。另外,我收到了信号,很快救世主会让我替他造一所房子。就在十八大道和第六街的拐角处。一所神堂,大得足够装下五百人。到时你们这些亵慢的人就瞧着吧。当着我的敌人的面,主在我的面前摆好桌子。他在我头上涂了圣油。我的杯子……"

"今晚我可以帮你弄些人过来。"杰克说。

"怎么弄?"

"把你漂亮的彩粉笔给我。我保证会来一大群人。"

"我看过你的标语了,"西姆斯说,"'工人们!美国是世界上最富有的国家,但我们中的三分之一却在挨饿。我们何时团结起来,要求得到我们应有的那一份?'——诸如此类。你的标语太偏激了。我不让你用我的粉笔。"

"我没打算写标语。"

西姆斯抚摸《圣经》的纸页,警惕地等待着。

"我会给你招来好大一群人。在两头的人行道上,都给你画上一些好看的脱光的婊子。全是彩色的,还用箭头指路。可人的,丰满的,光屁股的……"

"巴比伦人!"这老人尖叫道,"索多玛之子!上帝会记住这个。"

杰克走到马路对面的人行道上,向他的住所走去。"再会,兄弟。"

"罪人,"老人嚷着,"七点一刻你回到这儿吧。听听耶稣的圣言,它会给你信仰。得到拯救。"

辛格死了。他刚听说辛格自杀的消息时,感到的并不是悲伤,而是愤怒。他站在墙前。他记得曾对辛格说过的所有心里话。他死了,他感觉它们也不见了。辛格为什么要自杀?也许他疯了。但不管怎样,他死了,死了,死了。再也看不见他,触摸不到他,不能对他说话了。他们一起消磨过多少时光的房间,也被租给了一个女孩——一个打字员。他不能再去那个地方了。他孤单一人。一面墙,一段楼梯,一条大道。

杰克锁上身后的门。他饿了,可屋里没东西吃。他渴了,桌边的水壶里只剩下几滴热水。床铺没有整理,地板上堆积着毛茸茸的灰尘。屋子里到处都是纸片,他最近写了很多传单,在小镇散发。他不高兴地扫了一眼其中的一张："'纺织工人组织'是你最好的朋友"。有些传单只有一句话，有些就长多了。有一张是整整一页纸的宣言，标题名为"我们的民主党与法西斯主义的相似性"。

有一个月的时间，他忙着这项工作，上班的时候打草稿，在纽约咖啡馆用打字机打出来，还要打出副本，再去亲自散发。他没日没夜地工作。但是有谁会读呢？它们有什么用？对一个个体来说，这镇子太大了。而现在他就要走了。

可这一次要去哪里呢？他想到了一些城市名——孟菲斯、威明顿、加斯托尼亚、新奥尔良。他会去一个地方的。但他不会走出南方。熟悉的骚动和饥渴又来找他了。这次却不一样。他不再渴望开放的空间和自由——恰恰相反。他记得那个黑人考普兰德对他说过的话："别试图单打独斗。"有时这是最好的选择。

杰克把床挪到屋子的另一头。原来床底下的位置有一只手提箱、一堆书和脏衣服。他不耐烦地收拾它们。老黑人的脸浮现在脑海，他们说过的某些话又响起了。考普兰德是疯子。他是狂热的，和他讲道理，简直令人发狂。那天晚上，他们感觉到的可怕的愤怒是很难理喻的。考普兰德知道。那些知道的人就像一小撮赤手空拳的士兵，站在全副武装的大部队前。他们都做了什么？他们只是互相争吵。考普兰德错了。对，他疯了。可是不管怎么说，他们可以在某些方面合作。如果他们没有说过那么多话就好了。他想去找他。他突然产生了强烈的冲动——赶快去找他。也许这才是最好的事。也许这是一个信号，他等了如此之久的那只手。

他等不及洗掉脸上和手上的污垢，绑好手提箱就出门了。屋外的空气是闷热的，街道上有一股难闻的气味。乌云密布，空气纹丝不动，城区一家工厂冒出的烟，笔直连贯地升上天空。杰克笨拙地走着，手提箱不停地撞着膝盖。他时不时地扭头看背后。考普兰德住在小镇的另一头，他得快些走。天空阴云越来越浓，黑夜来临前一场夏季的大暴雨将如期而至。

他来到考普兰德的住处，发现百叶窗全合上了。他走到后面，从废弃的厨房窗子向里看。失落让他感到空虚和绝望，他的手出汗了，心怦怦乱跳。他跑到左手的一所房子，没有人。只能去凯利家问问鲍蒂娅。

他实在不想再靠近那所房子。看到前厅里的衣帽架，看到他爬过无数次的长长的楼梯，这都让他无法忍受。他慢慢地跛回到小镇的这一头，沿着小路走近凯利家。他进了后门。鲍蒂娅在厨房，小男孩和她在一起。

"不，先生，布朗特先生，"鲍蒂娅说，"我知道你是辛格先生的好朋友，你知道父亲是怎么看他的。我们今天早晨把父亲送到乡下了，我觉得完全没必要告诉你他住哪儿。你别介意我说实话，我可不愿意绕弯子。"

"你没必要绕弯子，"杰克说，"到底是怎么回事？"

"上次你来看过我们后，父亲病得很厉害，我们都觉得他要死了。我们花了好长时间，他才能勉强坐起来。他现在恢复得还可以。待在现在的地方，他的身子骨会好得多。不管你懂不懂，他最近对白人厌恶得很，非常容易烦躁。再说啦，既然你不介意我说实话，我问你，你到底想从父亲身上得到啥？"

"没什么，"杰克说，"你什么也不会懂。"

"我们黑人像任何人一样有感情。我保证，布朗特先生。父亲只是个生病的黑老头，他已经有一大堆麻烦事了。我们得照顾他。他不想见你——我知道。"

重新走到马路上，他看见云彩已经变成了愤怒的深紫色。凝滞的空气中有暴风雨的气息。人行道边树叶的鲜绿偷偷地渗进了空气中，街面上浮着奇怪的绿光。一切都是如此安静，杰克停下来嗅了嗅空气，环顾四周。他把手提箱塞到胳膊下，向主街上的遮篷跑去。但他跑得不够快。传来一声刺耳的雷鸣，天忽然冷了。巨大的银白的雨点落在路面，嘶嘶作响。排山倒海的雨水打下来，他看不清路。到纽约咖啡馆时，他的衣服湿透了，裹在身上；鞋子灌了水，吱吱响。

布瑞农推开报纸，胳膊肘支在柜台上。"噢，真是不可思议啊。我预感到暴雨后你立刻就会来这儿。我直觉你会来，而且你会来不及躲雨。"他用大拇指按住鼻子，鼻子变得又白又平。"还有一只手提箱？"

"看上去像，"杰克说，"摸上去也像。如果你相信手提箱的现实性，我打赌这是一只手提箱，没错。"

"你别光站着啊。上楼去吧，把你的衣服给我脱下来。路易斯会用热熨斗把它们烫平。"

杰克坐在后面隔间的桌子旁，双手捧着头。"不，谢谢。我只想休息一下，喘口气。"

"你的嘴都发紫了。你看上去筋疲力尽。"

"我挺好。我需要吃点晚饭。"

"晚饭要半小时后才有。"布瑞农耐心地说。

"剩饭也行啊。直接放碟子里吧，用不着热。"

内心的空虚感发作了。他既不想向后看，也不想向前看。两只短胖的手指在桌面上游走。距离第一次坐在这张桌子旁，已经一年多了。他和过去比有什么进步呢？没有。除了交过一个朋友又失去了他，什么也没有发生。他给了辛格一切，而这个男人自杀了。他四面楚歌。如今他只能自己摆脱这个局面，重新开始。一想到这，他就惊恐万分。他累了。头靠着墙，脚放在身边的椅子上。

"给你，"布瑞农说，"这应该管点用。"

他放下一杯热饮和一碟鸡肉派。饮料有一股浓厚的甜香。杰克吸了吸热气，闭上眼睛。"里面放了什么？"

"用柠檬皮搓方糖，滚热的水加上朗姆酒。这饮料不错。"

"我应该付你多少？"

"我一下子可说不出来。你走前我会算出来的。"

杰克深深地喝了一大口热托地酒，吞下前在嘴里漱了一圈。"你永远拿不到钱的，"他说，"我没钱给你 —— 即使我有钱，我也很可能不会给你。"

"好吧，我逼过你吗？我给过你账单，让你付过账吗？"

"没有，"杰克说，"你一直是个讲理的人。在我眼里，你是真正高尚的家伙 —— 这是我的个人看法。"

布瑞农坐在桌子对面。他在想一件事。一边用手将盐瓶子滑来滑去，一边不停地抹平头发。能闻到他身上的香水味，蓝条纹衬衫干净清新。袖子卷着，用老式的蓝色吊袖带固定住。

他终于迟疑地清清嗓子，说："你来之前，我刚好在看下午的报纸。今天你那儿有不少麻烦吧？"

"是的。报纸怎么说？"

"等一下。我去拿报纸。"布瑞农从柜台上取来报纸，靠在隔间的隔板上。"头版上说，位于某某处的阳光南部游乐场爆发了大规模的骚乱。两个黑人被刀砍成了致命伤。另有三人受了轻伤，被送到镇医院治疗。死者为吉米·麦西和蓝斯·戴维斯。伤者为约翰·哈姆林，白人，来自中山城；威瑞斯·威尔森，黑人；等等。原文：'一些人被逮捕。据说骚乱的原因是工运煽动，骚乱场所发现了反动传单。即将有更多的逮捕行动。'"布瑞农咔嗒咔嗒地咬合牙齿。"报纸的排版一天比一天糟。'反动'的第二个音节印成了'u'，'逮捕'只有一个'r'。"

"他们很聪明，没错，"杰克嘲讽地说，"'原因是工运煽动。'真有一套啊。"

"不管怎么说，整件事很不幸。"

杰克用手捂嘴，低头看着空碟子。

"你现在打算怎么办？"

"我要走了。今天下午就离开。"

布瑞农在掌心上磨指甲。"哦，当然没必要这样——不过也许这样也好。为什么这么冲动呢？下午这个时候走，没必要吧。"

"我愿意。"

"我不觉得你应该重新开始。你为什么不同时听听我的意见呢？我自己——我是保守主义者，自然认为你太偏激了。但同时我愿意知道事物的每一面。其实，我希望你能好起来。为什么不去能遇到和你差不多的人的地方呢？然后安顿下来？"

杰克烦躁地把碟子推开。"我不知道去哪里。别烦我啦。我累。"

布瑞农耸耸肩，走回柜台。

他累极了。热朗姆酒和雨猛烈的声音令他昏昏欲睡。在隔间里安全地坐着，吃完一顿好饭，感觉好些了。如果他愿意，可以靠着打个很短的盹。他头昏脑涨，像灌了铅，闭上眼睛更舒服些。但是，他只能睡一小会儿，他必须马上离开。

"雨还会下多久？"

布瑞农的声音里有一股催眠的伴音。"你无法判断——一场热带的大暴雨。有可能一下子就停了，或者，变小了，整个晚上都不停。"

杰克趴在胳膊上。雨声像滚滚的海浪。他听见钟表的嘀嗒；远处传来碟子乒乒乓乓的声响。他的手渐渐地松弛了。它们在桌上摊开，掌心向上。

布瑞农摇晃他的肩膀，看着他的脸。他脑里有一个可怕的梦。"醒醒，"布瑞农说，"你做噩梦了。我来看看这里，看见你的嘴张着，你在呻吟，脚在地上蹭。我从没见过类似的情景。"

梦还压迫着他。他感觉到了熟悉的恐惧，它总是在醒来时如期而至。他推开布瑞农，站起身。"你没必要说我做噩梦了。我自己记得很清楚。我做过十五次这样的梦。"

他现在确实想起来了。隔一阵子，他就会忘记做过的梦。他走在一大群人中间 —— 像游乐场的人群。但是周围的人像是来自东方。太阳亮得可怕，人们半裸着身体。他们不说话，动作迟缓，脸上有饥饿的表情。没有声音，只有太阳，只有沉默的一群人。他走在他们中间，拎着一只有盖的大篮子。他要把篮子带到某处，却找不到放它的地方。梦里弥漫着一种惊人的恐怖感 —— 在人群里走啊走，就是不知道怎么扔下那抱了许久的包袱。

"它是什么？"布瑞农问，"魔鬼在追你吗？"

杰克站起来，走向柜台后的镜子。他的脸很脏，汗津津的。眼睛下有黑眼圈。他在水龙头下弄湿手帕，擦脸。掏出小梳子，细心地梳理胡子。

"这梦没什么。你去睡一觉，就明白它是怎样的噩梦了。"

时钟指向五点半。雨差不多停了。杰克拾起手提箱，走向大门。"再会。也许我会给你寄明信片。"

"等等，"布瑞农说，"你现在不能走。还有点儿雨呢。"

"只是从遮篷流下来的。我最好在天黑前离开镇子。"

"等等。你有钱吗？能撑一个星期？"

"我不需要钱。我早就破产了。"

布瑞农准备好了一个信封，里面有二十块钱。杰克看了看正反面，放进口袋。"上帝才知道你想干什么。你再也不会闻到它们了。谢谢你啦。我不会忘记的。"

"好运。给我写信。"

"再见。"

"再见。"

门在他身后关上了。他回头向街道尽头望去，布瑞农正在人行道上目送他。他走到火车铁轨边。两边是一排排破败的只有两间房的棚屋。狭窄的后院有腐臭的厕所，破破烂烂、被熏黑的衣服晾成几行。两英里内，没有一处是舒适、宽敞和干净的。甚至连大地本身都是肮脏的，都是被遗弃的。偶尔有几处曾经的菜地，但只剩下几株枯萎的甘蓝叶。还有几棵得了黑穗病的不结果的无花果树。小孩子在污秽里挤作一团，更小的孩子一丝不挂。贫困的景象是如此残酷和绝望，杰克大吼一声，握紧拳头。

他走到小镇的边境，转到高速路上。车辆从身边驶过。他的肩膀太宽了，他的胳膊太长了。他太强壮太丑陋了，没人愿意搭他。但也许很快一辆卡车会停下来。黄昏的太阳又伸出了脑袋。阳光晒着潮湿的路面，水汽挥发在空中。杰克不慌不忙地走着。他一走出小镇，一股新的能量涌向他。这是一次飞翔还是猛攻？无论如何，他在前进。这一切都会重新开始。前方的路通向北部偏西。但他不会走得太远。他不会离开南方。这是很确定的。他心中有希望，也许他的旅程轨迹很快就会呈现。

三

晚上

有什么用呢？这是她想知道的答案。到底有什么用呢？她做过的一切计划，还有她的音乐。这一切的结果无非是这个陷阱——去商店，回家睡觉，再去商店。辛格先生过去工作的店铺前面有一只钟，现在它指向了七点。她要下班了。每次加班老板总让她留下来。因为她比别的女孩更有站功，工作更卖力。

大雨过后，天空现出苍白寂静的蓝色。夜幕降临了。路灯已经点亮。汽车喇叭声在街道上响起，报童高声叫卖报纸的头条新闻。她不想回家。如果她现在就回家，准是躺到床上放声大哭。她累坏的时候就是这样。如果她去纽约咖啡馆吃点儿冰淇淋，那感觉就好了。抽烟，独自待一小会儿。

咖啡馆的前部很拥挤，所以她去了最后面的隔间。她的后腰和腮帮子累惨了。他们的座右铭是"保持警惕，保持微笑"。她一走出商店，就不得不长久地皱眉蹙额，让脸部重新变得自然。她的耳朵也累。她摘下绿色的耳坠，揉捏耳垂。一星期前，她买了这对耳坠，还有

308

一只银手镯。起初她在厨具部工作，现在调到了人造珠宝部。

"晚上好，米克。"布瑞农先生说。他用餐巾擦拭水杯的底部，放回到桌上。

"我想要巧克力圣代和五分一杯的生啤。"

"一起吗？"他放下菜单，用戴着女式戒指的小拇指点着菜单。"看——这儿是很好的烤鸡和炖小牛肉。和我一起吃晚饭吗？"

"不用了，谢谢。我只想要圣代和啤酒。都要很凉的。"

米克拨开前额上的头发。她张着嘴，两颊显得下陷。有两件事她始终无法相信。辛格自杀了，死了。她长大了，不得不去乌尔沃斯商店上班。

是她发现了他。他们起初以为是汽车发的回火声，直到第二天才知道发生了什么。她进屋听收音机。血流了一脖子，她爸爸进来把她推出了房间。她跑到暗处，用拳头打自己。第二天晚上他躺在起居室的棺材里。殡仪工给他打了腮红，涂了唇膏，想让他看上去更自然。但是他的样子根本不自然。他就是一具尸体。鲜花的气味之外有如此的气息，这令她无法在房间里待下去。不过，那些日子里她坚持工作。她包好物品，递给柜台对面的顾客，把钱放进钱柜。她该吃时吃，该喝时喝。开始时，她晚上还会睡不着觉。现在她该睡时睡。

米克斜过身子，这样就可以跷起二郎腿了。她的丝袜脱丝了。去上班时已经开始破了，她在上面吐了点口水。后来丝越脱越狠，她在底部粘了一小块口香糖。但不管用。她要回家缝袜子。简直不知道她能拿丝袜怎么办。她总是很快地穿坏它们。她可不像普通女孩那样，她不穿棉袜。

她不应该来这里。她的鞋底完全磨坏了。她本应省下二角钱，打上新的前掌。如果她一直穿着有洞的鞋，会发生什么呢？脚上会起水泡。她只好用烧热的针挑水泡。她不得不请病假，然后被解雇。接下来会发生什么呢？

"给你，"布瑞农先生说，"我可从没见过谁同时点这两样东西。"

他把圣代和啤酒摆到桌上。她假装清洁指甲，如果她看他的话，他就会开始说话。他对她没有芥蒂了，他肯定已经忘了那盒口香糖的事。现在他总想和她说话。她却想安静地一个人待着。圣代不错，满满地盖着巧克力、坚果和草莓。啤酒让她放松。吃完冷饮后，啤酒有可口的苦味，让她醉意蒙蒙。除了音乐，啤酒是最好的。

可是如今她脑子里没有音乐了。这可笑得很。好像她被关到了"里屋"外面。有时一小首快曲会来了又走了，但她再也没有进过有音乐的"里屋"，那是过去的事了。她太紧张了吧。也许是工作把她的精力和时间全带走了。乌尔沃斯店和学校可不一样。她过去放学回家时，总是感觉良好，准备投入音乐创作中。现在她总是累。回到家后，就是吃晚饭、上床、吃早饭、又去上班。两个月前她在日记本上创作的一首歌还没有完成。她也想待在"里屋"，但是不知道怎么办。"里屋"像是被锁在了离她很远的某处。真是难以理解的一件事。

米克用大拇指推了推断裂的门牙。她拥有了辛格先生的收音机。所有的分期付款都没付清，现在由她来付了。有一样属于他的东西，这感觉真好。也许不久后的一天，她能攒下一笔钱，买一架二手钢琴。比如说一星期两块钱。她不允许任何人碰她的私人钢琴 —— 只有乔治，也许她会教乔治弹几首小曲子。她会把它放在后屋，每天晚上都弹奏。还有星期日一整天。但是想想吧，万一有一个星期她无法付款，他们会拿走它，就像拿走那辆红色的小自行车一样？想想吧，她不许他们这么干。想想吧，她把钢琴藏在地下室。或者在大门口等着他们，然后打一架。她会把这两个男人打趴下，打得他们鼻青脸肿，昏倒在大厅的地上。

310

米克皱了皱眉，拳头使劲地来回搓着额头。事情就是这样。她像是一直处于疯狂的状态。不是小孩子一时的抽风，很快就过去了——是另一种疯狂。只是根本没有什么事值得发疯。除了商店。但商店也没有求她去工作。所以根本没有什么事值得发疯。她像是被骗了。只是没有人欺骗她。没有人可以泄愤。但她就是有这种感觉。被骗了。

也许钢琴会有的，不会出现波折。也许她很快会得到一个机会。如果不是这样，所有的一切都有什么用呢——她对音乐的感受，她在"里屋"里做的计划。如果一件事有意义，就肯定有用。它也是，它也是，它也是，它也是。它是有用的。

没错！

没问题！

有用。

四

夜

　一切都沉寂了。比夫擦干脸和手。微风吹来，桌上日本小宝塔的玻璃垂饰叮叮当当地响。他刚打了个盹，醒来后抽了支他夜间抽的雪茄。他想到了布朗特，不知道他现在是不是走远了。卫生间的架子上放着一瓶佛罗里达花露水，他把瓶塞在太阳穴处点了点。他吹口哨，是一首老歌，走下狭窄的楼梯，旋律在他身后留下断断续续的回声。

　路易斯应该在柜台后值班了。但他偷懒了，咖啡馆没有人。大门对着空荡的大街敞开着。墙上的钟指向十一时四十三分。收音机开着，里面在说希特勒在但泽炮制的危机。他走到后面的厨房，发现路易斯在椅子上睡着了。这男孩把鞋脱了，裤子扣子也解开了。他的脑袋耷拉在胸前。衬衫上长长的口水印说明他已经睡了一会儿。他的手臂直直地垂在两边，真奇怪他竟然没有一头栽到地上。他睡得很熟，没必要叫醒他。深夜将无人造访。

　比夫蹑手蹑脚地走到厨房一头的架子，上面放着一篮茶橄榄和

312

满满两水罐百日菊。他把花儿拿到餐馆的前部，拿走了橱窗里蒙着玻璃纸的大浅盘——昨晚的特价菜。他受够了食物。夏季的鲜花之窗——这多好啊。他闭着眼睛想象如何摆放。一层茶橄榄铺在底下，清爽爽，绿油油。红色的陶盆装满鲜艳的百日菊。不需要别的了。他开始仔细地摆弄橱窗。有一株畸形的花，一朵百日菊有六瓣古铜色的花瓣和两瓣红色花瓣。他审视这枝珍品，把它放到一旁，打算收藏起来。橱窗弄好了，他站在马路上，打量自己的手工作品。粗拙的花茎弯成最合适的角度，显得安闲而自然。电灯光坏了点儿事。但太阳出来时，这种摆放会达到最佳效果。十足的艺术。

漆黑的天空缀满星星，仿佛垂到了地面。他沿着人行道晃荡，中间有一次停下来，用鞋帮子把一块橘子皮踢到街沟里。下一条街的尽头，两个男人一动不动、手挽手地站着，从远处看人影小小的。看不到其他人了。他的店是街上唯一一开着门、屋里有亮光的店铺。

为什么呢？当小镇别的咖啡馆都关门时，为什么他要通宵营业呢？经常有人这样问他，他却无法用语言回答。不是为了钱。偶尔一群人会进来买啤酒和炒蛋，花上五块十块的。但这种情况极少。多数时候都是散客，点得很少，坐得很久。有些夜晚，十二点到五点之间，没有一个顾客。没有进账——显而易见。

可是夜里他是绝不会歇业的，只要他没有关门大吉。夜晚正是时候。有一些白天永远不可能遇到的人。有些人一星期固定来几次。另一些人只来过一次，喝一杯可口可乐，就永远地消失了。

比夫双臂交叉在胸前，走得更慢了。街灯的弧光圈里，他黑色的影子折成了弧度。夜晚安宁的寂静沉落在他身上。这是休息与沉思的时间。或许这就是他为什么待在楼下，不肯睡觉的原因。他最后匆匆地扫了一眼空寂的街道，走进房间。

收音机还在说危机。天花板上的吊扇发出呼呼的风声，令人神清气爽。厨房里传出路易斯的呼噜。他突然想到了可怜的威利，决定最近找个日子送他一夸脱威士忌。他开始玩报纸上的填字游戏。中心有一张用来猜谜的女人像。他认出了她，在开始的空格处填上蒙娜丽莎。第一竖行是乞丐的同义词，以 m 打头，有九个字母。Mendicant。第二横排是"远远地挪开"的同义词，以 e 打头的六字母单词。Elapse？他大声地念出可能的字母组合。Eloign。他却没有兴致了。世上的谜语已经够了，不少这一个。他折好报纸，收了起来。以后再来猜吧。

他审视着想收藏的百日菊。他把它放在掌心，对着灯光，发现这朵花终究不是什么珍奇的品种。不值得收藏。他扯下柔软鲜艳的花瓣，最后一个因爱而开放。但是谁？他现在正爱着谁？没有人。任何一个体面的人——任何一个从街上走来，进屋坐上一小时，喝点儿饮料的人。但是没有人。他曾经知道他的爱，它们全结束了。艾莉斯、玛德琳和基普。结束了。令他也许变好了，也许变坏了。好还是坏？不管你怎么看它。

还有米克。最近的几个月里，一直奇怪地占据他的心的人。这个爱也结束了吗？是的。结束了。傍晚时分，米克会进来要一杯冷饮或是圣代。她长大了。她的粗鲁和孩子气几乎不见了。取而代之的是，她身上有了难以言喻的纤细气质和女人味。耳坠、晃动的手镯，她跷二郎腿的新姿势，把裙边拽到膝盖下的新动作。他注视她，内心产生的只是一种温柔。旧的情感已经死去。这种爱奇异地开放了一年。他问过自己千百次，却找不到答案。此时，就像夏季的花朵在九月凋落一样，它也结束了。一个也没有了。

比夫用食指拍打鼻子。收音机里传出外语的声音。他搞不清这声音是德语、法语还是西班牙语。但听起来感觉灾难就要降临。这令他极度紧张。他关上收音机，寂静是深沉和完整的。他能感觉到外面的夜。孤独感攫住了他，他的呼吸加快了。给露茜娅打电话、和贝贝

314

说话，实在是太晚了。他也不指望在这个点上进来一个顾客。他走到门口，巡视街道。空空荡荡，一片黑暗。

"路易斯！"他叫道，"你醒了吗，路易斯？"

没有回答。他把胳膊肘支在柜台上，用手捧着头。他来回地晃动胡子拉碴的下巴，眉头慢慢地紧缩成一团。

这个谜。这个问题在他心里扎下了根子，让他不得安宁。辛格之谜，还有其他的谜。自从开始到现在已经一年多了。自从布朗特第一次在这里痛饮，自从第一次见到辛格，一年多过去了。自从米克开始尾随着他进进出出。现在辛格已经死了埋了一个月了。谜还在他心里，他无法平静。关于这一切，有一种不自然的气息——像一个丑陋的玩笑。他一想到它，就会感到不安和无名的恐惧。

他安排了葬礼。他们把有关的一切都交给他了。辛格的后事乱七八糟。需要为他每件财产付分期付款的钱，他的人寿保险的受益人已经死亡。剩下的钱只够埋葬他。葬礼在中午举行。站在空阔潮湿的墓地，阳光带着凶猛的热度扑向他们。花儿打了卷，被烈日烤成了褐色。米克哭得如此伤心，噎得透不过气，她父亲连忙拍她的后背。布朗特怒气冲冲地低头瞪着墓地，拳头抵住嘴。小镇的黑人医生，和那个可怜的威利有亲戚关系的人，站在人群的外围，一个人呜咽地悲泣。来了一些陌生人，没有人见过或听说过他们。上帝才知道他们从哪里来，为什么来。

屋内的寂静像黑夜本身一样深沉。比夫呆呆地立着，陷入沉思。突然他感受到一股悸动。他有些晕眩，靠在柜台支撑住身子。在一道迅疾的光明中，他目睹了：人类的斗争和勇气；人性永恒地流过无尽的时间之河；那些辛劳的人们；那些——一个字——爱着的人。他的心灵开阔了。但只是一瞬间。他同时感到危险的警告，恐惧之箭。他吊在两个世界里。他意识到自己正望着面前柜台玻璃里的脸。太阳穴上的汗水闪闪发光，他的脸扭曲了。一只眼大，一只眼小。狭窄的左眼追忆过去，睁大的右眼害怕地凝望着未来——黑暗的、错误的、破灭的未来。他吊在光明和黑暗之间。在尖酸的嘲讽和信仰之间。他猛地转过脸。

"路易斯！"他叫道，"路易斯！路易斯！"

仍然没有回答。哦，圣母马利亚，他是一个明智的人吗？为什么恐惧感如此强烈地扼住了他的喉咙，他甚至不知道为何恐惧。他就这样呆若木鸡，像一个神经过敏的笨蛋吗？他应该镇定下来，保持理智吗？他究竟是不是一个明智的人？比夫在水龙头下弄湿手帕，拍拭扭曲而紧张的脸。他依稀记起遮篷还没有升起。他走向门口时，不再摇摇晃晃了。当他最终回到屋里时，他清醒地调整自己，准备迎接早晨的太阳。